KB021754

醫學 · 脫北小說

豆滿江 橋

두만강 다리

TUMEN RIVER BRIDGE

醫學 · 脫北小說
豆滿江 橋

두만강 다리
TUMEN RIVER BRIDGE
Kyu Ho Yun MD

연규호 의학·탈북소설

문학나무

의학소설 그리고 탈북소설

2016년 11월 18일, 저는 '미주문학상(美洲文學賞)'을 받았습니다. 문학상은 저의 문학적 역량을 최고로 인정해 주었지만 한편으로는 더 좋은 작품을 창작하라는 강한 부담을 안겨주었습니다.

저는 의사 생활, 46년에서 얻은 의학적 소재와 테마를 사용해 다른 소설가들이 시도하기 힘든 순수 '의학소설'로, 그리고 북한 및 해외 선교를 통해 얻은 탈북자들만의 아련한 소재를 '탈북소설'로 창작해 보았습니다.

마음에 드는 의학 단편소설 7편과 탈북 단편 1편 그리고 중편 (경장편) 소설 1편을 묶어 소설집 『두만강 다리』를 출판합니다.

『월간문학』『한국소설』『펜문학』『미주문학』『미주소설』등 여러 문학지에 실린 단편 소설이 몇 편 되기에 독자들 앞에 부끄럼

없이 펴낼 수가 있습니다.

　1975년 4월, 안이한 국가관으로 패망을 자초했던 월남 사람들을 나의 조국에서 다시 보는 것 같아 안타깝습니다. 탈북소설은 대한민국을 사랑하는 마음으로 창작하였습니다.

　대한민국의 번영과 안정을 기원하는 미주교포 작가인 저의 진심이 담겨 있습니다.

2017년 봄
남가주 작은 마을 빌라팍에서
연규호

차례

의학소설 7편은 전문직 의사 소설가가 아니면 쓰기 힘든 '마음의 이론'에 의해 몸과 마음이
서로 영향을 받는 상호관계에 대해 의학적 이론을 적용, 작품을 서사화하고 있다

1부
의학소설
Medical Fiction

연규호의 의학소설들은 실제 46년간 의사로서 근무했던 경험을 중심으로 '뇌과학'의 과학적 근거를 가지고 쓴 소설이기 때문에 질병을 다루는 다른 소설들보다 '마음의 이론'으로 분석하기에 더 적합하다

마음의 행적行蹟

1

'엄니가 날 알아볼까? 엄니 마음은 어디로 간겨?'

경기도 분당 양로병원에 입원해 있는 어머니가 보고 싶어 뉴질랜드 오클랜드 국제공항(Auckland Internatioal Air Port)으로 가고 있다. 어머니 생각이 날 때마다 스마트 폰에 담겨있는 어머니의 녹음 영상을 재생해 보는 것이 내가 할 수 있는 유일한 효도이다.

영상이 열리면 보고 싶은 어머니의 모습이 무성영화처럼 얽킨 실타래를 하나하나 풀며 튀어나오는데, 조막만한 얼굴에 쪼글쪼글 주름진 모습이 마치 거미줄이 처진 것 같아 마음 아프다.

표정이라고는 거의 없으며 웃음은 아예 찾아볼 수 없는 싸늘한 어느 겨울날처럼 찬 모습이다. 쪼글쪼글한 어머니의 얼굴에 내 얼굴을 바짝 대고 마치 엄청난 비밀이라도 알아내려는 듯이 큰 소리를 치고 있는 내 모습이 더 초라해 뵌다. 어느새 어머니는

90세. 양로병원 안락의자에 비스듬히 앉아있는 어머니 곁에 반쯤 웅크리고 서 있는 형님의 모습이 보인다.

"엄니? 나, 누구지, 누구?" 나는 어머니를 흔들면서 "내 아들 서코!"라고 내 이름을 속 시원하게 불러주기를 마음조이며 갈망하는 장면이 나온다.

"어, 누-구-시-죠?" 그런데 이게 무슨 날벼락인가, 어머니는 뜻밖에도 둘째 아들인 나를 몰라보신다.

"엄니? 나, 석호, 서코야! 엄니! 대답 좀 해 봐유, 엄니!" 나는 안간힘을 써 대답을 유도해 본다.

"누-구-시-죠?" 이번에도 나를 모른다고 하니 슬그머니 화가 나 더 큰 목소리를 왼쪽 귀에 심통스럽게 뿌린다.

"엄니, 나, 서코여, 엄니!" 이번에도 대답이 없자, 나는 억울하지만 단념하고 옆으로 물러선다.

"그럼, 어머니? 시편 23편을 외워 봐요! 시편 23편을……." 보다 못해 옆에 계신 형님이 멋쩍어하는 나를 위로하려고 나와 정반대로 아주 조용한 목소리로 훈수를 든다.

의자에 앉아있는 어머니는 잠시 얼굴을 씰쭉거리며 대뇌(大腦) 깊은 곳에 저장된 기억이라는 보따리를 풀어내기 시작한다. 마치 구식 자동차의 시동을 걸듯 몇 초의 간격이 필요하다. 출발 총소리를 들었는지 옆으로 살짝 늘어진 붕어 입 같은 어머니의 입술이 바르르 떨리더니 낭낭하게 암송을 시작한다.

"하나님은 나의 목자시니 내게 부족함이 없으리로다. 그가 나를 푸른 초장에 누이시며 쉴만한 물가로 인도하시는 도다. 나의

평생에 선하심과 인자하심이 정녕 나를 따르리니 내가 여호와의
집에 영원히 거하리로다."

한 자도 안 틀리고 줄줄 외우는 어머니의 모습은 숭고하여 존
경스럽다. 옛날 초등학교와 교회학교 교사를 하며 어린아이들에
게 들려주던 그 옛 모습을 그대로 보는 듯하다. 초자연의 힘이라
고 생각한다. 그런데 어머니는 정작 아들의 이름은 모른다고 하
니 어찌 설명을 하여야 할지 난감하다 못해 화가 난다.

"에이-씨-, 성경은 줄줄 외우면서 왜 내 이름은 몰라유, 엄
니!, 엄니? 피아노도 한번 쳐봐유!"

나는 어머니의 손을 잡고 충청도 사투리로 말한다. 혹시라도
사투리가 옛 기억을 되살리는데 도움이 될까 봐서이다.

이번에는 못 들었는지 꿈적도 안는다. 작년부터는 손이 떨리며
평형감각이 좋지 않아 일어나다 몇 번 쓰러지더니 이젠 아예 일
어나질 않는다고 형님이 설명한다.

"석호야, 그래도 찬송은 혼자 하셔. 그거 있잖아. '내 영혼의
그윽이 깊은 데서 맑은 가락이 울려나네. 하늘 곡조가 언제나 흘
러나와 내 영혼을 고이 싸네.' 근데 그것도 요즘은 안하셔. 잊었
는지 소리가 안 나는지, 통 안 해. 어쩌겠니? 치매가 더 심해졌으
니……."

형님이 내게 설명을 하는 도중에 어머니를 담은 영상은 여기서
뚝, 끊겼다.

이상은 6개월 전에 한국에 가 어머니의 병상 옆에서 특별히 녹
화한 영상이다.

"엄니, 나 엄니, 보러 지금, 가는 중여." 나는 스마트폰을 윗주머니에 넣었다.

출국수속을 마치고 K여객기에 탑승하니 어머니를 보고 싶은 마음이 더욱더 간절했다. 어머니는 3-4년 전까지만 해도 가족들과 대화도 하고 성경 구절도 거뜬히 암송하는 것은 물론 피아노를 치라고 하면 곡에 감정을 넣어, 가요와 동요 그리고 찬송가를 자유자재로 연주했다. 뿐만 아니라 찬송과 동요도 직접 육성으로 불러주셨음은 어머니가 초등학교와 교회학교 교사를 수십 년 했기 때문이었다. 그러기에 어머니는 치매라는 해괴한 병에 아예 걸릴 사람이 아니라고 자신을 했었다. 그런데 4년 전부터 치매증세가 보이기 시작하더니 조금씩 기억을 잊어버렸다.

"석호야, 더 먹어라."라고 음식도 권유했었는데 지난 방문 때는 아들인 나를 보면서 "누-구-시-죠?"라고 물었다. 그러나 신기하게도 맞아들인 형님은 알아보았다. 다행이라고 생각했으나 오히려 더 유감스럽고 서글펐다.

"배라먹을! 엄니? 성님은 알아보고 나는 왜 몰라보는 겨! 멀리 뉴질랜드에서 세탁소를 하느라, 아니 먹고 살기 바빠 엄니를 자주 찾아뵙지 못해서 얼굴을 잊어버린 겨? 아냐! 일시적인 거겠지. 그렇지 어무니." 나는 스스로 위로했으나 그게 아니었다. 나 없이는 못 살 거라고 입이 닳도록 말했던 어머니는 나만 몰라보았다.

"엄니! 나유, 나. 석호!" 아무리 큰 소리를 치며 얼굴을 비벼도 어머니는 대답이 없다가 기껏 "누-구-지-유?"라는 말만 할 때

나는 하늘이 무너지고 땅이 꺼진다고 생각했다.

"어무니-뭐유-에이 씨-" 나는 눈물만 흘렸다.

6개월 전, 어머니의 치매가 꽤나 중증임을 눈으로 확인하고 더 나빠지기 전에 아예 어머니의 모습을 영상으로 녹화해 가지고 뉴질랜드로 돌아왔다. 그때 녹화한 7분짜리 영상을 가슴에 품고 다니다가 어머니가 보고 싶으면 재생해서 듣기를 수십 번 아니 수백 번 했다.

"이젠 그 영상, 그만 틀어요! 큰아들은 알아보고 작은아들은 몰라보는 어머니, 그거 틀어봐야 마음만 아프지……."

보다 못해 아내가 퉁명스럽게 한 말이었다.

"무슨 소리! 이번에 가면 나를 알아보실 거여. 그리고 내 이름을 불러줄 거여!" 라고 큰 소리를 쳤다. 정말 그럴까? 나는 반신반의 하며 하나님께 기도하다가 비행기 속에서 잠을 청했다.

2

"식사는 무얼로 하실까요? 비빔밥? 아니면 소고기 요리?"

여승무원이 상냥하게 웃으면서 내게 물었다.

"비빔밥으로 주세요."

문득 어머니가 더운 여름날 고추, 오이 그리고 상치를 텃밭에서 따 가지고 와 참기름과 고추장을 넣어 비빔밥을 만들어주었던 기억이 떠올랐다. 고소하고 매큼한 맛이 아직도 내 혀끝에서 살살 녹고 있는 듯했다.

'어머니, 어머니!'

공무원으로 여기저기 전근을 자주 다녔던 아버지대신 어머니는 우리 가족에게는 변함없는 등대지기요 선장이었다.

초등학교 교사답게 어머니는 꼿꼿하며 딱 부러진 여성으로 가정교육에도 엄했기에 형님은 상과대학을 나와 기업체에서 이사로, 나는 공과대학을 나와 역시 꽤 큰 기업체에서 신임 받는 엔지니어로, 과장을 거쳐 부장으로 그리고 이사직도 바라보았다.

그렇던 내가 48살 되던 해 뜻밖에 직장으로부터 명퇴를 당하고 말았다. 생각해 보면 1년 전부터 '명퇴의 대상'이라는 소문은 있었다. 기분이 언짢았으나 그럴 리가 없다고 자신하며 지냈는데 말만 듣던 그 명퇴가 내게 덮쳐왔다.

그러나 내게는 도무지 이유가 안 되었다. 억울했다. 용납되지 않았다. 하늘이 노래지며 낙망과 한스러움으로 눈물만 흘렸다. 죽고 싶었다. 한국이 싫었다. 동료들을 만나는 것이 죽기보다 싫었다. 패잔병이요 포로가 된 기분이었다.

퇴직금을 받았다. 그런데 그 돈으로 무엇을 한담? 아내에게 면목도 없었고 자식을 보기도 힘들었다.

"석호! 뉴질랜드로 와 봐! 전기 기술자로 우선 오라고. 여기, 살만해. 명퇴도 없고 걱정도 없어."

몇 년 전에 명퇴를 당한 후 홀연히 뉴질랜드로 이민 간 선배의 충고가 고마웠다. 엎친데 덮친다고 건강하다고 믿었던 아버지가 갑자기 언성을 높이며 불안해하더니 혈압이 높아지고 우울증에 빠졌다. "뭐시! 석호가 짤렸어. 나쁜 놈들! 석호가 어째서……." 아버지는 잠을 못자며 안절부절 했다.

2년 후 2006년 여름, 나는 초급행으로 이민 수속을 마치고 뉴질랜드로 가게 됐다.

"석호야 힘 내거라. 내 걱정 말고, 뉴질랜드로 가서 잘 살아라. 이 에미는 살만큼 살았어. 내 나이 80이여."

어머니는 내 등을 도닥거리며 위로해주었다. "아무럼 여호와가 너의 목자시니 너를 지켜 주실 거여!" 그리고 어머니는 피아노를 치며 친히 찬송을 불러주었다.

반면 아버지는 아주 달랐다.

"석호야? 이민 간다고? 아니지. 조국을 두고 어딜 가? 안 돼 이놈아. 여기서 살자."

"아버지 한 5년만 살다가 성공해서 오겠습니다. 아버지……."

"5년이라고 했니? 세월이 우릴 기다린다고? 아녀 이놈아. 나 5년 못살아."

그 후 아버지는 몸 져 누었으니 이민가기가 힘들었다.

"석호야, 걱정 말고 가거라. 내가 알아서 할 테니. 저러다 아버지는 좋아진다."

형님이 위로했을 때 나는 비로소 내가 차남인 것을 인식했다.

뉴질랜드 오클랜드로 이민 떠나는 날은 공교롭게도 내 나이 50의 생일날이었기에 전날 온 가족이 모여 송별회 겸 생일만찬을 했다.

내일 나는 태평양과 인도양을 건너 미지의 나라로 간다고 생각하니 어깨가 무거워지며 두려웠다. 16살, 11살 된 딸과 아들의 손을 꼭 잡아보았지만 자신이 없었다. 80세의 어머니와 82세의 아버지를 두고 간다니 내 마음이 무겁다 못해 죽을죄를 짓는다고 생각되었다. 그래도 비행기를 타야 했다.

뉴질랜드는 듣던대로 지상낙원이었다. 탁 트인 바다에 계획된 도시 오클랜드에서 선배를 만났다. 어느새 아담한 아파트를 준비해 놓았으며 하나하나 친절하게 가르쳐 주어 생각보다 수월하게 새로운 생활을 시작했다.

전기 기술직을 구하기 전에 청소와 페인트를 칠하는 일을 시작했다. 엄밀히 말해서 싸구려 노동자가 하는 하찮은 일이었다. 한국에서는 생각도 못했던 일이었으나 세상에 못할 일이 어디 있을까 생각하니 즐겁게 할 수 있었다.

그리고 가까스로 얻은 전기 기술자의 직업이 참 좋았다. 오클랜드 시에서 운영하는 전기회사의 기술공으로 이집 저집을 다니며 고쳐주고 전봇대에도 올라가곤 했다. 모든 것이 제대로 정착되는가 했는데 뜻밖의 소식이 나를 울렸다.

"석호야, 아버지가 돌아가셨어. 그리고 유언대로 가족끼리 장례를 지냈어. 너에게 일부러 늦게 전한 것은 네 이민생활에 도움이 안돼서 그랬어. 형이 잘 처리했으니 그리 알거라."

"아니? 형님! 나에게 미리 알려 줬어야지요. 마지막 임종을 봤어야 했는데……."

"석호야, 아버지는 친구들과 천안에 갔다 오는 길에 지하철에서 심장마비로 세상을 떠났어. 누구도 아버지의 마지막을 보질 못했어. 나도……."

"아부지!"

나는 멀리 북쪽 하늘을 바라보며 울었다. 오클랜드의 밤은 유난히도 하늘이 맑았기에 수많은 별들이 내 머리에서 초롱초롱 빛나고 있었다. 마치 죽은 아버지의 혼이 못난 아들놈을 위로하러 멀리 뉴질랜드로 다니러 온 듯했다.

그리고 일 년, 마음은 무거웠으나 참고 일했다. 뜻밖에도 뉴질랜드 정부에서 매달 1000딸러의 보조를 해주었다.

"와! 내가 뉴질랜드를 위해 한 것이 하나도 없는데 매달 1000딸러를 무료로 도와주다니, 애들 학교도 거의 공짜인데……."

딸은 비록 이름은 떨어지나 2년제 공립대학에 거의 무료로, 아들은 고등학교에 역시 거의 무료로 다니고 있었다. 고마워하며 열심히 저축하여 모은 돈으로 마침내 세탁소를 하나 구입하게 됐다. 전기 기술자로 사는 것도 좋지만 세탁소가 어렵기는 하나 훨씬 더 수입이 좋았기 때문이었다.

"석호야, 어머니가 조금 이상해. 우울증이 심해져서인지 말을 잘 안 해. 가끔 이민 간 네가 보고 싶은지 '서코야, 넌 에미 생각도 안 나는 겨? 내가 찾아가야 혀.' 그렇게 널 부르곤 하셔."

"언제부터죠?"

나는 전화기를 통해 큰 소리로 물었다.

"사실은 네가 이민 가던 해부터 말을 아끼더니 아버지가 돌아가시자 눈에 띄게 심해졌어.

무엇보다도 어머니의 마음이 어디로 갔는지 나도 궁금해, 석호야."

"마음이 어디로 가다니요?"

"어머니 마음이 없어졌는지, 옛날의 어머니의 마음이 아녀. 우
릴 잘 몰라보는 것 같아. 아마, 치매가 시작됐나봐."

"한번 가봐야겠지요, 형님?"

"그래야겠지. 어머니가 너를 자주 찾아."

형님의 전화를 받고 내 대신 아내를 곧 한국으로 보내기로 했
다.

3

군 복무를 마치고 복학했을 때, 내 아내는 같은 대학 3학년, 우
리는 기독교 동아리에서 만나 캠퍼스 커플이 됐다.

내가 그녀를 애인으로 만난 지 수개월 후, 그녀의 어머니(지금
은 장모가 됐지만)를 처음 만나 인사를 올렸을 때, 나는 그야말로
'뿅' 갔었다. 딸보다 어머니가 더 청순해 보였었다. 다소 갸름한
얼굴이 마치 캄캄한 밤에 아즈런히 하늘에 걸려 있는 반달을 바
라보는 그런 느낌이었다. 그런데 웬일일까? 그 예쁜 얼굴에 뭔가
근심이 엇갈리는지 눈물자국이 여기저기에 붙어 있다고 느꼈었
다. 나 혼자 묻고 대답을 했는데 그 이유를 알게 된 것이 결혼 후
3년이 지나서였다.

내 장인은 장모보다 5살 위로 고급 세무공무원으로 수입도 좋
고 활달했다. 장모의 시어머니(아내의 할머니)는 20살에 아들(장인)
을 낳았다. 6.25전쟁 중에 남편을 잃고 전쟁 미망인으로 남편에

대한 정을 아들에게 몽당 쏟아부었다. 며느리가 남편을 위해 할 일을 시어머니가 손수 해주었다.

"예쁜 아가, 내가 아범을 좀 챙겨주마, 넌 쉬거라."

처음에는 고맙고 배려가 깊다고 생각해 시어머니에게 감사를 표했으나 한두 해를 넘기면서 아내의 소임을 잃고 왕따를 당한다고 생각했다. 시어머니는 아들의 밥그릇을 가슴에 품기도 하며 국그릇을 이불 속에 넣어두었다가 아들이 들어오면 밥상에 놓고 다 먹을 때까지 곁에 있었다. 남편은 어머니가 하는 것을 그대로 받아들였다. 마치 생각 없는 마마보이였다.

"여보, 나는 뭐요? 아내요? 인형이요?"

아내는 남편에게 항의했다. 남편 대답은 엉뚱했다.

"아니, 어머니가 당신 대신 해주면 좋은 거 아뇨?"

장모는 홀로 있는 시간이 많아지자 손톱, 발톱 머리에 치장하는 시간이 많았으며 그림을 그리고 붓글씨를 쓰곤 했다. 결국 상대적으로 말이 적었다. 장인과 말하는 것을 거의 보지 못했다. 그리고 같이 다니지를 않았다.

"강 서방, 나는 남편을 시어머니에게 빼앗겼어."

장모가 한 말의 뜻을 나는 아내에게 물었다.

"여보, 어머니와 아버지는 남남이나 다를 바 없어. 할머니가 너무 끼고 살으니까. 나는 할머니가 싫어."

아내는 뜻밖의 말을 했다. 아내의 할머니가 돌아가시자 뜻밖에도 장모는 우울증을 갖게 됐다. 말을 일체 하지 않았으며 묻는 말에도 대답을 하지 않았다. 우리 부부가 이민 짐을 싸던 그해 장모는 겨우 71살이었다.

"어머니를 두고 나 이민 안가! 당신 혼자 가소!"

아내는 울면서 이민 가기를 거부했다. 결국 뉴질랜드로 이민 오기 전에 우리 부부는 장모로 인해 한바탕 곤욕을 치루었다. 뉴질랜드에서 자리 잡는 대로 자주 한국에 가 어머니와 같이 있게 해 주겠다는 나의 꼬임에 아내는 여기까지 왔으나 청소하랴, 페인트칠 하랴, 집안 일 하랴, 한 번도 한국에 가질 못했다.

4년 만에 한국을 찾아온 아내는 황당했다. 멀쩡했던 시어머니는 남편을 잃고부터 우울증이 생겨 말이 없었으며, 말이 없었던 친정어머니는 전보다 더 심해 겨우 딸을 알아보았다. 친정어머니는 딸을 멀거니 쳐다보기만 했다.

"엄마! 나, 정선이야. 내가 왔어. 정선이가."

"……"

"엄마! 말 좀 해봐! 나 정선이여. 엄마 딸!"

"왜 이제 온 거야!"

그 때서야 말이 없던 어머니는 딸의 손을 꼭 잡으면서 소리쳤다.

"엄마! 미안해, 잘못했어!"

어머니는 또 다시 입을 꾹 다물고 말이 없었다. 그간 얼마나 외로웠는지를 증명하는 듯했다. 아내는 친정어머니의 손을 잡고 통곡했다.

"이게 뭐야? 어머니와 시어머니, 두 분 다 이게 뭐야! 어머니! 시어머니!"

아내는 담당 의사를 만나 물었다.

"의사 선생님? 시어머니는 그렇다 치고 친정어머니의 우울증은 너무 심해 마치 마음이 어디론가 사라진 것 같군요. 어머니의 마음과 생각은 존재하고 있나요?"

"따님? 마음과 생각이라고 했나요?"

"예. 어머니의 마음. 마치 어머니와 시어머니를 보면 텅 빈 집 같이 뵈는 군요, 아무도 살지 않고 거미줄이 여기저기에 쳐진 빈 집 같아요. 왜, 그런 거죠? 도대체 치매환자나 우울증 환자의 마음은 어디에 있는 거지요? 모성애(母性愛)는 어디로 갔나요? 가슴에? 아니면 뇌 속에?"

"뉴질랜드에서 온 따님? 저는 신경병리 의사입니다. 물론 마음은 뇌 속에 있습니다. 가슴에 있는 게 아니고요, 의학적으로는 말입니다. 어머니와 친정어머니는 모두 우울증에 해당됩니다. 치매나 뇌졸중이 아니고…… 그러나 두 분의 증상은 마치 치매환자처럼 보입니다. 우리의 뇌는 여러 개의 기관이 합쳐 서로 보완해주는 아주 큰 유기체입니다. 우선 대뇌는 '이성의 뇌(理性 腦)'라고 불리우는데 좌우로 갈라져 있습니다. 기억, 지능, 정보 분석, 판단을 초고속 컴퓨터보다 빠르게 처리합니다. 운동, 감각, 음악, 소리, 청력 그리고 후각을 담당합니다. 대뇌의 밑에 있는 대뇌변연계(大腦邊連繫, Limbic system)는 감정의 뇌(感情 腦)라고 불리웁니다. 아주 중요하지요. 그중에 해마(海馬, Hippocampus)라는 부위는 최근에 얻은 새로운 정보를 대뇌로 보내 영구히 기억하게 하는 기능이 있는 곳이지요. 뿐만 아니라 사람의 감정을 조절하는 기관입니다. 이 부분이 기능을 잃으면 치매가 되며 어머니의 사랑을 잃어버리지요. 그리고 뇌간(Brain Stem, 腦幹)은 생명의 뇌(生命腦)라고 불리지요. 죽고 사는 문제, 즉 심장, 호흡 그리고 그 주위에서 많은 뇌 호르몬이 나오고 있지요. 불교에서는 마음은 가슴에 있다고 하며 심장을 가르치지만 사실 마음은 뇌에 있답니다. 결국 뇌의 여러 기관들, 즉 시각, 청각, 후각 촉각 등이 대뇌와 연결되며, 대뇌변연계를 통해 대뇌에 저장된 정보를 유출해내는 과정이 마음입니다. 그런데 뇌가 중요하지만 몸 자체와 주위 환경에 큰 영향을 받는 것으로 보아 마음은 뇌와 몸, 전부가 연관된 것이지요. 치매는 대뇌의 세포와 해마의 세포가 완연히 작아지고 숫자도 감소하는 데 이를 알즈하이머라고 부르지요. 뇌에 뇌졸중이 생기거나 혈관이 터지면서 뇌의 부분들에 손상이 생겨서 오는 치매도 있지요. 물론 MRI를 찍어보면 비정상으로 나타나며 뇌파검사도 역시 손상이 있지요. 조금 이해하기가 힘드시죠? 사실 일반 의사들도 뇌에 대해서는 잘 모른답니다. 그러나 따님의 시어머니와 어머니는 MRI와 뇌파가 극히 정상인 것으로 보아 단순히 뇌 속에서 분비되는 신경 호르몬 즉, 도파민이 적어져서 생긴 우울증이라고 봅니다. 그러기에 두 분은 향후 좋아질 가능성이 많습니다. 희망을 가지시고 뉴질랜드로 가셔도 됩니다."

"그럴까요, 감사합니다, 박사님?"

아내는 눈물을 닦았다. 좋아질 수 있다는 실낱 같은 희망 때문이었다.

한국을 다녀온 아내의 말대로 어머니와 장모님의 증세가 좋아지기를 기대하다 보니 콧노래가 나왔다. 세탁소도 점점 더 번창해 수입이 대폭 늘었기에 우리는 큰 결단을 내렸다. 직접 곁에서 효도는 못하지만 돈으로 효도를 하자라는 결심으로 각각 두 분의 병원치료를 위해 3000달러를 매달 보내기로 했다. 아무것도 하지 않은 나에게 뉴질랜드 정부에서도 1000달러를 주는데 우리를 낳고 기른 어머니들에게 왜 못 할까라는 마음에서였다. 대신 집 재정은 휘청했으나 마음은 기뻤다.

4

뉴질랜드를 떠난 비행기가 마침내 제주도 상공을 지난다고 상냥한 여승무원이 방송을 하고 있었다.

"석호야! 어머니를 분당에 있는 H양로병원으로 옮겼어. 시설이 더 좋고 간병인도 좋아. 인천공항에서 직접 그리로 가는 급행버스를 타고 와, 근처에서 택시를 타면 쉽게 찾아올 거야. 그리고 석호! 매달 병원비를 보내줘서 큰 도움이 돼. 나도 250만원과 간병인 값, 70만원을 내긴 하지만, 하여튼 꽤 벅차다."

지난번 전화를 통해 형님이 알려준 정보였다.

형님 말대로 인천공항에서 분당까지 와 택시를 타고 어머니가 계신 H양로병원에 도착했다. 현대식 건물로 지은 5층 건물의 3층에 어머니는 누어 계셨다. 새로 바뀐 조선족 간병인이 낮은 음성으로 말했다.

"조금 전에 잠이 드셨는데요……."

잠든 어머니의 모습은 간난아이 같았다. 치매가 생기면 거꾸로 나이를 먹는다고 했다. 사람이 태어날 때, 아무 것도 가지고 온 것이 없듯이 갈 때도 빈손으로 간다고 했다. 이 사실은 누구도 부인할 수 없다.

어머니의 위(胃)에 직접 튜브를 통해 들어가는 아주 고가의 고급 영양음식이 떨어지는 소리가 마치 시계의 초침처럼 '똑 똑' 소리를 냈다. 조막만한 얼굴에 여기저기 잔주름이 마치 거미줄 같았다. 이렇게 누워있는 이 여인이 나를 낳아준 어머니다. 그리고 나와 같은 DNA를 갖고 있다. 분명 어머니의 심장은 일분에 62회씩 정상으로 뛰며 호흡도 18회씩 정상적으로 가슴을 올렸다 내렸다하는 것으로 보아 분명 살아 있는 정상적인 생명체이다. 그런데 아들인 나를 몰라본다. 왜 몰라보나? 왜?

가만히 어머니를 들여다보았다. 아이처럼 평안해 보인다. 차라리 힘든 세상 눈뜨지 말고 이렇게 계시면 평안할 텐데. 어머니를 보고 불편해 하는 편은 오히려 의식이 또렷하며 정상으로 살고 있는 '나'였다.

잠시 후 어머니는 눈을 뜨고 흐린 초점으로 나를 바라보았다.

"엄니? 나여. 나 석호유, 서코!"

어머니는 갑작스레 눈을 떠서 그런지 아무런 반응이 없다가 잠시 후 눈을 껌벅거렸다.

"엄니? 나유. 나 서코!"

나는 어머니를 향해 큰 소리를 치며 어머니의 입술을 응시했다. 어서 내 이름을 부르기를 기대하면서…… 그러나 이번에도 대답이 없다.

"엄니! 나유. 나!"

나는 어머니의 얼굴을 비비면서 말했다.

"누-구-지-요?"

"엄니, 나, 아들 서코!"

"누-구-"

이번에는 중간에 끊어버렸는데 마치 귀찮아 죽겠다는 듯. 아! 나는 나의 즐거움과의 행복을 얻기 위해 어머니를 괴롭히고 있는 불효자였다.

"엄니? 내가 보여유? 내가?"

나는 아내가 일러준 대로 그 유명한 신경병리학자의 가르침 즉 5관(五觀)을 이용해 보았다.

첫 번째는 시각(視覺)에 의한 자극을 사용하라고 했다.

아차, 어머니의 눈은 심한 백내장으로 각막이 뿌옇기 때문에 자극을 감지하지 못했다. 결국 뇌의 후두부에 있는 시각센터에 닿기도 힘들었다. 그것만으로도 사물을 분간하기가 힘들 테니 이 자극을 줘 봐야 소용이 없었다.

두 번째는 청각에 의한 자극을 사용하라고 했다.

"엄니?"

나는 어머니의 귀에 대고 손바닥을 '딱! 딱!' 쳐보았다. 어머니가 조금 찔끔 움직이는 모습을 감지했다. 고막을 거쳐 귀속의 신경을 타고 측두부(Temporal)에 있는 소리센터에 감지됐다고 생각됐다. 그러나 어머니는 나를 알아보지 못했다. 실패였다.

세 번째는 피부에 주는 통증과 접촉이었다.

"엄니!"

나는 어머니의 손을 꼭 잡고 비볐다. 피부에 전달된 감각이 역시 '대뇌의 감각 부위'에 도착했는지 움찔하고 움직였다. 그러나 어머니는 나를 알아보지 못했다. 역시 실패였다.

네 번째는 냄새, 즉 후각에 의한 자극이었다.

"엄니!"

나는 갖고 온 작은 암모니아 튜브를 열어 어머니의 코에 대었다. 놀랍게도 어머니는 고개를 조금 저었다. '아, 후각 세포가 살았어. 대뇌에 있는 후각센터가 살아 있는 거야.' 나는 대단한 것을 발견한 듯이 기뻤다. 그렇다고 어머니가 나를 알아보는 것은 아니었다. 실패였다.

순간, 담당의사가 형님에게 전한 말이 생각났다.

"7년 전에 찍은 어머니의 MRI는 정상이었는데, 근자에 찍은 MRI는 대뇌 운동부위와 말하고 듣는 부분에 문제가 있습니다. 이것으로 보아 알즈하이머(Alzheimer)가 아니고 뇌경색(腦梗塞)으로 인한 치매(dementia)입니다."

'뇌경색으로 인한 치매?'

나는 어머니를 다시 바라보았다.

"아냐! 엄니? 치매 아녀! 엄니 마음을 열어 봐유, 열어 봐유! 아들이 뉴질랜드에서 왔는데……."

나는 참다못해 어머니의 가슴에 얼굴을 묻고 울기 시작했다. 울면서 나는 어디론가 마력에 의해 강력하게 빨려들어간다고 느

겼다. 그리고 옛 시골집이 눈앞에 보이는가 했는데 그 집 대문이
활짝 열려 있었다.

"아니, 집이 왜 비었지? 아무도 없잖아."

나는 집안을 기웃거렸다. 안방은 캄캄했으나 그래도 밖에서 비
친 햇빛으로 인해 물체가 보였다. 그리고 거기에 어머니가 누워
있었다.

"석호냐? 내 맴이 아퍼. 아퍼."

어머니는 마음이 아프다고 말하더니 홀연히 사라졌다.

"엄니? 맴이 아퍼?"

나는 어머니를 향해 소리쳤다. 신경병리 의사가 나를 위로하며
설명해주었다.

"뉴질랜드에서 오신 아드님? 기억은 해마와 뇌 전두엽에서 나
오지요. 그리고 마음은 온 뇌에 있는 것이지요. 온 뇌가 합해서
하나가 되는 거죠."

"그럼, 어머니의 마음은 어디로 갔나요? 그 마음, 다시 돌아오
겠지요?"

"원래는 안 돌아오나, 혹시 돌아올지도 모르죠."

'아, 어머니……'

나는 어머니 곁에서 흐느끼다 잠이 들었다.

"아드님! 어머니가 말을 하십니다. 아니 성경을 암송하고 있어
요!"

간병인 아주머니가 나를 흔들어 깨웠다. 놀라웠다. '누-구-

시-죠'만 연발하던 어머니가 또렷한 말로 성경 시편 23편을 암송하고 있었다. 밝은 표정으로 암송을 하다니? 이건 분명 기적이었다.

"하나님은 나의 목자시니 내게 부족함이 없으리로다. 나로 하여금 푸른 풀밭으로 인도하시며 잔잔한 시냇가로 인도하시는 도다……."

낭랑한 목소리가 또렷또렷했다. 너무도 신기해하는 나를 위해 신경병리 의사가 어머니에 대한 설명을 들려주었다.

"뉴질랜드에서 오신 아드님? 이건 기적이 아니고 무의식과 의식의 세계에서 생기는 현상입니다. 해마를 통해 단기기억은 대뇌로 이동돼 장기기억으로 변해 의식에서 무의식 속으로 가 저장이 됩니다. 그런데 어떤 계기로 눈에 띄는 자극이 무의식 세계로 들어가 숨어 있던 기억을 하나하나 실타래 풀어내듯이 끄집어내게 됩니다. 그게 바로 시편 23편을 통째로 꺼내 암송을 하는 것이지요."

"선생님? 그게 비록 무의식과 의식 세계에서 오는 현상이라고 해도 나는 그렇게 믿지 않아요. 멀리 나들이 갔던 어머니의 마음이 자기가 살았던 빈집으로 되돌아와 멀리서 찾아오는 아들을 기다리고 있는 거예요. 빈집 속에 어머니가 돌아오니 따뜻한 마음이 녹아 훈훈한 새집이 되는 거죠."

일단 어머니는 시편 23편을 다 암송한 후 조용히 그리고 멍하니 천정을 바라다보고 있었다.

"엄니? 찬송도 한 곡. 해 줘유!"

나는 어머니를 와락 안았다. 어머니는 얼굴을 몇 차례 꿈틀거리더니 아, 웬일인가? 그 찬송을 하기 시작했다.

"내 영혼의 그윽이 깊은 데서 맑은 가락이 울려나네…… 평화, 평화, 평화로다. 하늘 위에서 내려오네……."

어떻게 그토록 힘 있고 감정 있는 찬송을 부르다니…… 나는 감격해, 눈물이 주루룩 흘러내렸다.

"엄니. 고마워유. 사랑해유!"

나는 어머니를 더 강하게 꼭 안아주었다. 두근두근, 펑펑 뛰는 것이 느껴졌다. 어머니의 심장이었다. 그리고 그 속에 내 마음이 들어가 있는 듯했다. 의식, 무의식, 기억 그리고 마음이란 뇌에 있다고 하지만 어머니의 마음은 분명 내 가슴에 있는 것이 확실했다. 어머니의 마음은 바로 내 가슴속에, 내 마음은 어머니의 가슴속에 들어 있었다. 나들이 나갔던 어머니의 마음과 멀리 뉴질랜드에서 찾아온 내 마음이 빈 집을 꽉 채웠다. 그리고 훈훈하고 밝은 새집이 됐다.

"엄니! 참말루 그동안 미안했슈. 남풍(南風)이 불어오면 엄니! 내 맘이 멀리 뉴질랜드에서 인도양과 태평양을 넘어 엄니를 보러 바람타고 온줄 아슈. 엄니! 사랑해유."

"근-대-, 댁은 뉘-슈-" ✈

※주 : 사람의 뇌는 이성(智), 감성(情), 충동욕구(意) 그리고 생명의 뇌로 구성된 작은 우주라고 볼 수 있다. 그러기에 사람의 마음은 아주 기교 오묘한 하나님의 마음을 축소해 놓은 것이라고 의학적으로 사료된다. ─신경내과진단

이 작품은 인간의 마음이 몸에 예속되어 있음을 보여주는 극명한 예를 서사화한 작품이다. 병중의 인물은 몸-마음과 신체상의 변화를 통하여 자기 신체와 내면을 향하여 민감한 시선을 갖게 된다

해마海馬, Hippocampus

1

"빌(Bill Kim)! 오른편 대뇌(大腦)에서 5센티 크기의 암 덩어리가 발견됐어."

"맙소사, 조(Joe Kang), 어머니를 살려줘! 부탁해."

뉴욕의과대학 병원에서 신경외과 교수로 근무해 온 지 10년, 죽마고우 빌(Bill)에게 그의 어머니의 병리진단(病理診斷) 결과를 알려주는 것이 마치 사형선고를 내리는 판사의 괴롭고 힘든 심정이다.

3개월 전부터 친구 빌의 어머니는 머리가 빠개질 듯이 아프며 성격의 변화가 생겨 갑작스레 화를 자주 내며, 찢어지는 듯한 고함소리를 내기도 했다. 상황이 긴박해지자 혹시 정신과적인 문제가 아닌가 생각하여 가족들의 강요로 뉴욕대학병원 정신과에 응급으로 입원시켰다.

그런데 문제는 엉뚱하게 정신병이 아니고 대뇌와 뇌간 사이에 있는 '감정의 뇌(感情 腦)'라고 불리우는 대뇌변연계(Lombic system)의 한 부분, 해마(海馬, Hippocampus)에 골프공만한 암이 발견됐다.

　"해마라면? 글자그대로 바다 말이라고 불리우 듯이 얼굴은 말처럼, 꼬리는 지느러미처럼 늘어졌으며 송곳니는 코키리 어금니 같은데다 주둥이는 관상(管狀)에, 몸빛은 갈색으로 된 바다 동물이라고 하던데. 어떻게 어머니의 뇌 속에 그런 게 있지?"

　빌이 물었다.

　"빌? 사람 뇌의 한 부분인 히포캠프스(Hippocampus)가 마치 해마처럼 생겼기 때문에 그렇게 이름을 붙인 거여."

　"그래? 해마란 그림과 장식품도 있는데."

　일류 변호사인 빌은 바다에 살고 있는 해마와 장식품에 대해 조금은 알고 있었으나 뇌에 대해서는 잘 모르는 듯했다.

　"빌! 해마는 대뇌의 측두엽(側頭葉, Temporal lobe) 밑에 환상(環狀)의 모양으로, 마치 바다 말처럼 생긴 부분인데 여기에 병변이 생기면 기억을 못하며 감정의 변화가 생기게 되지. 공교롭게도 너의 어머니는 여기에 병이 생긴 거야!"

　그렇다. 해마란 비록 작은 부분이긴 하나 아주 이해하기 힘든 요상한 뇌의 조직이다. 밖에서 들어온 정보를 짧은 기간 동안 저장해 두며 간뇌를 통해 대뇌로 이동시켜 장기간 기억하게 해주는 것뿐만 아니라 인간의 감정을 조절해 주는 장기이기 때문이다. 해마가 퇴화되면 치매가 오게 되며 더 큰 문제는 감정의 변화로 살인도 서슴지 않는다.

"해마라. 해마……."

빌은 속으로 중얼대다가 갑자기 무엇을 생각했는지 깜짝 놀라는 기색이었다.

2

생각해 보면 해마 때문에 빌과 내가 같이 힘들었던 살인사건이 있었다. 그토록 끔찍했던 그 사건이 난 것은 어느새 6년 전, 우리 나이 37세가 되던 해였다. 하버드 법대를 졸업한 후 변호사가 돼 뉴욕의 J로펌(Law Firm)에서 근무하던 빌이 내게 특별히 자기가 맡은 고객을 위해 전문의(專門醫) 증언을 법정에서 해달라고 정식으로 신청한 일이 있었다.

환자 아니 고객과 그 사건은 이러했다.

우리와 나이가 비슷한 30대 한국 여성이 퀸스(Queens)에 살고 있었다. 교양도 있고 신앙도 있는 이 여성에게 5살 먹은 아주 귀여운 딸이 있었다. 몇 개월 전부터 이 여성에게 뜻밖에도 성격의 변화가 생기기 시작했다. 자주 화를 내며 저돌적으로 변하기 시작했다. 남편은 아내가 무슨 스트레스가 있어 그럴 거라고 쉽게 생각했다.

열심히 나가던 교회도 빠지기 시작하고 부엌에서 불을 잘 못 사용해 화제가 날 번도 했다. 남편이 아내에게 주의를 주었더니 화를 더 내었다고 한다. 그리고 다음날, 남편이 직장을 마치고 집에 돌아와 보니 이게 무슨 변괴인가?

아내는 식칼로 어린 딸을 여러 차례 찔러 죽였는데 아파트는 온통 피투성이였다. 팔 다리가 칼로 짤려 토막이 난 채로 목욕탕 욕조에도 흩어져 있었다. 그럼에도 불구하고 아내는 천연스럽게 코를 골며 소파에서 잠을 자고 있었다.

911을 불러 경찰과 응급차가 왔으나 아이는 이미 죽은 지 오래이며 아내는 정신이 이상해 헛소리를 하고 있었다. 딸도 남편도 잘 몰라보며 히죽히죽 웃기도 했다. 심한 정신착란으로 살인을 저질렀다는 동정론이 있었다.

지방 신문 기사는 이러했다.

'한인(韓人) 여성, 정신 이상으로 딸을 칼로 찔러 죽임. 긴급 체포돼 퀸스 경찰서로 연행되어 조사 중임.'

그 여성은 뉴욕 퀸스 지검 검사에 의해 살인죄로 기소를 당했으며, 친구 빌과 그의 로펌이 그녀를 위해 변호를 담당했다. 검찰은 그녀를 살인죄로, 변호사는 정신병 환자의 병적인 판단 미숙으로 생긴 비극이라고 우겨 결국 재판정에서 싸우고 있었다.

질병의 성격을 잘 모르는 담당 판사는 신경외과와 정신과 의사들의 증언이 필요했다. 빌은 신경외과 의사인 나를 추천했다. 알고 보니 검찰이 부른 정신과 의사는 정신병이라기보다 반 사회적인 살인범죄라고 강력히 주장하기 때문에 친구 빌이 특별히 나를 요청한 것임을 알았다.

'뇌에 정말 이상이 생긴 것인지 아니면 고의적인 살인인지'를 밝혀 달라는 것이 법원 출두의 이유였다. 수염이 길게 난 60대의 백인 남성 판사가 고압적으로 동양인을 얕보는 듯한 모습으로 나에게 질문을 시작했다.

"우선 증언 의사의 신상, 경력부터 밝혀주시지요."

그는 도도하게 말했다.

"예, 저는 하바드의대를 나와 뉴욕대학병원에서 신경외과를 전공하고 뉴욕대학병원 교수로 재직하고 있는 닥터 조 강(Joe Kang)이라고 합니다."

"하바드의대와 뉴욕의대를 나온 닥터 강?"

판사는 동양 사람인 내가 하바드를 나온 것이 믿을 수 없다는 듯, 은근히 깔보는 인상이었다.

"닥터 강. 신경외과와 정신과는 다르죠?"

판사는 기본도 안 되는 질문을 했다.

"그렇습니다. 정신과와 신경외과는 완전히 다르나 같은 증상을 두고 치료를 하는 경우가 많지요."

"닥터 강! 권위 있는 정신과 의사의 말로는 이 환자는 정신분열증이 갑자기 생겨 환청과 환각이 있어 명령에 철저히 복종한 것처럼 보이나 사실은 고의적으로 정신병자처럼 살인을 저지른 거라고 하는데……."

"존경하는 판사님. 이 환자를 미리 검사를 해봤습니다. 제가 보기에는 정신병도 아니고, 고의적인 살인도 아닙니다. 단지 뇌신경에 생긴 암 때문입니다. 대뇌변연계, 즉 해마(히포캄푸스)의 앞 부분에 약 5센티 크기의 덩어리가 있습니다."

그리고 MRI(자기공명)촬영사진을 증거로 보여주었다.

"닥터 강? 해마 즉 '히포캄푸스?' 무엇을 말하는지요? 무식한 판사가 알게끔 설명 좀 하시지요."

"예. 사람의 뇌는 세 부분으로 분류됩니다. 가장 윗부분에 있는 대뇌를 이성의 뇌(理性 腦)라고 부르지요. 그리고 대뇌의 하반부 특히 측두엽의 밑 부분에 있는 환상의 조직들을 대뇌변연계 (Limbic System) 또는 감성의 뇌(感性 腦)라고 부르지요. 이곳에 있는 조직 중에 가장 큰 부분을 해마라고 합니다. 마치 말머리에 지느러미꼬리가 붙은 것처럼 생겼으며 어찌 보면 코끼리 코하고도 아주 비슷하지요. 이 환자의 해마에 암이 생기자 성격변화, 투통 그리고 과격한 감정으로 인해 이성을 잃고 딸을 죽인 것인데 환자 자신은 그 사실을 모릅니다. 정신병은 맞는데 해마의 이상으로 인한 신경병이기에⋯⋯."

"잠깐! 그걸 어떻게 증명하나요, 닥터 강?"

"우선, 암의 형태가 MRI에 나타나구요. 그리고 또 하나는 ⋯⋯."

"또 하나는 뭐죠, 닥터 강?"

"해마의 종양을 과감하게 수술하는 거지요. 종양제거 후에 성격이 정상으로 돌아온다면 아마도 이것이 가장 좋은 치료요, 증명이 되겠지요. 그러나 쉬운 수술은 결코 아닙니다."

"수술을 해보면 안다는 말이군요. 내가 판사 생활 30년에 처음 듣는 증언이군⋯⋯ 정신과 의사는 이 병을 역설적으로 정신분열증으로 진단하고 정신요법(Psychotherapy)과 뇌파 자극 치료를 하면 좋아질 거라고 하는데⋯⋯."

판사는 크게 혼란을 느꼈는지 다음번에 판결을 하겠다고 하며 정회했다.

일주일 후 판사는 신경외과 의사인 나의 손을 들어주었다.

"종양을 우선 제거해 사람을 살리고 그 결과를 보아 판결을 할 수 있으니 재판을 연기하더라도 신경외과 의사의 의견이 타당한 것 같습니다."

수술은 생각보다 더 힘들었으나 해내었다. 8시간이 소요됐다. 수술 2주 후, 환자는 안정을 찾기 시작했다. 놀랍게도 정신이 점점 정상으로 되돌아왔다.

"내가 왜 여기에 와 있죠? 내 딸은 안보이네요. 어디 갔지?"

"부인! 부인의 정신이 이상해져 딸을 죽였어요."

"내가 내 딸을 죽이다니, 무슨 말씀?"

마침내 자기가 무지하게 자신의 딸을 칼로 찔러 죽인 것을 알고 슬피 울었다. 밥도 먹지 않았다. 한편 수술로 인해 기억력은 현저히 떨어져 앞으로 사람 구실을 제대로 할는지 궁금했다. 연이어 진행된 재판에서 그녀는 실직적인 무죄(無罪)가 되었던 기억이 되살아났다.

"조(Joe)! 수고했어, 감사해. 그런데 그놈의 해마(海馬)! 히포캄푸스가 그토록 중요하다니."

빌은 내게 고맙다고 했다.

"빌(Bill), 해마뿐만 아니라 우리 몸은 어느 것 하나 중요하지 않은 것이 없어."

나는 그에게 대답했는데 그게 어느새 6년 전의 일이었다.

3

나로부터 수술을 받았던 그 젊은 어머니는 1년 형을 살고 퇴옥했으나 딸을 죽인 죄책감으로 심한 우울증에 빠져 수술 전보다 더 힘들어졌다. 이젠 정말 정신병환자가 돼 스스로 자살을 시도하기도 했다. 결국 반 강제로 그녀는 뉴욕 주립 정신병원으로 옮겨진 후 우리는 그녀를 까마득하게 잊고 살았다.

'분명, 빌의 어머니도 그녀와 아주 비슷한 환자여. 아주 비슷해. 수술하기가 정말 힘든 그런 환자야……'

나는 웬지 불길한 느낌으로 빌의 어머니가 누워있는 병동으로 찾아갔다. 환자는 두통이 심한지 머리를 감싸고 있었다. 간호사가 진통제를 가져오기를 기다리고 있는 듯했다. NYU라고 쓴 흰 환자복에 얼룩덜룩 먹다 흘린 음식 자국이 선명했다.

빌의 어머니는 금년에 68세라고는 하나 평소에 많은 고생을 해서인지 더 늙어 보였다. 내가 빌의 어머니를 처음 만나 본 것이 35년 전이었다. 미망인으로 이민와 마켓과 병원 등지에서 닥치는 대로 일을 해 빌의 교육을 착실히 시켰다.

빌은 나보다 영리하며 부지런하고 인간성도 아주 좋았다. 낙천적이며 진취적이었으며 양보를 잘하는 사려 깊은 사나이였다. 어머니의 헌신과 빌의 노력은 마침내 이루어져 하바드법대를 나와 뉴욕 큰 로폼에서 당당하게 일하고 있기에 나도 스스럼없이 빌의 어머니를 "어머니"라고 불렀다.

"어머니! 저 왔어요. 조입니다."

그러나 두통이 심한지 머리를 감싸고 대답이 없었다.

"아퍼! 아퍼!"

어머니는 소리를 치기 시작했다. 몰핀 주사를 투여했다. 가만히 보니 오른쪽 다리를 잘 못 움직였다.

'감각뿐만 아니라 이젠 운동신경도 마비가 왔네.'

나는 심각하게 느꼈다.

"어머니! 저요. 조……."

"어! 조. 조. 날 좀 살려줘. 나 아파서 못 견디겠어."

이렇게 매일같이 아프면 차라리 사람은 모든 것을 포기하고 자살을 택하기도 한다. 거듭된 MRI와 복부, 흉부 그리고 골반부의 CT조형촬영에서 암이 전이된 부분은 없었다.

'다행히 전이는 없어. 그렇다면 수술은 가능하다.'

나는 모처럼 즐거운 표정을 할 수 있었다. 다음날, 나는 친구 빌을 만났다. 그리고 지금까지의 경과를 설명해주었다.

"수술이 가능하다고 조? 그럼 부탁해."

"근대, 빌? 그렇게 쉬운 것만은 아냐."

"무슨 말인데, 조?"

"빌! 얻는 것도 있으나 잃는 것도 커. 그러기에 잘 생각해보아야겠어."

"잃는 것이 뭐지?"

"어, 통증과 근육의 마비는 좋아지겠으나, 어머니의 마음을 잃어버리게 된다네."

"뭐라고, 어머니의 마음을 잃는다고?"

"어머니가 너를 알아보지 못 할 거란 말야. 빌."

"날 못 알아본다고? 무슨 소릴! 어머니는 강한 분여!"

빌은 내가 무슨 말을 하는지 이해를 못하는 듯했다.

4

그때 간호사가 내게 달려왔다.

"닥터! 환자가 간질을 하고 있어요. 아프다고 소리를 치더니, 갑자기 눈이 뒤집히며 거품을 뿜어내더니 손과 발이 떨리고 있어요. 간질!"

나는 환자에게 달려갔다. 환자는 내가 보는 앞에서 잠시 더 몸을 떨더니 깊은 잠에 빠져들고 있었다.

"조? 어머니를 고쳐줘! 어서 수술을 해줘. 조!"

"기억나니, 빌? 6년 전에 너의 고객이었던 여자 말야. 너의 어머니는 그 여자와 아주 반대가 되는 경우란 말여."

"그게 무슨 상관이지? 수술해서 통증이 없어지고 간질도 하지 않는다면 되는 거 아녀? 그러니 어서 수술을 해줘."

"빌! 내가 걱정하는 것은 수술에 성공을 한다 해도, 한 가지, 어머니의 사랑(母性愛)을 잃어버리게 돼. 해마 수술이 힘든 것이 바로 그 감정을 잃어버리는 것이 큰 문제란 말여."

"어머니의 사랑, 모성애를 잃어버린다? 말도 안 돼, 그럴 리가 없어. 사랑은 영원한 건대"

"빌? 해마란 사랑과 마음을 조절하는 아주 예민한 신경조직이란 말여."

해마에 있는 암 덩어리를 떼어내는 것도 힘들지만 대부분의 경우 기억력을 상실하여 사람을 구별하지 못하는 것과 사랑을 잃어버리는 것이 제일 크고 무서운 합병증이었다. 수술 후 어머니가 아들을 못 알아본다면, 어렵게 수술한 것이 얼마나 후회가 될까. 그것도 평생 동안이라면…… 만일 내 어머니가 이와 같은 경우라면 나는 어떻게 해야 할까? 나 자신도 선택하기가 힘든 심각한 문제가 있기 때문이다. 어머니가 죽을 때까지 아들을 바라보며 '누군지를 모른다면' 그 어머니가 과연 진정한 내 어머니가 될 수 있을까?

그러고 보니, 해마란 놈은 성격이 아주 고약한 녀석이다. 심술도 부리고 거짓말도 하고…….

그런 못된 해마가 빌의 어머니의 뇌 속에서 장난질을 치고 있다니…… 그런데, 친구 빌은 수술로 인해 얻을 좋은 점만 생각하고 나쁜 점은 아예 생각하지 않는 듯했다. 통증이 없어지고, 운동감각기관을 누르고 있던 곳이 정상이 되면서 손과 발의 마비가 없어지는 것만 생각할 뿐, 기억상실과 성격의 변화로 어머니의 사랑을 잃어버리는 것은 생각도 하지 않는 것이다.

"난 그런 거 믿지 않아. 그럴 리가 없어. 그러니 수술 날짜 잡아주기 바란다. 환자 보호자로서 정중히 부탁하는 거다."

결국, 나는 빌의 어머니의 수술을 맡기로 하고 수술 날짜를 잡았다. 정확히 일주일 후였다.

5

수술하는 이른 새벽 나는 병원으로 갔다. 빌이 나를 기다리고 있다가 나를 보자 반가운 얼굴로 내 손을 잡았다.

"조! 어머니를 부탁해."

"물론이지 네 어머니가 바로 내 어머니 아녀. 최선을 다할 게. 네 말대로 고통스러운 두통부터 해결해 드려야지."

그러나 내 마음속에는 갈등이 왔다. 수술 후 기억력 상실은 물론 모성애마저 상실할 그 확률이 거의 7-80%는 되니 수술을 그만두고 싶었다. 어머니는 이미 마취실로 이송돼 누워있었다. 두통으로 인해 머리를 싸매고 있었다.

"어머니? 저요, 조."

"어-조. 조. 조. 날 좀 살려줘. 아퍼. 아퍼."

"어머니, 조금 전에 빌을 만났습니다."

"빌을?"

"어머니? 어려서 우리한테 빈대떡을 만들어 주셨지요? 기억나세요?"

"어, 그걸 뭐……."

"어머니, 하바드졸업식에 오신 거 기억나죠? 나하고 빌하고 어머니, 사진도 같이 찍었는데."

"그래. 그래. 기억나고 말고."

"어머니! 제 얼굴 잘 보세요. 어때요? 그때하고……."

"조야, 미남이지. 똑똑하고. 빌도 그렇지만."

"어머니 제 손 꼭 잡으세요. 꼭!"

어머니는 내 손을 꼭 잡았다. 따스했다. 마침 마취과 의사가 들어왔다. 그리고 링거액에 마취 수면제를 조금 투여하며 말했다.

"환자분! 이제 잠이 드십니다. 걱정 마시고 한잠 푹 주무세요."

'아, 이 순간이 지나면 어머니는 기억을 잃고 나는 물론 본인의 아들 빌도 몰라보리라…… 물론 운동감각은 돌아오고 두통은 사라지겠지만…… 차라리 지금이라도 수술을 포기하고 방사선(Radiation)치료를 할까? 근데 방사선은 워낙 효과가 없어서…….'

나는 수술로 인해 올 합병증 걱정을 떨어내지 못했다.

"닥터 강! 자, 스크럽 하러 갑시다."

동료 닥터 스미스(Smith)가 내 손을 잡았다. 아주 깨끗이 손을 닦고(scrub) 수술실로 들어가니 환자는 이미 마취가 돼 잠이 들어 있었다. 평상시도 여러 차례 같은 수술을 했는데 오늘은 친구의 어머니이기에 완전히 달랐다. 왜 이리 가슴이 뛰고 눈물이 나는지 나 자신이 마치 술 취한 느낌이었다.

뉴저지(New Jersey)로 이민 와 처음 빌을 만났던 날이 떠올랐다.

"나는, 빌이라고 해, 한국 이름으로는 김정식(金正植)이고……."

"나는, 조라고 해, 한국 이름으로는 강석호(姜石浩)야."

우린 그때 9살, 초등학교 3학년이었다. 빌과 나는 늘 우등을 했다. 알고 보니 빌의 어머니는 홀로된 미망인이었다. 마켓에서 캐쉬로 일을 하든지, 건축 현장에서 노동자로, 어느 곳이든지 돈이 되면 몸을 아끼지 않고 일을 해 유복자(遺腹子) 아들인 빌을 위해 모든 것을 희생했다. 그럼에도 불구하고 어머니는 우리에게

늘 친절하고 당당했다.

'빌은 어머니를 닮았는지 늘 당당하고 믿음직하다.'

어머니가 아버지에게 했던 말이 내게는 큰 자극제가 됐다. 그러기에 나도 빌처럼 당당하고 씩씩하게 자랐다.

"자! 닥터 강, 수술 시작합시다!"

정신을 놓고 멍하니 서 있는 나를 닥터 스미스가 재촉했다. 신경외과 수술이란 때로는 무지막지하기도 하다. 줄 톱으로 머리뼈에 구멍을 뚫어 대뇌 옆을 잘라내어야 하는데 많은 피가 흐르고 톱으로 머리뼈를 써는 것을 보면 마치 살인자들의 그 얼굴처럼 흉악해 보이기도 했다.

머리뼈가 잘려나가자 그 속에 두부처럼 생긴 흰 뇌가 '푹푹, 벌떡 벌떡' 뛰며 조금씩 솟아오르다 내려가는 모습이 눈에 익었다. '차라리 감마 레이저(Gamma Ray)를 쏘아 암 덩어리를 태워버릴 걸. 괜스레 칼을 대는 거 아닌가?' 나는 내 스스로 걱정하며 멍청히 서 있으니 앞에 서 있는 닥터 스미스가 답답하다는 듯이 메스를 들었다.

"닥터 강? 뭐하는 거여? 왜 그래!"

"어. 아녀."

나는 다시 정신을 차리고 수술에 충실했다. 많은 시간이 흘렀다. 생각보다 많은 피를 흘렸으며 꽤 넓은 조직이 떼어 나갔다.

환자는 정신을 잃고 깊은 잠 속에서 어딘가를 향해 나들이 가고 있나보다. 아마도 43년 전 그 날로 돌아갔으리라…… 남편 김 대위가 비행사고로 전사했다는 소식을 듣던 그 날로.

수원 제13전투 비행단에서 대한민국 영공을 지키던 공군 대위 김근천은 아침에 가벼운 감기 기운이 있었다. 비행군의관에게 감기 기운이 있다고 말하면 그날 휴식을 취할 수 있으나 다른 동료가 더 아프다고 해 그는 입을 다물었다. 그리고 조종간을 잡고 하늘로 솟구쳐 올라간 그에게 뜻밖에 어지러운 증세가 심해지더니 방향을 잃고 말았다. 분명 위로 솟구친다고 느꼈으나 실제 계기판은 아래로 아래로 하강하고 있었다.

"조종사 여러분! 하늘에서 비행조종 중에 어지럽거나 방향감각을 잃으면 반드시 계기판을 보십시오! 당신의 달팽이관이 고장났으니까요. 계기 비행을 하십시오. 계기 비행을!"

비행군의관 실장이 역설하던 강의가 퍼뜩 떠올랐다.

'아냐, 분명 나는 상승하고 있는데……'

"야! 김 대위! 정신 차려 너, 지금 하강하고 있어! 이 바보야! 상승하라구! 상승!"

관제탑에서 울려오는 소리가 거칠었다. 그 순간 그는 반짝반짝 빛나는 서해 바다를 목격하고 "아냐!" 그는 상승 기아를 넣었으나 너무 늦었기에 비행기는 아차 하는 사이에 바다 속으로 추락하고 말았다.

'공군 전투기 한 대가 계기 고장으로 서해에 추락함. 낙하산을 펼 시간도 없었음.'

상부 보고서에 기록된 말이었다.

"여보, 여긴 웬일이지?"

남편 김 대위가 얼굴이 퉁퉁 부은 채 찾아 온 아내에게 물었다.

"나도 머리가 아프고 어지러워서. 잠시 쉬고 가려고요."

"머리가 아프면 병원에 가야지. 여보!"

"나, 수술 받고 있어요. 수술을."

6

해마에 고슴도치처럼 웅크리고 있는 5센티 크기의 암조직을 떼내는 것은 평소에는 쉬운 작업이었으나 오늘은 그렇지 않았다. 조금이라도 더 제거하면 생명을 건지고 암으로부터 해방이 되나 그럴수록 수술 후, 어머니는 기억을 더 잃어버리고 어머니의 감정은 점점 사그라져 모성애는 물론 친구의 얼굴도 몰라보게 된다. 그런 판국이니 아주 작은 조직도 떼어내기가 힘들었다.

"닥터 강! 더 잘라내야지! 조금 더…… 조금 더……."

닥터 스미스는 나에게 큰소리로 주위를 주었다.

'아, 어머니! 부디 깨어나시면, 나는 몰라도 내 친구, 아니 당신의 아들 빌만큼은 알아 보셔야지요. 부탁입니다.'

나는 마침내 주위 조직을 떼어내고 말았다.

암조직 제거 수술은 성공적이었으며 환자도 점점 마취에서 깨어나고 있었다. 빌은 나에게 거듭 거듭 감사하다고 머리를 조아렸으나 그 때마다 나는 어쩔 줄 몰랐다.

환자는 팔 다리를 움직이며 마침내 말도 하기 시작했는데 무슨 말인지 잘 구별이 되질 않아 아직도 마취에서 덜 깼다고 마취의사는 설명해주었다. 시간이 지나면서 가장 문제가 됐던 심한 두통이 사라지자 환자의 표정은 아주 편안해 보여 외관상으로 볼 때 환자의 수술 결과는 100% 성공적이었다. 그러나 나는 아직도 죄지은 마음으로 환자의 경과를 며칠 더 기다려 보아야 했다. 혹시라도 환자가 감정 조절의 기능을 잃어버리지나 않을까 하는 걱정 때문이었다.

수술 후 2주, 마침내 환자는 완쾌돼 집으로 퇴원했다. 비록 휠체어에 앉았으나 머지않아 걸을 수가 있을 것 같았다.

"일주일 후, 다시 찾아오셔야 합니다. 머리가 계속 아픈지도 관찰하시구요. 혹시 토하거나 급한 통증이 생기면 즉시 알려주시고……."

간호사가 자세히 설명을 마치자 집으로 돌아 갔다.

'큰 문제가 없겠지…….'

나는 한 주간을 긴장하며 기다렸다. 일주일 후, 빌은 어머니를 모시고 나의 사무실로 찾아왔다.

"조? 수술 후 회복이 잘 돼 어머니의 모습은 옛날 그대로인데 어찌 된 일인지 어머니가 나를 몰라보는 것 같아. 아들을 보고 누구시냐고 묻곤 한다네. 그리고 최근의 기억은 거의 잃어버리고 바보 같은 행동을 하는데, 좋아지겠지, 그렇지?"

"너를 아주 몰라보니, 빌?"

"아주는 아니고 자주 나를 자주 몰라라보는 것 같아. 그리고 감정이 전혀 없어. 무표정해."

"그럼, 마치 어머니의 마음이 네 곁에서 사라진 것 같은 느낌이니, 빌?"

"바로 그 말여! 분명 내 어머니인데, 이젠 내 어머니가 아니고 멀리 화성에서 내려온 외계인 같아……."

"화성에서 온 외계인이라. 네 어머니가?"

"맞아. 조! 어머니의 마음이 어디로인지 가버린 것 같아."

"아, 맙소사."

나는 크게 한숨을 쉬었다. 환자의 건강 상태는 좋아져 거동도 하고 식사도 스스로 할 만큼은 됐으니 수술은 성공했으나 자기 아들을 알아보지 못하는 것은 물론 어머니의 그 마음, 즉 모성애가 어디론가 사라졌으니, 이 수술은 대성공이 아니고 대 실패였다.

'연어는 멀리 바다에서 강으로 올라와 알을 낳고 죽으면 부화된 새끼들은 제 에미를 갉아 먹는다고 하는데…… 반대로 가물치란 놈은 에미가 알을 낳은 후 지쳐 죽게 되면 부화된 새끼 가물치들은 스스로 어미 가물치의 입 속으로 들어가 먹이가 돼 죽는다고 하던데……, 어머니, 우린 뭡니까? 어머니는 수술 후 살아나셨으나 자식을 못 알아보다니, 어머니 차라리 가물치처럼 자식인 나를 먹으소서.'

어머니는 사람들이 가까이 오면, '누구시죠?'라고 묻는다. 자기 아들 빌을 봐도 '누구시죠?'라고 묻는다.

"아, 어머니! 나요 나. 빌. 어머니의 아들……."

"누구시죠?"

어머니는 아들 빌을 손님으로 생각하고 또 묻는다. 어제도 오늘도 그리고 내일도.

'신경외과 의사가 싫어진다. 그만두고 싶다. 차라리 수술을 하

지 않았더라면 좋았을 텐데.'

나는 몹시 후회했다. ✲

※주 : 대뇌 밑 부분인 대뇌변연계(Limbic system)에는 히포캄푸스(Hippocampus)와 편도체(Amygdala)
가 있는데, 이 부분을 감성(情)의 뇌라고 부른다. 기억력과 감정을 조절하는 작용을 한다.
수술 후 단순 감정인 공포, 두려움 그리고 기억력의 변화가 생겨 소설 내용의 증상이 올
수 있다. ― 신경외과 의사 진단.

이 작품은 사랑하는 마음이 신체에 영향을 끼쳐 병이 쾌차함으로 마음과 신체가 어떻게
서로 교섭하는가를 몸의 이미지를 통하여 잘 보여주고 있다

해마 2

1

신경과 전문의사 강석호(姜石浩)는 추운 겨울이 뼈 속 깊이 싫었다. 그래서 그는 30여년 넘게 살아온 뉴욕 퀸즈(NY Queens)를 떠나 미련 없이 사시사철 따뜻하다는 칼리포니아 산 버나디노 (San Bernardino)로 무조건 이사왔다.

이제 시도 때도 없이 불러대는 환자들에게 시달려 자유를 잃고 돈, 돈 하며 처절하게 사는 것도 싫어졌다. 그래서 그는 잘 나가는 신경과(神經科) 의사 개업도 미련 없이 닫아버리고 비교적 자유스러운 월급 받는 직장을 구했다. 그런데 하필이면 흉악하고 잔인한 정신병자들이 섞여 있는 '칼리포니아 주립 패튼 정신병원(California State, Patton Psychiatric Hospital)'에서 환자를 돌보게 된 것이, 왜 그런지 마음 한 구석에 껄껄하고 다소 두려웠다. 연봉은 비교적 작은 편이나 상대적으로 휴가가 길며 밤 당직이 전혀 없는 것이 그래도 좋았다. 낮에 근무를 마치고 병원 문을 나오면서부터 일체 스트레스가 없기 때문에 콧노래를 부르며 천하태평, 만고강산이라고 생각하며 직장에 나가기 시작했다.

'칼리포니아주립패튼정신병원, 신경과 자문의사(Consultant)'가 그의 공식적인 직책이었다. 만고강산, 콧노래도 잠시, 4주 만에 뜻밖의 문제가 생겼다.

"닥터 강! 출근하면 곧바로 A병동으로 달려와 주세요!"

영어만 쓰는 미국 병원에 한국 간호사가 한국말로 이른 새벽에 그에게 전화를 걸어 응급 호출을 했다.

'그러면 그렇지! 여기가 어딘데. 강간, 살인, 테러, 폭파를 일삼는 강력범들이 잡혀와 있는 곳인데, 이제껏 조용했던 것, 기적이었지.'

아침에 출근하자마자 A병동으로 가보니 한국인 간호사가 아직도 흥분된 어조로 새벽에 일어난 끔찍한 사건을 설명했다.

A병동에서 근무하는 한 여자간호사가 남자 정신병자에 의해 갑작스레 공격을 받아 머리칼이 한 옹큼 뽑혔으며 머리가 뒤로 재껴지면서 목뼈가 부러져 응급실로 실려간 대형 의료사건이었다.

간호사를 공격한 환자는 2주 전에 앰뷸런스에 실려 온 22살 된 남자로, 그는 로스앤젤레스 북동부에 있는 팜 데일에서 칼을 휘둘러 '7-11편의점'에서 일하는 여자 종업원을 칼로 살해하고 현금과 상품을 들고 도주하다 잡힌 흉악범이었다. 체포하려고 하는 경관들에게 욕설을 퍼붓고 칼을 휘두르다 다리에 총격을 받고 서야 잡혔는데 생각보다 힘이 장사였다.

전과 4범인 그는 과대망상에 사로잡힌 정신분열증 환자로 밝혀져 결국 패톤 정신병원에 강제 입원이 됐다. 그러나 불과 2주 만에 A병동에 근무하는 금발의 40대 여자간호사를 무자비하게 공격한 후 병원 안전요원에 의해 체포돼, 독방에 갇혀 있다고 한국인 간호사가 설명을 하며 이토록 험악한 환자를 상대해야 하는 그를 불쌍한 듯이 쳐다봤다.

"닥터 강! 정말 몸 조심하세요. 그 녀석은 힘이 장사고, 아주 잔인한 최고 악질 미친놈이라고 합니다. 게다가 웃기는 게 우리와 같은 한국사람입니다."

"맙소사, 한국사람? 알겠습니다. 명심하죠."

말은 이렇게 했으나 그도 마음이 떨리기는 마찬가지였다. 혹시라도 흉기를 휘두를지 모르기 때문이며 한국사람이라는 것이 더욱 수치스러웠고 아울러 화가 났다.

간호사가 건네준 환자의 진료 일지(Chart)를 훑어보기 시작했다.

'나이 22세, 이름, 김정운(金正雲), 1.5세, 한국계 미국인, 전과 4범, 성품이 잔인하며 반 사회적임. 한국태생으로 LA로 이민 옴, 뉴욕에서 고등학교 졸업. 예일대학 중퇴, 군에 입대.'

기록된 이력이 인상적이었다.

"와! 예일대 중퇴라니…… 그리고 김정운? 뭐야? 북한의 독재자, 김정은?"

그는 계속해서 진료 일지를 읽었다.

'감정의 변화가 몹시 심하여 이유 없이 싸움을 자주 하며 원인 모를 간질병을 일으키기도 함.'

신경과 의사인 그에게 눈에 띄는 부분이었다.

"원인 모를 간질병이라?"

직업의식에서 오는 궁금증이 생겨 진료기록부를 덮어 두고 그는 환자의 방으로 찾아갈 생각이었다.

"닥터 강? 혼자 가지 마소. 위험합니다. 같이 갑시다."

근육이 울퉁불퉁 튀어 나온 남자간호사가 그의 뒤를 따랐다. 그의 마음이 다소 놓였다.

철창과 방탄유리로 된 방에 대자로 누워있던 환자 김정운이 그를 보자 벌떡 일어나 눈을 부릅뜨고 노려보기 시작했다. 눈에서는 증오와 분노가 불꽃처럼 튀는 듯했으며 왼쪽 얼굴 위아래로 그어진 약 4센티의 흉터를 본 순간 '와! 살인자!' 닥터 강은 잠시 어떻게 대처해야 할지 망설여졌다.

원래 A정신병동은 보안이 철저해 건물 밖에서 철문으로 된 이중문을 열고 들어가면 큰 홀이 있어 이곳에 대부분의 환자들과 남녀 간호사들이 하루의 대부분을 보내고 있으나, 문제가 있는 환자는 철창과 방탄유리벽으로 된 독방에 홀로 갇혀 있든지 족쇄에 묶여 있는 것이 규칙이었다.

"야! 이 거지 같은 놈들아 어서 날 내보내주라고! 아니면 불 질러버리든지 다 죽여버리겠다!"

환자는 소리쳤다.

"이것 봐! 김정운이라고 했나? 네가 밖으로 나가든지 여기에서 평생 갇혀 살든, 그건 다 내 손에 달렸어. 그러니 조용히 내 말을 듣는 것이 좋을 텐데, 김정운!"

닥터 강은 젖 먹은 힘을 다해 그에게 응수했으나 속으로는 벌 벌 떨렸다.

"네가, 의사냐? 그런데 넌 한국놈 아냐?"

환자는 의사가 한국사람인 것을 알자 마음속에서는 은근히 반 가워하는 눈치였다.

"그래, 김정운! 내가 바로 네 주치의사다. 그리고 너와 똑같은 한국사람이다. 그러니 나와 얘기 좀 하자!"

그는 환자에게 가까이 다가가 방탄유리에 1센티 정도 뚫린 구 멍들을 통해 말을 시작했다. 닥터 강의 마음에는 무서움이 있었 으나 겉으로는 태연한 척해야 했다. 혹시라도 환자가 갑작스레 강한 펀치를 날린다든지 아니면 숨겨뒀을지도 모르는 칼이라도 휘두른다면 큰 낭패가 아닌가.

"김정운 씨, 오늘 아침, 간호사의 머리를 잡아채고 목을 부러 뜨렸다고 하던데, 왜 그랬지?"

"그야, 물 좀 달라고 했는데도 못들은 척하고 무시했으니, 당 연하지…… 안 그래, 닥(Doc)!"

그는 큰소리로 응수하면서 '닥'이라는 대답을 한 것은 상대방 이 의사라는 것을 인식하고 있다는 증거였다.

"그래도 그렇지. 말로 해도 되는데, 꼭 폭력을 써야하나, 김정 운 씨?"

"그딴 소리 하려면 저리 가시지, 아침부터 잠도 못 자게."

해마 2
057

그는 털썩 주저앉아 하품을 했다.

"알았으니 간호사가 주는 약은 빼지 말고 먹도록! 그리고 단체 행동의 규약을 잘 지키도록 하게나. 알았나! 김정운 씨."

"알았으니 날 좀 빨리 내보내 주쇼!"

그는 아주 작은 목소리로 대답하는 것을 보아 마음을 많이 누그러뜨렸으며 자기가 한 일에 후회를 하는 듯했다.

"원인 모르는 간질병에 반 사회적인 잔인한 성격이라? 그렇다면 과연 이 환자는 무엇이 그리고 어디가 문제인가? 예일대학에 들어간 것으로 보아 정상적인 사람임에 틀림없다. 단지 미친놈, 아니 정신분렬증이라고 만 볼 수는 없다. 혹시 뇌 질병일 수도 있다."

중얼대며 닥터 강은 진료기록부에 자신의 의견을 기록했다.

"닥터 강! 빨리 오소! 환자 김정운이 간질 발작을 합니다. 빨리요!"

A병동의 한국인 간호사가 급하게 그를 불렀다. 급히 달려가 보니 환자는 발작을 마친 후 깊은 잠에 들어 있었다. 환자를 관찰한 닥터 강은 간호사를 불러 뇌 단층촬영과 뇌파검사를 하라고 지시했다.

급히 촬영한 뇌 단층촬영에서 특별히 발견된 것은 없으나 역시 뇌하수체(腦下垂體)와 해마(海馬)의 부위가 정상처럼 보인다고 방사선과 의사가 구두로 보고해 왔다.

"그것 보소, 닥터 강! 신경병이 아니고 단지 정신과적인 문제여. 여긴 미친놈이 입원하는 정신병원이요. 괜히 아는 척 하지 마소!"

정신과 의사가 고소하다는 듯이 큰 소리로 그에게 말했다.

"근본 원인을 찾고 있으니 조금 더 기다려 봅시다."

닥터 강은 가볍게 정신과 의사에게 응수했다.

"이봐! 닥터 강! 잘난 척 하지 마! 환자가 악화되면 당신 여기서 쫓겨나!"

이 병원에서 마음대로 좌지우지하는 막강한 힘을 가진 P정신과 의사가 거듭 경고를 하고 갔다.

"바보 같은 정신과 의사. 아는 게 없으니 맨날 정신분열증이니 우울증이니 하고 얼버무르는구먼."

그는 돌아가는 그에게 중얼거렸다.

두 시간 후 닥터 강은 환자를 다시 찾아갔다. 환자는 정신을 차리고 침대에 누워있었다.

"김정운 씨 당신은 오늘 간질을 했소. 언제부터 간질을 했던가요?"

"간질? 간질? 하하하…… 무슨 놈의 간질. 다 아버지가 만든 거지……."

"아버지라니?"

"그런거 물어보려면 나가슈! 당신도 아버지하고 다를 바 없어……."

그는 인내심을 갖고 잠시 진찰을 했다. 심장 박동 수와 숨 쉬는 상태를 청진기를 통해 들었다. 뜻밖에도 반항하지 않고 그는 그의 진찰에 순순히 응해주었다.

"나 좀 빨리 나가게 해주쇼!"

환자는 사정했다.

"그러려면 빨리 병에서 나아야겠지, 진단도 제대로 하고 치료도 합시다. 아셨죠? 김정운 씨?"

환자는 알았다는 듯이 고개를 끄덕였다.

"닥터 강! 환자는 아주 위험한 정신병자입니다. 아주 조심하시지 않으면 신변이 위험하니 조심하세요. 반드시 힘 좋은 남자간호사와 같이 환자를 진찰해야 합니다. 여기 고참 정신과 의사들이 당신을 싫어하는 것 같으니 조심하소."

정신과 의사인 병원장이 보다 못해 알려주었다.

"알았습니다, 원장님. 이 환자는 정신병이라기보다 뇌신경병을 앓고 있는 듯합니다. 한 달의 시간을 주시면 환자의 병명은 물론 획기적으로 치료하겠습니다."

"뭐요? 뇌신경병? 그리고 한 달? 그게 가능할까요? 그는 몸이 회복되면 살인죄로 검찰에 의해 법정에 서야 합니다. 아마도 유죄판결을 받고 징역을 살아야 할 겁니다. 괜히 닥터 강! 너무 나서는 거 아뇨?"

정신과 의사인 원장도 은근히 그를 경계하는 듯했다.

2

'그렇다면, 나는 그의 근본 병을 찾아내 고쳐주는 것이다.'

그는 환자 김정운을 도와주려고 결심을 했다. 닥터 강이 환자의 친구와 가족들을 통해 알아 낸 인적 상황은 이러했다.

정운은 4살 때 사업에 실패하고 부도를 낸 채 로스앤젤레스로 도망 오다시피 이민 온 아버지를 따라왔다. 먹고 살기에 바쁜 아버지는 정운을 몰라라 하고 방치해두었다. 새벽에 나갔다가 밤늦게 술에 취해 돌아오는 아버지, 머리채를 잡히며 아우성치는 어머니를 보는 것이 거의 매일이었다. 정운이 7살 되었을 때, 아버지는 화를 못 참고 아들의 얼굴과 머리를 강타했다. 어린 정운은 시멘트 바닥에 나가떨어지면서 정신을 잃었다. 며칠 입원한 후 회복은 됐으나 아버지는 아동학대로 인해 교도소에 잠시 다녀왔다. 어머니는 가출을 해버렸다가 얼마 후에 다시 찾아오길 반복했다. 상황이 이렇다 보니 정운은 성격이 몹시 급하고 난폭하여 초등학교와 중학교에서 문제아동으로 자주 체벌을 받았다.

"아버지는 나를 자주 구타했어요. 갈비뼈가 부러지기도 했죠. 아버지가 마치 악마처럼 보였습니다."

"교회는 갔었나요?"

"교회요? 난 그런 거 모릅니다. 담배 피우고 깽들과 싸우고. 여기 얼굴의 상처는 깽단이 찌른 흉터죠."

보다 못해 세탁소를 운영하는 삼촌은 조카를 뉴욕으로 데리려 왔다. 삼촌은 아버지와는 정반대로 조카를 친아들같이 돌봐주었다. 놀랍게도 뉴욕에서 정운은 점점 다른 성격으로 변하기 시작했다. 심지어 자신의 한국 이름도 버리고 척(chuck)이라고 부르라고 했다. 공부를 잘하는 모범생이며 '미식축구' 팀에서 맹활약을 한 운동선수였음이 드러났다. 어떻게 이토록 180도 반대가 될 수 있었을까? 그뿐인가 그는 당당하게 예일대학에 입학했다.

"정운이가 예일대학에 입학을 하다니?"

로스앤젤레스에서 이 소식을 들은 아버지는 뒤 늦게나마 아들이 대견했기에 그가 아들에게 한 일을 후회했다.

"아버지? 누가 아버지여? 나, 아버지 없어."

뜻밖이었다. 아들, 정운은 아버지가 없다고 말했다. 처음에는 일부러 그렇게 말한다고 생각했으나 사실이었다.

"혹시, 복수인격(Dual personality)을 가진 사람이 아닐까요?"

소아정신과(小兒精神科) 의사가 뜻밖의 진단을 말해주었다.

"복수인격이라니요? 그게 뭐죠?"

"아, 사람의 성격이 완전히 두 개인 사람이 있답니다. 지킬과 하이드 박사처럼 말입니다."

그럼에도 불구하고 아버지는 아들에게 사과하려고 뉴욕을 거쳐 예일대학이 있는 뉴 헤이븐으로 찾아와 아들을 만나 많은 돈을 주고 갔다.

"그 사람이 아버지라고? 잠깐! 아!, 나를 발로 차고 갈비뼈를 부러뜨린 사람?"

그는 로스앤젤레스에서 아버지로부터 받았던 악몽 같은 일들이 떠올랐다. 아버지가 다녀 간 후부터 그는 아버지로부터 받은 옛 상처가 무의식에서 조금씩 거북이처럼 기어 나오기 시작하자 그에 비례해서 성격의 변화가 오기 시작하더니 옛날의 난폭한 성격으로 바뀌어지기 시작했다. 뉴욕에서의 온화했던 성격이 이젠 완전히 로스앤젤레스에서의 그 못된 잔인한 성격이 되었다.

예일대학 캠퍼스에서 폭행을 하다가 경찰에 연행돼 갔다. 지나가던 여학생에게 성추행을 하려고 하다 역시 경찰에 잡혔다. 이번에는 학교 측에서 그의 아버지를 불렀다. 로스앤젤레스에서 그리고 뉴욕에서 두 아버지가 달려와 한번만 봐 달라고 사정했다. 그러나 학교 측에서 교칙대로 정학을 명령했다.

"이 녀석이 하라는 공부는 않고 이게 뭐야!"

아버지는 옛날처럼 욕하며 언성을 높였다.

"아버지라? 당신이 아버지라고?"

그는 아버지를 밀치고 사라졌다.

"아니, 저 녀석이 애비를 밀치고 도망을 가다니…… 나쁜 놈. 야, 이놈아!"

아버지는 분해서 소리쳤다.

정운은 아버지가 보기 싫어 자원해 군에 입대했다. 군에 입대해서도 마찬가지였다. 성격이 난폭하고 상관에게 대들기도 하다가 영창에 가기도 했다. 그리고 마침내 그는 군에서도 불명예 제대로 쫓겨나고 말았으며 주머니에 돈이 없자 '7-11편의점'에 침입해 여종업원을 칼로 찔러 죽인 후 돈을 갈취했다. 그리고 경찰에 잡혀 여기 흉악범들이 감옥에 가긴 전에 잠시 머무는 곳 패턴주립정신병원에 온 것이었다.

"음-"

닥터 강은 크게 신음 소리를 냈다. 문득 그에게 다가오는 느낌이 있었다.

'어떻게 그 악한 성격이 온화해졌던가? 뉴욕에서는 분명 온화한 사람이었는데…… 어째서?'

그는 뇌 단층사진을 확대경으로 자세히 들여다보며 연구했다. 분명 그의 눈에 뵈는 대뇌의 측두엽(側頭葉, temporal lobe)과 시상(柴床, Thalamus) 부위가 조금은 크게 보였다.

'혹시? 환자는 측두엽 간질(temporal lobe seizure)과 도파민 홀몬의 과다로 인해 해마(hippocampus)가 작용을 하지 못하고 있는 것은 아닌가. 그렇다면 해마를 안정시켜줄 호르몬과 자극해 줄 요소가 있어야 한다.'

그는 도파민을 억제하는 약을 투여하기로 마음을 먹었다.

"닥터 강? 말도 안 돼요? 불안정한 성격을 치료하려면 오히려 도파민을 줘야 하는데 그 반대라니, 말이 됩니까? 나는 반대입니다."

정신과 의사가 그의 계획을 듣고는 강력하게 반대하고 나섰다.

"사실은 그 반대입니다. 억제 시켜줘야 감정이 순화됩니다."

"당신이 정신과 의사여! 헛소리하지 마소! 여긴 정신병원이여. 당신은 단지 신경과 자문의사일 뿐!"

"아닙니다. 이건 분명 신경과 질환입니다. 정신병이 아니고……."

그는 무엇보다도 정신과 의사의 동의를 구하는 것이 힘들었지만 약 한 달간 투약해보고 다시 결정하자는 조건부 허락을 받았다.

최근에 시험 발표된 A-21이라는 약을 가까스로 구해 처음 처방대로 환자에게 투여하게 됐으나 뜻밖의 문제가 있었다. 시험약이기에 부모의 동의를 구하여야 했다. 가까스로 삼촌의 동의를 받았다.

"뭐시! 내게 약을 준다고? 야! 미친놈아! 난 안 먹는다. 너나 먹어라!"

환자는 소리를 쳤다. 뿐만 아니라 약을 가지고 온 남자간호사의 가슴을 주먹으로 후려쳐 뒤로 넘어지게 했다. 병실은 온통 소동이었다.

"닥터 강? 꼭 이 약을 써야 합니까? 곧 법정에 가 재판을 받을 환자인데……."

병원장은 노골적으로 불만을 터트렸다.

"그럼 내가 직접 먹이겠습니다."

닥터 강은 손수 약을 들고 환자에게 갔다.

"안 먹겠다는데, 닥(Doc)! 왜 이러십니까?"

환자는 소리쳤다.

"김정운? 분명, 빨리 나가고 싶다고 했지? 난 네 병을 고칠 수 있어. 넌 분명 뇌 질환을 앓고 있는 거야. 정신병이 아냐!"

"정신병이 아니라고? 하하하…… 원 미친놈 봤나. 다들 나를 흉악범이라고 하던데…… 정신이 햇가닥 돌았다고 하던데……."

"아냐, 넌 정상이여. 단지 뇌 속에 작은 혹들이 생긴 거여. 이 약을 먹으면 그 혹이 줄어들 거여. 분명……."

"무슨 소릴?"

"날 믿어. 날 믿어. 나도 너처럼 한국사람이여. 한국사람!"

"……."

환자는 갑자기 조용해졌다. 그리고 멍하니 닥터 강을 바라다보았다.

"왜 그러나? 누가 생각나나? 아버지?"

"……."

"말해봐! 누가 생각나나?"

"마리아-. 마리아-, 마리아가 보고 싶어……."

"마리아?"

환자, 정운은 눈물을 흘리며 입을 다물었다.

3

환자는 일체 말을 하지 않았으며 얼굴은 분노로 이글대는 찌그러진 얼굴이었다. 약은 전혀 입에 대지 않았으며 조금이라도 강요하면 약을 갖고 온 간호사를 두 손으로 밀쳐버리기 때문에 이만저만 고생이 아니었다.

오늘도 닥터 강은 아침 회진으로 환자를 찾아왔다.

"김정운! 마리아가 보고 싶다고 했지?"

순간 정운은 누워있던 침대에서 벌떡 일어나 닥터 강의 손을 우악스럽게 꽉 잡았다. 옆에 있던 남자간호사가 그 손을 잡아떼려고 했다.

"그냥 두시지요? 그리고 잠시 밖에 나가 기다리시지요. 저 혼자 진찰을 하겠습니다."

"닥터 강? 위험하지 않겠습니까?"

"괜찮을 겝니다. 저는 김정운을 좋아하니까요."

닥터 강은 혼자 정운을 마주 바라보게 됐다.

"이것 봐! 김정운, 나는 네 병이 무엇인줄 알아. 그리고 치료할 수 있어. 나를 믿어줘."

"……."

"단지, 내가 주는 약을 한 달만 먹어봐. 분명 너는 정상 사람이 될 거야. 그러니 반드시 먹으라고. 그래야 마리아도 만나게 되지."

"마리아를?"

"그렇다니까…… 그럼 약을 먹어야지!"

정운은 침대에 도로 주저앉으며 작은 목소리로 말했다.

"마리아는 날 안 만나줄 거야. 그녀는 날 포기했으니까."

그날 오후, 병원장은 닥터 강을 원장실로 불렀다.

"닥터 강? 당신 분명 신경과 전문의사가 맞소? 환자가 더 악화돼 이젠 검찰에서 우리를 의심하고 있소. 치료를 그만두지!"

원장은 치료 중지를 명령했다.

"예. 전, 신경과 전문의사입니다. 왜죠?"

"병원, 정신과 의사들이 거칠게 항의를 한단 말야! 여긴 정신병원이지 일반 병원이 아니란 말입니다."

정신 치료를 하지 않았기에 환자, 김정운은 점점 악화돼 이젠 24시간 족쇄를 채워 가둬 둬야 하며 심지어는 구식 치료이긴 하나 뇌 전기치료요법을 해야 한다는 말도 나왔다.

"맙소사, 환자의 병은 대뇌측두엽과 해마에 생긴 병인데, 무식한 정신과 의사들이 억지를 쓰는구먼. 게다가 검찰까지 끼어들어 애꿎은 젊은이를 감옥에 넣으려고 하는구먼. 안 돼, 내가 마저 치료해야 해."

그는 원장실을 향해 중얼대며 돌아왔다.

4

마리아 구티에레즈(Maria Gutierrez)라는 이름을 가진 푸에르토계 미국 아가씨를 찾는데 꽤 시간이 걸렸다.

마리아는 퀸즈 보로(Queen's Borrough) 고등학교를 김정운과 같이 졸업하고 예일(Yale)대학에 입학한 여자친구였다. 그저 좋아하는 친구였다. 그녀는 예일대을 졸업한 후 다시 뉴욕으로 내려와 보험회사에서 일하고 있었다. 긴 머리에 서반아사람과 푸에르토리코 원주민의 피가 반반 섞인 얼굴이 다소 길죽한 23살의 숙녀로 웃음이 아주 상긋했다. 10세 되던 해에 푸에르토리코에서 뉴욕으로 이민와 퀸즈에 살며 퀸즈보로 중고등학교를 다녔다. 15살 되던 해 그녀는 로스앤젤레스에서 전학 온 김정운을 만나게 됐는데 공교롭게도 이웃에 사는 사이였다.

"척(Chuck, 정운의 미국이름)은 참 좋은 친구였어요. 그런데 로스앤젤레스에서 온 아버지를 만난 후부터 갑자기 척의 성격이 달라졌지요. 알고 보니 어려서 아버지로부터 받은 마음의 상처가 척을 분노하게 했으며 복수를 하려는 험상궂은 얼굴로 변했지요.

그토록 좋았던 '척'이 그렇게 변하다니요. 심지어 나를 죽이겠다고도 했는데, 나는 그가 정말 나를 죽일 수 있다고 생각했어요. 그래서 우린 헤어졌지요. 그와 헤어진 후 나는 한동안 심한 우울증에 빠졌어요. 그리고 절망이었지요. 그와 헤어지는 것도 힘들었지만 그가 점점 흉악한 사람이 되는 것을 보고만 있어야 하는 내가 더 서글펐어요. 내가 그를 위해 할 수 있는 것이 하나도 없었어요."

마리아는 눈물을 떨구었다.

"아냐, 마리아! 할 수 있어요. 부탁이요. 당신의 친구 '척'은 지금 죽어 가고 있어요. 뇌에 생긴 질환으로. 하루하루…… 점점 더 나빠지고 있어요. 그런데 새로 개발한 A-21이란 약을 복용하면 척은 좋아질 수 있는데 그 약 먹길 거부한단 말입니다. 마리아가 직접 가서 척에게 약을 권하면 먹을 겁니다. 그러면 척은 회복됩니다. 부탁이요, 나와 같이 산 버나디노로 갑시다."

"닥터 강, 난 무서워요. 무서워요. 척은 언젠가 내게 칼을 보여주며 죽일 수도 있다고 했어요."

"아닙니다. 척은 마리아를 사랑하며 보고 싶다고 하더군요. 나는 압니다. 그러니 우정으로 척을 만나 약 먹기를 독려해 주세요. 그러면 척은 다시 살아납니다. 함께 갑시다."

"생각해 보지요. 그러나 기대하지 마세요."

"잘 생각해 보세요. 척은 죽습니다. 죽어요!"

닥터 강은 큰 소리로 외쳤다. 마리아는 더 말을 않고 돌아가버렸다.

주저하던 마리아는 결국 이틀 후 산 버나디노로 찾아왔다. 그녀가 병실에 도착한 날, 환자 척은 간질병으로 대 발작을 하다가 깊은 잠에 빠져 있었다. 마리아는 의식을 잃고 누워있는 척의 손을 꼭 잡았다. 반가운 마음과 떨리는 마음으로, 그리고 그녀도 동정심으로 같이 울고 있었다.

"척. 이게 뭐야? 어째서 이렇게 됐어! 넌 참 좋은 녀석이었는데……."

마리아는 눈을 꼭 감았다.

10년 전, 마리아는 새로 전학 온 '척'을 만났다. 우락부락하고 집중력이 없어 뵈는 한국 소년이 퀸즈보로 고등학교가 익숙하지 않았는지 어느 교실로 가야 할지 몰라 갈팡질팡하고 있었다.

"난, 마리아라고 해. 넌 전학왔나보군."

마리아가 먼저 말을 걸었다.

"어-난, 척이라고 해."

"어디서 왔는데?"

"그런 거 묻지 말자. 여기 퀸즈에서 태어나 여기서 살았으니까."

그의 말은 처음부터 거칠었다. 어리둥절하고 익숙하지 않아 힘들어 하는 '척'을 마리아는 아주 친절하고 침착하게 가르쳐 주었다. 매일같이…… 그런데, 웬일인가? 그녀와 만나면 만날수록 우락부락했던 그는 순해지고 현명해지고 있었다.

정운(척)이 처음 마리아를 만났을 때 그녀의 웃음 속에서 아름다운 노래가 흘러나온다고 생각했다. 마치 어머니의 젖을 물고 홍얼거리는 노래라고 느꼈다.

척은 퀴즈에서 활약하는 갱단들로부터 심하게 구타를 당했었다. 억지로라도 대항하고 싶었으나 마리아의 웃음을 생각하며 실컷 얻어맞았다.

"별거도 아닌 게. 로스앤젤레스에서 주먹을 날렸다는 게 고작이거냐!"

뉴욕 퀸즈보로 학교 깽단 앞에 두 팔을 들고 누군가 소리쳤다.

"야! 너희들! 멈춰라! 멈춰!"

마리아 구티에레즈였다.

"와! 마리아? 넌 뭐야. 푸에르토리칸 주제에?"

"그래, 나 푸에르토리칸이다. 그러나 여기 있는 척은 아냐!"

"그러니까 우리 히스패닉의 맛을 보여 주는 거야, 넌 저리가!"

깽단은 악명 높은 푸에르토리칸 학생들이었다. 나뒹굴어 떨어진 척은 마리아에 의해 병원으로 옮겨져 치료를 받았다.

그 후, 마리아는 척의 삼촌이 한 말이 생각났다.

"정운, 아니 '척'은 로스앤젤레스에 있을 때는 감정의 변화가 많은 문제아동이었는데 마리아를 만나서부터 아주 점잖고 현명한 소년이 됐어요. 마리아! 고마워."

"예? 로스앤젤레스에서 왔다고요? 그는 퀸즈에서 태어나 자랐다고 했는데. 그리고 아버지는 여기 퀸즈에 산다고 하는데 전 정말 혼동이 되네요."

"그래? 정운, 아니 '척'이 그렇게 말했어?"

삼촌도 역시 혼동이 됐다.

깊은 잠에 취해 있던 환자가 부시시 눈을 떴다.

"김정운 씨? 눈, 떠보소. 여기 친구, 마리아가 왔어. 마리아가!"

"마리아? 마리아?"

환자는 눈을 크게 뜨고 눈앞에 서 있는 마리아를 바라보았으나 어릿어릿 잘 보이지 않았다. 눈앞에 가려 있던 뿌연 안개가 조금씩 걷히면서 점점 시야가 넓어지고 선명해지더니 마침내 마리아의 모습을 발견할 수가 있었다.

"오! 마리아! 마리아!"

환자는 마리아의 손을 꼭 잡고 일어나 허깅을 하였다. 순간 5년 전, 그녀를 허깅하던 때가 눈앞에 떠올랐다.

퀸즈보로 고등학교 때, 미식축구에서 승리했을 때 '척'은 부모보다도 먼저 마리아에게 달려가 크게 허깅을 했다. 그리고 그는 말했다.

"마리아, 사랑해요. 마리아."

"나도. 너를 사랑해."

그녀가 대답하던 목소리가 오늘도 선명했다.

그들은 졸업 후 예일대학에 나란히 입학했다. 입학 오리엔테이션을 받으러 뉴 헤이븐에 갈 때 그들은 나란히 그레이하운드 버스를 타고 갔었다. 두 손을 꼭 잡고 있었다. 마치 오누이처럼. 아니 갓 결혼한 한 쌍처럼.

5

마침내 환자 척(정운)은 마리아가 보는 앞에서 A-21 알약을 먹기 시작했다. 하루하루가 지나면서 척의 얼굴은 점점 평화스러워지고 있었다. 화난 얼굴이 더 이상 아니었다.

'아, 해마가 긴 잠에서 깨어나는군.'

닥터 강은 환자의 뇌를 뚫어 보고 있었다.

"닥터 강? '척'이 간질을 하던 모습이 기억납니다. 간질을 할 때마다 그는 갑자기 제게 묻곤 했습니다. '마리아? 어디에서 개스가 새고 있나 봐, 개스 냄새가 나네.' 그리고 그는 코를 킁킁거리며 방을 돌아다녔지요. 그 순간 그의 모습은 화가 난 불독(Bull Dog)처럼 코를 벌렁거리더니 눈에서 불이 나왔어요. 나는 너무나 무서웠어요. 그리고 그는 나를 바라보더니 이를 갈며 손발을 흔들며 떨더군요. 그리고 침을 흘리면서 뒤로 넘어져 손발을 미친 듯이 떨었지요. 그리고 그는 정신을 잃고 잠에 들었어요."

"그래요! 그것을, 측두엽 간질(Temporal lobe seizure)이라고 하지. 그리고 간질에서 깨어난 후 그는 아주 다른 사람처럼 행동을 했겠지?"

"예. 바로 그거에요. 완전히 다른 사람, 아니 짐승처럼 보이더군요."

마리아는 과거를 회상했다.

"그랬던 그가, 언제부터인가 간질 증상이 없어지고 얼굴에 환한 평화가 왔겠지. 모르긴 해도 마리아, 당신의 웃음과 사랑 때문에 그의 뇌에서 옥시토신 호르몬이 더 분비가 됐을 거야. 그리고 둘은 사랑하게 됐겠지, 아니 사랑에 빠졌겠지. 마리아!"

"예. 그랬어요. 우린 서로 사랑했어요."

"그런데 '척'이 아버지를 만난 후부터 얼굴에 평화가 사라지고 성격이 나빠졌겠지. 그런데 마리아가 여기 온 후부터 '척'은 옛날처럼 점점 좋아지고 있어요. 물론 A-21이라는 약효과도 같이 작용을 하고 있지만."

닥터 강은 마리아의 마음을 꿰뚫는 듯이 설명을 했다.

환자는 마리아가 온 후부터 약을 잘 복용했으며, 누가 봐도 새로운 사람으로 변하고 있었다.

"닥터 강? 한 달을 달라고 했는데 과연 좋아지는군요. 정신병이 아니고 신경병이라고 했죠. 그럼 완치가 되는 거요?"

병원장이 물었다.

"예. 완치가 됩니다. 분명 측두엽과 해마 그리고 편도체가 정상으로 될 겁니다. 물론 CT(뇌 단층)촬영으로 증명할 수 있습니다."

"그럼, 그가 저지른 살인사건은 어찌 되는 건가요? 신경병 때문이라고 했는데?"

"원장님, 분명 신경병으로 인해 생긴 것은 사실입니다마는 병은 병이고 살인사건은 살인 사건이죠. 법에 따라 선처를 기대해야 겠지요. 우리 의사들이 증인이 돼야 겠지요. 극명하게 다른 두 개의 인격도 간질도 여기 해마에서 생긴 병입니다. 해마란 놈이 길을 잃고 간질을 한 거지요. 원장님!"

닥터 강은 원장에게 모든 것을 설명했다.

"그렇군요. 우리 정신과 의사들은 정신분렬증에서 오는 '성격 장애'와 과대망상에서 온 '광폭하게 미친 놈'이라고 생각을 했으니까요. 그런데 그게 아니었군요."

6

마침내 정운은 정상적인 인격과 온화한 성격으로 변했다. 간질병이 사라지자 뇌파는 정상으로 돌아왔다.

사랑하는 사람을 통해 분비되는 뇌 호르몬의 작용은 '악마와 천사'를 만든다고 생각했다. 아버지로부터 받은 육체적, 정신적 학대로 생긴 해마의 질병은 마리아가 선물한 사랑이라는 묘약에 의해 꼬리를 내리고 사라졌다.

닥터 강의 눈에는 환자의 측두엽에 붙어 있는 해마가 '마리아 고마워요, 나에게 사랑을 듬뿍 부어 줘서 다시 살았습니다.' 라고 손짓하는 것이 보였다.

'아, 해마(海馬)야! 너, 사랑이 무엇인지 알았지. 넌, 이제 잃었던 그 사랑을 다시 찾았어.'

닥터 강은 해마에게 조용히 속삭였다. ✶

※주: 이 환자의 병명: Kluver Bucy Syndrome으로 Amygdala(편도체), Hippocampus(해마), Anterior Temporal lobe(전방측두엽)에 생긴 병으로 감정변화 간질, 기억 상실(Amnesia)이 온다.

"닥터 김? 당신은 누구입니까?"

"……."

나는 대답을 하지 못했다.

"하바드를 나온 엘리트는 실수가 없는지요?"

"……."

"죄와 용서, 하바드에선 안 가르치는가요?"

"……."

"그리고 잘 못 했다고 시인할 줄 모르시나요?"

"잘 못 했습니다."

하바드를 나온 엘리트 닥터 김, 나는 처음으로 잘못을 인정하였다

오진誤診

1

"닥터 김! 너, 내 아들을 죽였어!"

"무슨 말씀을? 나는 내가 할 일을 했습니다."

"넌, 살인자야! 죽일 놈!"

그리고 전화가 뚝 끊어졌다.

"미쳤구먼."

금쪽같이 귀한 자기 아들을 죽였다면 당장 칼을 들고 찾아와 입에 거품을 물고 악을 쓰며 소리소리 지르다, 칼로 심장을 퍽 찔러 복수를 하든지, 아니면 강력한 유태인 변호사를 찾아가 소송을 걸어 엄청난 돈 덩어리를 달라고 하는 것이 정상적이다. 그런데 이 사람은 아주 굵고 큰 소리로 "너, 내 아들을 죽였어. 죽일 놈!"이라고 두어 마디만 하고 전화를 끊어버린다. 27년 전 '대형 의료사건'을 오늘에 와서야 비로소 고백하게 되는 까닭이 여기에 있다.

　미국 이민 1.5세대인 나도 어느새 60살이 되었다. 이젠 눈이
침침하고 기력도 딸려 지난 해부터는 비교적 쉬운 수술만 골라서
한다. 그것도 힘들어 다음달에는 외과의사 개업에서 완전히 은퇴
하고 자원봉사자로 소외받는 사람들을 도우려고 한다.

　생각해 보니, 8살 때 아버지 손에 이끌려 미국 뉴욕으로 이민
온 것이 어제 같은데 어느새 52년이라는 세월이 바람처럼 훌쩍
지나버렸다. 사람들은 나를 가리켜 뉴욕커(New Yorker)라고 부르
지만 천만의 말씀, 내 몸은 뉴욕에서 살지만 마음은 한국에 두고,
영과 혼은 태평양 상공에서 갈 곳을 정하지 못하고 방황하는 듯
하다. 한국과 동포들을 사랑하기 때문에 비록 귀찮은 일이 많음
에도 불구하고 뉴욕 후러싱(Fluhing) 한인타운에서 개업을 했었다.

　밤낮 없이 바빴던 30년의 외과의사 개업에서 별다른 의료사고
없이 명예롭게 은퇴한다고 생각하니 마음이 시원하다. 의료사고
가 없었던 것은 결코 아니었다. 그때 내게 걸려 왔던 "닥터 김,
넌 살인자야! 죽일 놈!"이라는 굵직한 목소리가 내 인생을 무난
하고 성공적으로 이끌어준 밝은 등대요, 나침반이었음을 다시 고
백할 수밖에 없다.

　일주일 전, 깜짝 놀랄 일이 있었다. 나의 진료 대기실 의자에
누군가 보다가 훌쩍 던져 놓고 간 미주 교계신문(美洲敎界新聞)을
우연히 발견했다. 호기심을 갖고 구겨진 신문을 뒤적거리다가 아

주 뜻밖의 뉴스를 읽게 됐다. 로스앤젤레스, P교회 박경종(朴敬宗) 장로의 사망 소식과 장례식에 관한 기사였다.

'박 장로는 일찍이 사랑하는 아들을 잃었으나 모든 것을 용서하고 없는 자와 외로운 자를 위해 77세의 인생을 살다 소천했다.'

"박경종 장로? 아니? 아냐!"

나는 급히 비행기 표를 구해 뉴욕 케네디 공항을 떠나 로스앤젤레스로 가는 비행기를 탔다. 그가 묻혀 있는 로스앤젤레스 로즈 힐(Rose Hill Cemetry) 공원으로 찾아가 늦었지만 고인에게 인사를 하기 위해서였다. 비록 장례식에는 참석하지 못했으나 이렇게라도 하는 것이 인간의 도리라고 생각했기 때문이었다.

비행기가 뉴욕을 떠나 아팔라치아 산맥을 넘었다. 그리고 광활한 서부를 향해 날아갔다. 비행기가 기류에 의해 심히 흔들릴 때마다 대뇌 깊숙이 숨어 있던 옛 기억이 살살 기어 나왔다. 박 장로와 그의 아들 생각이 온통 내 머릿속에서 꾸물거렸다.

얼마 전이었다. 은퇴 준비를 위해 의료사고 보험(Malpractice Insuarance)회사에 은퇴할 날짜를 통보하자 사무원은 뜻밖의 즐거운 소식을 알려주었다.

지난 30년, 외과 개업에서 한 건의 불미스러운 의료사건도 없었기에 꼬리보험(Tail Coverage)으로 10년간 보장해 준다고 했다.

"다른 외과의사들은 보통 2-3건의 의료보험 사고가 있었는데 닥터 김은 한 건도 없었군요. 은퇴를 축하합니다."

"……"

나는 대답을 못하고 망설였다. 순간 내 머리 속에서 "쾅"소리가 나며 누군가 내게 말하고 있었다.

"무슨 소리! 닥터 김! 넌 살인자여. 내 아들을 죽였어. 대형 의료사고를 쳤었어."

"살인자라고?, 아냐! 난 내가 할 일을 했었을 뿐여."

나는 스스로 위로했다. 그러나 27년 전에 일어났던 그 대형 의료사건(醫療事件)이 내 기억에서 지워지지 않았다.

뉴욕으로 이민와 정말 열심히 공부해 남들이 넘보기 힘든 하바드의과대학을 졸업하고 뉴욕의과대학(NYU)병원에서 외과 수련을 마치고 보니 온 세상이 내 것이었다. 외과 전문의사 시험도 당당하게 단번에 합격했다.

"존? 영어를 잘 못하는 우리 한국 이민자들을 도와주거라."

아버지의 간곡한 권고의 말씀이었다.

"예. 아버지."

나는 흔쾌히 아버지에게 대답했다.

한인타운이 있는 후러싱(Flushing)에서 외과 개업을 하자 일약 나의 이름은 온통 한국사람 사이에 유명 의사로 알려졌다. 하바드를 나온 것도 대단한데 한국말을 곧잘하는 외과의사이기 때문이었다.

자연히 나는 콧대가 세어 웬만한 수술은 하지 않았다. 맹장, 위천공, 위암, 대장암, 그리고 간암 등 큰 수술만 골라서 했다. 그리고 좋은 보험이 있는 환자만 골라 수술했기에 돈 버는 소리가 요란하자 부동산 중개인, 보험인, 스틱 부로커 등은 귀를 쫑긋하게 세우고 나를 찾아와 투자를 권하기도 했다.

잘 나가는 배도 가끔 태풍 앞에 흔들리거나 파선되게 마련이었다. 개업 3년째 되는 8월 어느 날, 가정주치의사 닥터 한이 젊은 대학생을 내게 의뢰했다. 닥터 한는 한국에서 의과대학을 졸업하고 미국에 와서 가정주치의사를 전공했는데, 영어가 서툴고 수줍은 성격이어서 내게 의존하는 편이었다.

의뢰환자의 복부와 흉부 사이, 흉골이 불숙 튀어나온 부위(Xyphoid Process)에 $2 \times 2 \times 1$ 센티미터 크기의 둥근 지방종(Fatty lipoma) 같은 덩어리를 떼내어 조직검사를 해달라는 것이었다. 환자는 젊음이 발랄한 22살의 예일(Yale)대학생으로 한 학기만 마치면 졸업을 한다고 했다. 환자의 지방종 덩어리는 아프지도 않고 더 자라지도 않는다고 했다. 그러나 환자는 1주일 후에 개학을 하기 때문에 가능한 오늘 국소 마취로 덩어리를 뗄 수 있으면 떼어 달라고 하며 씩 웃었다.

"오늘?"

순간 나는 중요한 약속이 생각났다. 아내와 같이 내일 아침 롱아이랜드 동쪽 끝에 있는 햄톤(Hampton)에 가서 장인 장모를 만나기로 꽤 오래전부터 계획을 한 것이 마음에 거슬렸다. 오늘 수술을 한 후, 혹시 부작용이라도 생긴다면 골치 아프기 때문에 수술을 연기하고 싶었으나 다음주에 학교가 시작된다고 하니 조금 찜찜했다.

"학생? 지방종(Lipoma) 같은데, 서두르지 않아도 돼요. 병변이 순하기 때문에 다음 방학 때 와서 떼어내도 될 것 같은데. 아니면

오진

다른 외과를 찾아가 보든지."

나는 수술을 연기하는 쪽으로 유도했다.

"그래요? 이번 학기만 마치면 졸업이니 겨울방학 때 여유 있게 다시 와 떼어내도 괜찮겠지요? 선생님만 믿습니다. 선생님은 하바드 출신 외과의사이니까요."

그는 아쉬운 기색이면서도 내 의견을 받아드렸다.

"하바드나 예일은 막상막하지, 무슨 과를 전공하나?"

"저도 의과대학에 가려고 생물학을 전공하고 있습니다."

"그럼, 예일의과 대학에?"

"아뇨, 이왕이면 저도 하바드에 가려고요."

"와! 좋아요. 그럼 한 학기 하고 방학 때 봅시다."

"예썰! 닥터 김!"

내가 가정주치의사 닥터 한에게 보낸 외과 리포트는 다음과 같았다. 예일대 학생, 존 박(John Park). 지방종(Lipoma, Benign) 같음. 방학 때 다시 와 조직을 떼내기로 함. 외과 닥터 존 김(John Kim).

그 후 예일대 학생 존 박을 까마득하게 잊고 살았다.

3

정확히 5개월 후, 겨울방학 중, 나는 듣기 거북하며 아주 불길한 전화를 닥터 한으로부터 받았다.

"닥터 김, 예일대 학생, 존 박을 기억하나요?"

"존 박? 존 박? 예일대 학생? 아! 기억납니다. 와! 그 친구, 조직검사 하러 온다고 했는데……."

"닥터 김! 좋지 않은 큰 문제가 생겼습니다."

"무슨 문젠가요?"

"그때 그 지방종이라고 생각한 것이 알고 보니 간암(肝癌)이 전이(轉移)된 거랍니다."

"예? 간암? 그럴 리가……."

순간 나의 머리 속에는 무지막지한 천둥과 낙뇌 그리고 번개가 치고 있는 듯했다.

'아, 난 망했구나. 난 죽었어. 간암이라니, 이건 실수여. 큰 실수! 의사를 못할 수도 있는 대형 사고여.'

갑작스러운 먹구름으로 눈앞이 캄캄해지기 시작했다. 그게 사실이라면 나는 의사직에서 물러나야 할지도 모르는 아주 큰 실수를 한 셈이었다. 의료사고 보험이 너무 커서 자칫하면 나는 개업을 그만두어야 할지도 모르는 초대형 사고였다. 닥터 한은 더 자세한 내용을 알려주겠다며 전화를 끊었다.

닥터 한이 다시 전화를 걸어 올 때까지 나는 조마조마한 마음으로 기다려야 했다.

가까스로 알게 된 예일대 학생 존 박의 사건은 다음과 같았다.

예일대학으로 다시 돌아간 존 박은 날이 갈수록 점점 피곤함을 느끼며 식사를 거르다가 마침내, 어느 날 이른 아침, 기숙사 방에 팍 쓰러져 정신을 잃고 말았다. 앰브란스에 의해 뉴 헤이븐(New Haven) 병원으로 후송됐다. 놀랍게도 전신에 간암이 퍼져 있음을 알게 됐다.

"이제 대학 4학년 졸업을 얼마 남겨두고 간암으로 쓰러지다니. 이게 무슨 날벼락이람!"

세계적으로 유명한 뉴 헤이븐 예일대학병원이라고 해도 암이 온몸에 퍼졌기에 수술은 포기하고 항암치료를 해야 했다. 그리고 더 놀라운 것은 단순한 지방종으로 진단하고 방학하면 와서 조직검사를 하려고 했던 그 부위도 역시 간암이 전이된 부분이었음이 판명됐다.

"간암이 피부로 전이되다니. 처음 보는 경우로군!"

예일대학병원 내과 팀은 소스라쳤다.

학업을 포기하고 부모가 있는 뉴욕으로 후송돼 슬로앙-케터링 (Sloan-Keterring) 암센터에서 치료를 계속하고 있는데 예후가 좋지 않다고 했다.

"닥터 김, 어떻하죠? 그때 어떻게 해서라도 조직검사를 했더라면, 간암을 일찍 발견했을 텐데……."

닥터 한은 내 얼굴을 마주 보지 못하고 한숨을 쉬었다.

"아뇨! 닥터 한? 나는 분명 조직을 떼자고 했는데 환자가 말하기를 개학이 얼마 안 남았으니 방학 때 다시 오겠다고 하며 스스로 나갔습니다. 우리는 할 일을 다 했을 뿐이지요. 결코 미안해할 일은 아닙니다. 닥터 한!"

나는 힘줘서 변명을 해 책임을 환자에게 씌웠다.

"사실, 어제 환자의 아버지가 나를 찾아왔습니다. 내 아들을 어쩌겠느냐, 아니. 살려내라고. 한바탕 소동을 벌리고 씩씩거리면서 사라졌습니다. 그때 제가 조직검사를 강요했어야 했는데, 제가 아무래도 판단을 잘 못했던 것 같아요."

"닥터 한이 잘못 했다구요?"

"예. 그런 거 같습니다. 제가……."

나는 내심으로는 반가웠다. 그러면 그렇지 주치의사가 더 문제가 있는 것이지. 나야 해 달라는 대로 하면 되는 것이라고 생각했다.

다음날 나는 의료보험 변호사(Malpractice Lawyer)를 만나 자세히 설명을 했다.

"닥터 김! 잘못했다는 말은 절대 하지 말고. 조직검사를 하자고 권했는데 환자가 마지막 학교 수업 때문에 방학 때 온다고 해서 할 수 없이 그렇게 허락했다고만 하쇼!"

"물론이죠."

"그리고 가정주치의에게도 그렇게 권고했다고 하고 지금이라도 늦지 않으니 빨리 환자 기록부에 '조직검사를 강력하게 권했는데 환자가 방학 때 오겠다고 하며 갔노라고.' 살짝 써 놓으쇼. 사실, 가정주치의사보다 외과는 더 전문의이기 때문에 일이 꼬이면 닥터 김은 꼼짝 없이 모든 책임을 져야 합니다. 그리되면 외과의사는 끝장이 납니다. 아시겠죠?"

"예."

내가 생각을 해 봐도 조직검사를 안한 내가 더 큰 문제가 됨을 상식적으로 알고 있었다. 다행인지 불행인지 환자의 아버지는 아직까지 나를 찾아오지 않았는데 오히려 더 불안했다. 반대로 닥터 한은 입원 환자를 찾아가 보기도 하고 보호자와 만난다고 했다.

'도대체 닥터 한이 무슨 말을 하고 있는지? 분명 모든 책임을 외과의사인 내게 돌리겠지.'

나는 닥터 한의 입술을 주목하기 시작했다.

슬로앙-케터링 암센터에서 환자의 기록을 보내 달라는 요청이 왔다. 환자의 진료 기록부를 보겠다고 하는 변호사 사무실의 공식 요청도 있었다.

"닥터 김? 나하고 같이 암 센터에 가서 그 환자를 찾아보는 것이 좋지 않을까요?"

마침내 닥터 한이 공식으로 요청했다.

"꼭 가야 하나요? 가 봐야 우리가 할 일도 없을 텐데요."

"할 일은 없지만 인간적인 방문이지요. 우리 환자였으니까요. 비록 우리가 발견은 못했으나 아직도 우리, 아니 나의 환자이니까요."

"전, 사양합니다."

나는 방문하지 않았다. 가지 말라고 변호사도 충고를 했기 때문이었다. 방문한다는 것은 잘못을 시인하는 결과라고 했다.

"닥터 김. 방문하지 않은 것 정말 잘했습니다. 끝까지 우기세요. 나는 내 할 일 다 했다. 그리고 내 책임 아니다 라고요."

변호사는 엄지손가락을 높이 올리면서 말했다.

'그래도 되는가?'

나는 마음속에 작은 양심이 꿈틀거리고 있음을 알았다. 그러나 실수를 인정할 알량한 용기가 없었다. 그렇게 하면 나는 파멸이니까. 그리고 나는 하바드 출신이니까.

4

그리고 2주 후.

"닥터 김? 존 박이 어제 죽었답니다. 완전히 꼬챙이처럼 마르고 눈이 튀어나오고 황달로 노랗다 못해 검은 색을 띄운 채. 고생 고생했다고 하던군요."

"닥터 한? 직접 가보셨나요?"

"죽기 전날 방문했습니다. 환자보다도 아버지가 더 힘들어 보이드군요. 미안하다고 아버지의 손을 잡고 빌었습니다."

"그러니 뭐라고 하든가요?"

"제 뺨을 때리면서, '내 아들 살려봐! 살인자야! 그런데 오늘 죽었으니 큰일 났습니다. 우린 이젠 끝장입니다. 의사 개업도 끝이지요."

그는 바들바들 떨었다.

"그야, 간암 자체로 죽은 거지. 우리가 뭐 일부러 죽인 게 아니잖습니까?"

"그래서, 오늘 오후에 변호사를 만나 조언을 받으려고 합니다."

"변호사를?"

그렇다면, 나도 역시 어떻게 대처해야 할지를 알기 위해 변호사에게 전화를 했다.

"염려 마소, 닥터 김! 고소를 하면 그때 대처하면 됩니다. 그래서 의료과실보험을 들어 둔 거죠. 다 보험에서 알아서 할 테니. 돈? 기껏 해봐야 백만 불? 보험에서 다 처리해 주니 걱정 마소!"

"의료보험이 다 해준다고요?"

오진

나는 그날 예정된 수술 두 건을 감히 하지 못하고 다음날로 연기했다.

'내가 이래도 되는 것인가? 이러구도 하바드를 나온 일류 엘리트 의사란 말인가?'

가슴이 둥둥 뛰었다.

"닥터 김! 현실과 이상은 다른 거요, 잘못한 것 절대 인정하면 안 돼, 당신을 이용해 돈 뜯어 갈 도둑놈 변호사가 있으니 말여."

내 변호사가 다시 한 번 충고해준 내용이 떠올랐다.

3일 후, 닥터 한이 전화를 주었다.

"닥터 김, 오늘 '존 박'의 장례식이 퀸즈공원묘지에서 거행됩니다. 다행히 오후 2시라고 하니 오전만 근무하고 가려고 하는데 같이 갈까요?"

"장례식에?"

나는 벌컥 겁이 났다.

"예. 가는 것이 도리가 아닐까요? 실수도 오진이지만, 젊은 나이에 간암으로 저렇게 가다니 인생이 허무하군요. 마치 내 동생 같아서요."

"닥터 한, 저는 안 가렵니다. 혼자 가시지요."

"그래도, 다시 한 번 생각해 보시고요. 2시를 기억하세요."

설령 내가 장례식장에 간다고 하면 환자의 가족들은 나를 어떻게 대할까? 성이 나서 나를 구타라도 하겠지. 거길 간다면 나는 변호사 말대로 나의 실수를 시인하는 결과가 되는데…….

5

하루 종일 궁금하고 불안했다. 밤새 잠을 못 잤다. 다음날, 닥터 한에게 내가 먼저 전화를 했다.

"닥터 김, 어제 전, 맞아 죽는 것보다 더 힘들었습니다. 장례식장에 들어가자 나를 알아 본 가족들이 나를 밀쳐내었습니다. '너, 살인자! 어딜 와! 가. 가라구!' '아닙니다. 존을 위해 기도를 하고 싶군요. 잠시만……' 나는 잠시 장례식장 앞에서 묵념을 하고 밖으로 쫓겨나왔습니다. 그리고 식이 끝날 때까지 밖에서 기다렸지요. 난 진심으로 존을 위해 기도했습니다. '그랬더니 아버지, 박 장로가 내 손을 잡고 이렇게 말하더군요. '어서 가십시오.' 라고."

"혹시 폭력은 없었나요?"

"없었지만 무서웠습니다. 안 오신 것이 오히려 잘 됐습니다. 곧이어 거행된 하관식에도 갔지요. 관이 땅속으로 내려가고 흙으로 덮을 때 아버지는 울었으며 어머니는 울다가 기절했습니다."

"……."

나는 앞이 캄캄함을 느꼈다.

그날 밤, 나는 뜻밖의 전화를 받았다. 굵고 차분한 목소리였다.

"닥터 존 김! 넌 내 아들을 죽였어."

"아뇨, 전 제 할 일 충실히 했습니다."

"넌, 살인자야! 죽일 놈!"

그리고 전화가 끊겼다.

'아, 드디어 올 것이 오는구나.'

나는 전화를 힘없이 내려놓았다.

갈수록 태산이라고, 장례식을 지내고 나자 기다렸다는 듯이 뉴욕 지방법원으로부터 고소를 당했다는 편지가 왔다.

'닥터 존 김.

외과 전문의사, 귀하는 순간적인 판단착오로 조기 발견하여 살수 있는 22세 젊은 꿈 많은 대학생을 죽게 하였다. 또 한 엘리트 의사로서 최소한의 도덕과 양심도 없어 환자와 가족의 마음에 대못을 박아 큰 상처를 주었기에 뉴욕 주 퀸즈지방법원을 통해 정식으로 고소한다.'

물론 고소인은 죽은 존 박의 아버지인 박 장로였다. 올 것이 온 것인데 마치 화성에서 내려온 외계인이 나를 잡고 흔드는 느낌이었다.

원고 측 변호사는 강력하다 못해 종교적으로도 존경이 가는 60대의 백인 유대인 변호사로 만만치 않아 보였다.

결국 원고 측 변호사, 닥터 한을 위한 변호사 그리고 나를 위한 변호사 각 3팀의 법조인들이 번갈아 가며 오라 가라 소환할 적마다 나는 진땀을 뺐다. 돈도 돈이지만 의사의 윤리와 환자에 대한 긍휼이 이슈가 됐다. 결과적으로 나와 한 편이 돼야 할 가정주치의사 닥터 한과도 서먹서먹해졌다. 서로 살기 위한 거짓말을 해야 하는 경쟁관계가 됐기 때문이었다.

분명, 닥터 한은 가정주치의사로서 할 일을 다 하고 외과의사에게 수술을 의뢰했는데 외과의사인 내가 조직검사를 하지 않았기에 환자가 죽게 됐다고 나에게 모든 책임을 넘길 것인데 가만히 생각해 보니 그게 당연했다. 이젠 닥터 한마저 의심이 가고 믿어지지 않았다.

그 후 지루하고 신경질 나는 재판이 몇 개월째 진행됐다. 미국의 재판은 먼저 타협과 조정을 하는 과정이 시작된다고 했다. 나의 변호사 K씨는 나를 불러 그간의 일을 소상히 듣고 작전을 알려주며 앞으로의 전망도 알려주었다. 마음이 놓였다. 그의 말대로 하면 나는 무죄요, 돈 한푼 안 내도 될 것 같았다.

며칠 후 환자를 대표하는 백인 변호사 둘이 나를 보자고 했다. 소위 출장 진술(Deposition)을 하게 됐다. 싱긍싱글 웃으며 나를 조롱하는 듯한 그들도 역시 하바드와 예일법대를 나온 미국의 엘리트였다.

"닥터 김은 하바드, 하바드의대 그리고 NYU를 거친 최고의 엘리트군요? 가끔 원숭이도 나무에서 떨어져 죽을 수도 있습니다."

그들은 뼈 있는 말을 했다. 한 번 만날 때마다 질문다운 질문도 아닌 것을 대답하느라 2-3시간 곤욕을 치루곤 했다.

듣기로는 이와 같은 일을 닥터 한도 마찬가지로 아니 나보다 더 자주 하고 있다고 했다. 왜냐하면 자기는 가정주치의사로 제일 먼저 책임을 져야 하는 위치이기 때문이라고 했다. 몇 개월이나 걸렸을까, 이젠 법정에 가서 정식으로 조정 재판을 받을지도 모른다고 변호사가 알려줬다.

"닥터 김! 그런데 알고 보니, 당신은 한 가지 큰 실수를 했소이다. 당신이 닥터 한에게 보낸 보고서에서 환자에게 이제 개학도 얼마 남지 않았으며 졸업반이기에 우선 한 학기를 공부하고 와서 조직검사를 받으라고 먼저 충고를 했다고 하는데. 이게 문젭니다. 환자가 먼저 말한 게 아니고 닥터 김이 먼저 얘기를 한 것이 당신을 아주 불리하게 만들었습니다. 조정재판에 가면 분명 닥터 김이 패할 것입니다. 그러니 합의를 보는 게 좋을 것 같습니다."

"아니, 변호사님? 무슨 말이요. 분명 나더러 걱정 말라고 해 놓고서."

나는 더 이상 말을 할 수가 없었다. 겁도 났다.

"합의를 보면. 원고측이 요구한 금액이 닥터 한에게 6백만 달러이고 닥터 김에게는 1000만 달러인데……."

"예? 뭐요? 1000만 달러!"

나는 기겁을 했다.

"그렇지만 아마 의료사고 보험에서 보장해 주는 300만 달러와 아마 100만 달러 자비 부담, 도합 400만 달러로 대충 마무리될 것 같으니 닥터 김이 100만 달러는 배상해야 될 겁니다."

"100만 달러? 게다가 나는 오진으로 오는 불명예로 인해 보험도 오르고 개업도 망가질 텐데. 말도 안 되지, 말도 안 돼!"

100만 달러를 만들려면 집을 팔고, 갖고 있는 것 다 털어야 하는데…… 가슴이 울렁거리며 뛰었다. 지금이라도 박 장로를 찾아가 사과하고 협상을 해야 하는 게 아닌가…… 나는 밤새 걱정을 했다.

개업도 잘 안 되고 수술도 힘들었다. 소송이 시작된 지 일 년이 넘고 보니 마음과 육체가 지쳐 있었다.

6

오늘 따라 마음이 조마조마해 내가 먼저 전화를 걸어 닥터 한을 인근 래스트랑에서 만났다. 그도 역시 몸 상태가 말이 아니었다. 초최하고 힘든 모습이 마음의 고통을 비쳐 주는 듯했다. 여러 차례 상대방 변호사와 법정에 가 판사를 만난 그는 나보다 더 심했던 것 같았다.

합의를 보더라도 200만 달러는 자기 돈으로 내고 의사면허가 일 년 정도 취소되게 됨으로 그는 미국에서 더 이상 살 수가 없어 재판이 끝나는 대로 한국으로 역이민해 살기로 했다고 눈물을 글썽였다.

그리고 그는 내게 말했다.

"닥터 김 미안합니다. 내가 괜히 환자를 보내 일을 만들었습니다. 그리고 내가 끝까지 설득해서 조직검사를 했어야 했는데. 미안합니다."

"......"

나는 대답을 못했다. 순간 나는 왜 내가 대답을 하지 않고 우물주물하고 있나. 비겁하다고 생각됐다.

그는 울고 있었다. 그는 울음으로 내게 묻는 것 같았다.

"당신, 닥터 김은 대체 누구입니까? 하바드 출신 의사? 영어를 유창하게 하는 미국인 의사?"

"......"

나는 아무 대답을 못 했다.

결국 나와 닥터 한은 이번 소송에서 아무런 말도 못하고 완전히 손을 들어야 했다. 그러고 보니 나는 죽은 환자를 한 번도 찾아간 적도 없고, 울고 불며 우울해 세상을 포기하려던 환자의 아버지와 어머니를 한 번도 만난 적이 없었다. 변호사의 말대로 내가 잘했다고 우기면서 쉽게 해결될 거라고 생각하며 지내온 것이 어찌 보면 바보스러웠다.

닥터 한은 자포자기 끝에 집을 팔고 한국으로 갈 준비를 한다고 하며 듣기에는 부인이 화가 나 이혼소송을 할 거라고도 했다. 좁은 한인 타운에 이 소식이 조금씩 퍼져 나가기 시작했다.

"닥터 김? 선생님 환자가 죽었다면서요?"

어느 노인이 내게 물었다.

"그게 무슨 말요?"

"오진했다면서요?"

"……"

나는 달리 변명을 못 했다.

한 달 후. 뉴욕 퀸즈 법정에 마지막 판결을 받고자 나와 닥터, 한 그리고 원고, 변호사들이 함께 모였다. 이 자리에서 나는 처음으로 원고, 박 장로를 만나게 됐다. 그를 쳐다보지도 못하고 땅만 바라다보았다.

"죄송합니다."

내가 그에게 한 말이 고작 이것이었다. 그는 대답도 하지 않았다. 그리고 그는 지정된 원고 좌석에 앉아서 무엇인가 곰곰이 생각하고 있는 듯했다.

재판은 아주 형식적으로 일사철리 진행되어 예상한 대로 닥터 한과 나는 죄 값으로 배상을 하여야 했다. 보험에서 보상하는 300만 달러와 내 자신이 100만 달러를 배상하는 것으로 결정된 듯했다.

판사가 약 10분간 휴식을 하자고 선포한 후 원고와 그의 변호사를 따로 만나 무슨 애기를 하고 있었다. 아마도 원고 측에서 불만이 있어 중재보다 정식재판을 하자고 우기는지 모른다고 내 변호사가 언질을 줬다.

"제기럴."

나도 몰래 욕이 나오며 한숨을 쉬었다. 순간, 내 눈앞에 죽은 '존 박'의 얼굴이 나타났다.

"닥터 김, 저, 존 박입니다."

그의 얼굴은 간암 말기 환자가 죽을 때 보이던 그 모습이었다. 얼굴이 노랗고 검은 색에 광대뼈가 불쑥 튀어나오고 눈은 깊이 들어가 있었다. 서 있는 것이 힘들어 휠체어에 앉아 있었다.

"존! 미안해. 내가 좀 더 일찍 발견했어야 했는데……."

"선생님은 유능한 외과의사인데……."

그리고 그는 사라졌다.

7

재판이 속개 돼 각자 자리에 앉았다. 떠들썩하던 변호사들도 각각 원고, 피고 옆에 앉아 판사의 말을 기다리고 있었다.

60이 조금 넘은 이태리 출신의 판사는 다시 한 번 앞에 놓인 판결문을 훑터보다가 원고를 흘끗 쳐다보았다.

"여러분! '죄와 벌' '레미제라블'에서 보듯이 죄를 지은 사람은 죄로 인해 죄의 노예가 됩니다. 그러나 죄의 대가를 치루고 나면 자유로워 집니다. 피해자도 그렇습니다. 상처가 크면 클수록 원한도 커집니다. 그러나 어느 날, 서로의 죄를 용서하면 용서받은 자와 용서한 자는 다 자유로워집니다. 오늘, 여기 원고 박 장로는 자신의 아들을 사랑하는 마음으로 아들 같은 피고들을 용서하는 마음으로 고소를 취하한답니다. 재판은 이것으로 끝났습니다. 즐거운 마음으로 돌아가도 됩니다."

그리고 판사는 활짝 웃으면서 퇴정했다.

"뭐라고요? 용서한다구…… 그리고 고소를 취하한다고……."

법정은 술렁거렸다. 원고의 가족, 피고, 변호사 그리고 피고의 가족들 모두가 깜짝 놀랐다.

불과 10여 분 사이에 모든 상황이 이렇게 끝났다.

나는 지금까지 숨겨왔던 부끄러움을 무릅쓰고 박 장로에게로 달려갔다. 그러나 그는 나보다 먼저와 악수를 청한 닥터 한과 얘기를 하고 있었다.

"닥터 한, 당신은 젊소. 그리고 양심적인 사람이요. 인간미가 넘치는 순박한 사람임을 그동안 나는 지켜봤습니다. 모든 것을 본인의 잘못이라고 받아드린다는 것이 얼마나 힘든지 나는 압니다. 내 아들은 이미 하나님이 때가 돼서 불러갔으나 젊으신 닥터 한은 이제 많은 사람을 위해 열심히 봉사하십시오. 이번 사건은 당신에게 아주 큰 교훈이 됐으리라 믿습니다. 진심이요. 이제 한국에 가지 않아도 됩니다. 제가 짐을 싸, 멀리 로스앤젤레스로 갑니다."

나는 그의 곁에 가 무릎을 꿇었다. 눈물이 흘러내렸다. 사건이 잘 끝나 돈을 물어주거나 의사면허증을 빼앗길 우려가 없어서가 아니라 나 자신이 너무나 부끄러워서였다.

"닥터 김? 당신은 누구입니까?"

"……."

나는 대답을 하지 못했다.

"하바드를 나온 엘리트는 실수가 없는지요?"

"……."

"죄와 용서, 하바드에선 안 가르치는가요?"

"……."

"그리고 잘 못 했다고 시인할 줄 모르시나요?"

"잘 못 했습니다."

하바드를 나온 엘리트 닥터 김, 나는 처음으로 잘못을 인정하였다.

"잘못을 인정하는 거, 결코 부끄러운 거 아녀……."

아주 가늘고 은근한 목소리가 들려왔다. ✶

※주:의사도 실수를 한다. 그러나 IVY의대 출신들은 결코 자신의 실수를 인정하지 않으려 한다. —
  외과 전문의 진단

인간의 뇌는 지. 정. 의(知情意 기억. 감정. 의지)라는 세 가지를 서로 합력해 하나로 만들지만 컴퓨터는 지. 정. 의 중, 단지 지(智)에만 관여한다는 것이 다르다. 그러기에 인간은 웃고 울고 성내며 기뻐하지만 컴퓨터는 감정이 없기 때문에 그렇지 않다. 컴퓨터는 의가 없기 때문에 선과 악(善惡)을 구별하지 못한다

인공지능人工知能, Artificial Intelligence

1

2015년 12월, 겨울비가 질척질척 오던 날이었다. 저녁 5시, 막 퇴근하려고 가방을 들고 나오는데, 억만장자인 구글(Google)회사 회장으로부터 아주 뜻밖의 전화가 걸려 왔다.

"이 박사! 사람과 컴퓨터의 지능(知能) 싸움을 시켜보려고 하는데 무슨 묘안이 없을까요?"

"사람과 컴퓨터의 대결이라. 와!"

나는 순간 번갯불처럼 떠오르는 묘안이 있었다.

'그렇지, 바둑(圍棋, Go)대결을 시켜보자.'라는 생각이 쉽게 떠올랐음은 내가 바로 바둑광이기 때문이기도 하지만 평소에 그런 생각을 한 적이 있었다.

"바둑으로 한번 대결시켜 봅시다. 회장님."

"바둑이라니? 서양 사람에게는 다소 생소한데, 카드(card) 대결이라면 몰라도……."

구글 회장은 반신반의하며 뚱딴지같이 카드 게임을 들고 나왔
다.

"모르시는 말씀. 바둑은 5000년의 긴 역사를 갖고 있는 고차
원의 지능을 요구하는 아주 심오한 게임인데, 19×19, 즉 361개
의 집을 짓는 방법이 무궁무진해 카드 게임과는 비교가 안 될 뿐
아니라 대국 시간도 몇 시간, 때로는 밤샘을 해야 하기에 정말 코
피 터지는 지능 싸움이 될 것 같습니다."

결국 요순(堯舜) 임금에 의해서 유래됐다고 하며, 고도의 지능
을 요구하는 바둑게임을 이용해 인간과 컴퓨터의 대결을 하기로
결정했다.

나는 비록 미국에서 태어난 한국계 미국인 2세이지만 어려서
부터 아버지한테 바둑을 배웠으며 그것이 내 적성에 맞아 아예
바둑광(圍棋狂)이 됐다. 뿐만 아니라 바둑을 좋아하다 보니 나의
전공도 그와 비슷한 컴퓨터공학(Computer Science)을 택해, 보스
톤에 있는 MIT(마사츄세스 공대)와 대학원에서 박사학위를 받았
다. 운 좋게 동부에 있는 몇몇 대학에서 강의를 하다 2년 전에 따
듯하고 한국 사람이 많이 사는 서부 로스앤젤레스로 옮겨 지금은
UCLA에서 교수로 근무하고 있으며 올해 42세가 된다.

1973년 뉴저지 포트 리(Fort. Lee)에서 태어나 사물을 판단하
기 시작하면서 나는 제일 먼저 아버지한테 보고 배운 것이 바둑
이었다. 물리학 박사인 아버지는 중국. 일본 그리고 한국계 박사

친구들과 밤새워 바둑게임을 하였는데 어린 나도 알게 모르게 점차 바둑을 좋아하다 보니 지금은 공인 3단이다.

2

"회장님! 인간의 두뇌와 컴퓨터는 너무나 유사합니다. 아니 컴퓨터란 인간의 대뇌를 그대로 복사한 것이지요. 약인공지능(弱人工知能)의 시대에 살고 있는 우리 인간들은 앞으로 올 강(强)인공지능시대를 거쳐 2045년, 초(超)인공지능 시대가 오면 인간은 멸망하든지 영생하든지 둘 중 하나가 된다고 하며 빌 게이츠와 스티브 호킹은 컴퓨터의 발달을 경계해야 한다고 했습니다. 이번이 게임을 통해 세계 모든 사람들에게 컴퓨터에 대한 경고를 하는 큰 계기가 되겠지요."

"이 박사! 사실이 그렇습니다. 1592년 임진왜란이 나던 해에 살았던 조선인들이 금세기에 다시 살아난다면 그들은 말도 못하도록 변한 세상을 보게 되겠지요. 그들은 너무나 놀라 '악' 소리를 내며 쓸어질 것입니다. 생각해 보세요, 봉화(烽火) 불을 올리고 우마차를 이용하던 그들 눈에 뵈는 전기, 자동차, 비행기, 총, 컴퓨터, 핸드폰 등으로 인해 멘붕(Mental shock)이 올테니까요. 하물며 앞으로 2-30년 후, 초인공지능(初人工知能)시대에 조선사람들이 다시 살아 나온다면 그대로 놀라 죽어버리겠지요."

"와! 회장님, 임진왜란도 아시는군요. 2세인 저는 한국 역사를 잘 모르는데……."

"그런 거 다 구굴(Google)을 통해 공부할 수 있는 거 아뇨? 이 박사."

나는 비록 컴퓨터 전공 교수이긴 하나, 스스로 경영하는 구글을 통해 조선의 역사도 알고 있는 구글 회장이 존경스럽게 느껴졌다.

인간의 지능(IQ)은 평균 100이 되는데, 130이 넘으면 소위 천재에 속한다고 한다. 아인슈타인은 200쯤 되었다고 하며, 그가 죽은 후 그의 대뇌를 해부해 보니 보통사람들보다 분명히 크고 무거웠다고 한다. 반대로 바보란 지능(IQ)이 75 이하가 되는 경우를 말하며 이들에게는 특수 교육이 필요하다고 한다.

"그런데 회장님! 제가 설치해 드리려고 하는 컴퓨터 인간, 즉 인공지능(Artificial Intelligence) 선수의 IQ는 놀라지 마십시오, 무려 12952가 됩니다. 그렇다면 바둑기사가 아무리 머리가 좋다 한들 200이 안 됩니다. 게임은 이미 끝난 거지요. 그래도 바둑대결을 시키시렵니까?"

"물론이죠. 온 세상이 궁금해 할 것 같습니다. 그러니, 아주 좋은 바둑기사를 한 분 선정해 보시지요?"

"예. 제 마음에 꼭 드는 기사가 있습니다. 한국인 바둑 9단 이세돌 씨입니다. 일찍이 이창호 9단을 꺾고 후지쯔배(盃) 우승을 해 한국, 일본 그리고 중국을 대표하기 때문에 문제가 없을 겝니다."

"그럼 구굴을 대표하는 컴퓨터 바둑선수를 알파고(AlphaGo)라고 합시다. 이세돌과 알파고, 알파고와 이세돌의 격돌!"

"좋습니다. 회장님! 문제는 교육열이 유달리 강한 한국에 사는 치마바람의 아줌마들이 혹시라도 알파고가 어디에 있는 고등학교냐고 묻지 않을까 걱정이 되는군요."

3

나는 구글 대표 알파고(Alphago)를 위해 2-3개월의 준비기간이 필요했다. 무려 200여개의 컴퓨터에 해당하는 강력한 '특수 제작 컴퓨터'에 바둑 한 점 한 점에 따라 일어 날 수 있는 컴퓨터의 대응을 일일이 입력했다. 무궁무진한 컴퓨터의 가능성이 몇 조(兆)의 조합을 이루었다.

마침내 초강력 컴퓨터에 입력이 끝났다.

"회장님! 알파고는 회장님의 명령만 기다리고 있습니다."

"좋습니다. 전 세계 사람들에게 신문, 라디오, 티비 광고를 한 후 특별히 이세돌 9단 기사가 사는 한국 서울에서 개최합시다."

전 세계가 놀랐다. 아니 흥분돼 나름대로의 예측을 하기 시작했다. 아무래도 컴퓨터를 만든 인간이 이길 거라는 예상이 알파고보다 훨씬 많았다. 유명 신문기자가 특별히 내게 질문했지만 나는 이 대회의 흥행을 위해 중립을 지킨다는 의미로 "잘 모릅니다. 50대 50이겠지요."라고 했다. 방송에 출연한 바둑기사와 컴퓨터 학자의 대립도 만만치 않았으며 이로 인한 우려도 점증되고 있었다.

2016년 3월 9일부터 15일 사이에 총 다섯 번의 대국이 서울 휘시즌(Rour Season) 호텔에서 열리게 되었다. 이세돌은 특유한 이름에 걸맞게 지정된 자리를 잡았으며 미리 와 기다리고 있던 알파고를 대행한 구글 기사와 게임을 벌리기 시작했다.

하얀 돌이 윤이 나도록 반짝거리는 바둑판의 오른쪽 구석에 던져지자 알파고는 그에 대응한 가능성의 컴퓨터 조합에서 순차적으로 검은 돌을 꺼내 대응을 한다.

시간이 가면서 패배를 모르던 인간 수재 이세돌 9단의 얼굴이 일그러지기 시작한다. 만만치 않은 컴퓨터, 아니 알파고의 12952의 IQ 앞에서 200도 안 되는 인간의 모습이 초라해 보였다.

몇 시간 진땀 흘리며 버텨온 불패의 이세돌 9단이 허탈하게 백(白)돌을 힘없이 바둑판에 던져버리자 온 세상은 탄식소리 뿐이었다.

"와! 인공지능 앞에 인간은 무엇인가? 2045년, 초인공지능시대가 오면 과연 인간은 어찌 되는 건가? 멸종이 되는 거 아녀? 아니지, 아냐! 실수였을 거야. 이세돌이 너무 긴장해서 실수한 거여."

다음날 열린 제 2국은 더더욱 긴장과 기대를 몰고 왔다. 와신상담하겠다고 달려든 이세돌과 오늘도 무표정으로 인간을 비웃는 듯한 알파고의 대전도 어제와 다를 바 없었다.

흑을 쥐고 백을 향한 인간의 도전도 결국 몇 시간 후 허무하게 불계패가 되고 말았다.

"와! 또 졌어. 알파고가 도대체 어떻게 된 거여?"

"아냐 이번에는 작전을 바꿔 정석에서 벗어난 비정상적인 포

석으로 나와야 할 거야."

바둑을 조금 아는 사람들은 한마디씩 던졌으나 정작 이세돌의 입은 무거웠으며 자신도 어찌 해야 할지 알 수가 없는 조각배를 타고 태평양에서 이리저리 헤매고 있는 심경이었다.

기대 반 포기 반으로 제 3국이 시작됐다. 이세돌은 정석이 아닌 변측으로 공격했다. 그런데 이번에는 알파고가 당황하기 시작하더니 결국 알파고가 돌을 던졌다.

"그러면 그렇지. 인간에게 컴퓨터가 무슨? 별거 아니지……."

인간은 안도했다. 나도 사실 안도했다. 컴퓨터를 만든 인간이 만들어 놓은 컴퓨터에게 농락을 당해서는 안 된다고 스스로 위로하다 보니 안도감이 생겼다.

그러나 다음 두 게임은 너무나 허무했다. 4국 5국 모두 이세돌의 불계패로 끝이 나자 인간들, 아니 온 지구가 허탈했다.

"1승 4패! 말도 안 돼. 일승(一勝)이라도 건진 게 다행이지. 빌 게이츠와 스티븐 호킹의 말이 사실이 된다면 어쩌지. 컴퓨터로 인해 인간은 멸종이 되는 거여?"

여기저기에서 자조적인 의문이 일었다,

3

"회장님? 결국 회장님이 이겼습니다. 그런데 인간의 뇌와 인공지능에 대해 자세히 알고 계시지요?"

"아! 이 박사, 조금은 알고 있어요. 사실 조금 더 알고 싶은데 설명 좀 해주시지요?"

사실 인간의 뇌는 소우주(小宇宙)라고 볼 정도로 엄청난 생물학적 그리고 역동적인 에너지로 뒤덮힌 신비의 세계이다. 하등동물이나 조류 등은 뇌간(Brain Stem)과 중뇌(Midbrain) 밖에는 없는데 비해 조금 더 발달된 동물들은 대뇌변연계(Limbic System)가 더 있어 본능적 감정(분노, 증오, 공포 등)을 갖고 있으나 솔직히 사고(思考)하는 능력은 전혀 없다. 그러나 이들보다 조금 더 발달된 코키리, 개, 고양이, 원숭이, 침팬지 등은 대뇌가 조금 더 발달돼 있어 1-5살 어린아이 정도의 사고능력 기능이 있다.

　한편 인간과 가장 근접한 침팬지의 뇌는 사람의 뇌와 아주 유사한데 단지 크기와 무게가 약 1/4 정도가 된다.

　사람의 뇌는 해부학적으로 대뇌. 소뇌, 중뇌, 간뇌, 뇌간으로 구분되나 엄밀히 역동적으로 나누면 지(知)를 관할하는 대뇌(理性의 뇌라고 부름), 정(情)을 관할하는 대뇌변연계(감성의 뇌) 그리고 의(意)를 관할하는 시상(욕구의 뇌)으로 나뉜다

　인간의 대뇌에는 약 1000억이 넘는 뇌신경세포(뉴론)와 100조가 넘는 신경줄기가 얽혀져(시납시스) 있어 사람의 5관을 통해 입력된 정보들은 해마, 간뇌 등을 통해 뇌의 표피로 전달돼 파일(file)이 아닌 폴더(folder)의 형태로 저장돼 기억의 세계에 들어가게 된다. 인간이 태어날 때 아이가 갖고 있는 뇌에는 본능에 해당되는 감정(즉 분노, 공포, 맛, 젖 빨기 등)기능이 대뇌변연계에 이미 입력돼 있으나 대뇌는 거의 텅 빈 상태이다. 컴퓨터로 치면 새로 구입한 컴퓨터에 몇 가지 기본적인 프로그램(웹)이 들어 있을 뿐인 것과 같다.

결국 인간의 뇌나 컴퓨터는 무엇을 어떻게 입력시키는가에 따라 뇌와 컴퓨터의 기능은 달라지게 마련이다. 좋은 것을 입력한 뇌나 컴퓨터는 당연히 좋은 것을 기억해 낸다는 말이다.

"와! 이 박사, 대단하군요."

"회장님? 컴퓨터 여러 개에 들어 있는 각각의 가능성 있는 정보들을 하나로 입력해, IQ 12952를 만들었듯이 인간의 뇌는 1000억 개의 뉴론과 100조의 시냅시스(연결)를 통해 2.5페타바이츠(PB)의 기능을 갖게 됩니다."

"와! 이 박사, 어쩜……."

"인간과 컴퓨터는 지. 정. 의 중 지(知)에 해당하는 기억과 지식정보에서는 현재까지 거의 대등하게 됐으나 2045년이 되면 완전히 역전이 됩니다."

"알겠습니다. 그러나 인공지능에도 한계가 있는 법이고 약점도 있겠죠?"

"그럴 겁니다. 회장님! 인간은 창조주로부터 창조됐듯이 컴퓨터는 인간에 의해 창조, 아니 발명이 됐으니까요."

나는 애써서 스스로를 달래는 말을 했으나 마음속에서는 나도 역시 컴퓨터에 관한 공포심이 있었다.

집으로 돌아오니 나의 귀여운 딸 앤(Ann)이 나를 반갑게 맞아주었다.

"아빠! 사람이 졌다면서?"

딸은 더듬거리면서 씩 웃었다.

"앤, 아냐, 사람이 이겼어……."

"아닌데, 거짓말!"

"자. 앤! 내 귀여운 딸, 이리로 와 아빠하고 허깅하자……."

"아빠, 사랑해."

4

내 딸 앤(Ann)은 금년 11살이 된다. 2003년 아내와 결혼한 후 2년 만에 얻은 귀여운 딸이다. 나와 아내는 뉴저지에서 같은 해에, 물론 세달 차이가 있긴 하지만, 같은 병원에서 출생한 후 같은 학교를 다닌 이웃이었으며 오로지 애인이었다. 앤 브린(Ann Breen)이 부른 매기의 추억을 서로 좋아했음은 그녀의 이름이 '매기 김'이였기 때문이었다.

"When she first said that she loved only me, I said I loved only you, Maggie."라고 대답한 후 오로지 우리는 하나였다. 한눈을 팔지도 팔 시간도 없었다.

결혼식은 허드슨 강이 내려다 뵈는 포트 리(Fort Lee) 한인교회에서 올렸다. 그리고 첫 애기를 낳았다. 귀여운 딸이었고 당연히 이름을 앤(Ann)이라고 불렀으며 우리의 행복이었다. 생각보다 미숙아이기에 인공보육기(Incubator)에서 일 개월을 지낸 후 집으로 퇴원했는데, 애가 잘 먹지도 않고 자라지를 않았다.

"이 박사님? 애기에게 선천성 심장벽 천공(구멍)이 있군요. 그래서 잘 먹지도 않고 자라지도 않았습니다. 수술을 하여야 살 것 같습니다."

소아과 의사 폴락(Pollack)이 어느 날 알려주었다. 1년밖에 안

된 간난아이가 심장 수술을 받았다. 하나님이 도우사 성공적으로 살아났다. 그 후 성장이 좋아지고 잘 먹기 시작했다. 다시 행복이 찾아왔다. 그런데 세 살이 됐으나 말을 더듬으며 잘 하지 못 했다.

"이 박사님? 분만(分娩)때, 잠시 탯줄이 목에 걸려 산소결핍이 됐던 것이 뇌의 발달을 더디게 하는군요. 뇌성마비(Cerebral Palsy)라고 하지요."

"예? 그럼. 발달 장애, 박약아(薄弱兒)란 말입니까?"

"그렇습니다. 아무래도 성장하더라도 특수학교에 보내야 될 것 같습니다. 지금으로 봐선 지능지수(IQ)가 75 이하가 될 것 같습니다."

"그럼 바보란 말이군요?"

"그렇게 봐야겠지요."

소아과 의사가 말했다. 잘 나가던 우리 부부에겐 뜻밖의 재앙이었으며 근심이었다. 젖 빠는 힘이 없어 하루에도 여러 차례 우유를 먹였으며 대소변을 가리지 못해 늘 쿠린 냄새 속에서 살아야 했다. 다른 아이들은 유치원을 가고 초등학교에 가 뛰고 놀며 공부를 했지만 우리 부부는 앤을 데리고 특수학교에 다녔다. 그러나 우리 부부에게 앤은 보배요, 다이아몬드보다 더 귀했다. 초등학교 과정을 어렵게 보냈다. 11살이 된 오늘날, 딸은 스스로 변소에 가고 밥도 혼자 먹고 교회도 다니지만 IQ가 낮아 이해력이 낮을 뿐만 아니라 행동이 느리다. 그러나 생활하는 데는 별 문제가 없어 다행이다.

한 가지 특이한 것은 비록 더듬기는 하지만 영어뿐만 아니라 한국말도 곧잘 하기에 가끔 한국 동요를 들려주기도 한다. 동요 '고향의 봄' 즉 나의 살던 고향은 꽃피는 산골을 듣다가 문득 내게 물었다.

"아빠? 고향이 뭐야?"

"어, 고향은 본인이 낳고 자란 곳이야."

"그럼 나는 뉴저지네. 아빠."

"그렇지 아빠도 뉴저지야. 그런데 할아버지는 고향이 한국이란다."

"한국? 코. 레. 아— 와, 가보고 싶다."

"어떻게?"

"구름을 타고……."

"비행기가 아니고?"

"그래. 아빠."

어쨌거나 딸 앤은 가끔 말도 안 되는 뚱딴지 같은 말을 하지만 가만히 새겨 보면 틀린 말은 아니었다.

'그렇다면 앤은 바보인가? 천재인가?'

나는 가끔 스스로 질문을 해 보곤 했었다.

"아빠? 사람이 졌다면서? 사람이 왜 지지?"

"어, 컴퓨터가 워낙 강해서……."

"그래도 사람이 컴퓨터보다 더 강하다고 했는데. 교회학교 선생님이 그렇게 말했어."

"너도 그렇게 생각하니?"

"물론이지. 아빠."

정말 그럴까? 인간이 더 강할까? 나는 서재에 앉아 곰곰이 생각해 보았다. 컴퓨터란 마치 집 안방에 감춰둔 다이나마이트라고 생각됐다. 어느 날 온도가 높아지고 안전핀이 풀리면 폭발해 집을 무너뜨릴 요물이었다. 아니 비가 온 후 정원에서 급속히 자란 독버섯이라고 생각됐다.

사실 컴퓨터에 무한정의 정보를 입력해 두어도 컴퓨터는 잊지 않고 기억하지만 사람의 뇌는 무한한 입력을 넣어 둬도 나이 들면 대뇌변연계, 해마(海馬, Hippocampus)의 신경세포가 줄어들며 대뇌의 뉴론(neuron)과 시냅시스(Synapsis)도 줄어드는 알츠하이머(치매)가 돼 기억을 못하게 된다. 컴퓨터는 복사를 했다가 다시 입력해 쓰면 되지만 인간의 뇌는 복사도 안 될 뿐만 아니라 부속품을 바꿔 놓을 수도 없다.

그렇다면 인간의 뇌와 컴퓨터는 무엇이 다른가?

분명 다르다. 인간의 뇌는 지. 정. 의(知情意 기억. 감정. 의지)라는 세 가지를 서로 합력해 하나로 만들지만 컴퓨터는 지. 정. 의 중, 단지 지(智)에만 관여한다는 것이 다르다. 그러기에 인간은 웃고 울고 성내며 기뻐하지만 컴퓨터는 감정이 없기 때문에 그렇지 않다. 컴퓨터는 의가 없기 때문에 선과 악(善惡)을 구별하지 못한다. 오로지 주인의 명령만 충실하게 따를 뿐이라고 생각됐다.

다음날 아침, 구굴 회장으로부터 전화가 걸려왔다.

인공지능

"이 박사! 인공지능대회를 한 것이 후회스럽네."

"왜죠?"

"괜스레 인간들에게 패배 의식만 불어 넣었으니까. 기계만도 못한 인간이란 자조 섞인 항의 편지가 많았어."

"알겠습니다. 저도 같은 생각을 하고 있습니다."

세계적인 구굴 회장도 같은 생각을 하고 있다니 이것은 무엇을 말하는 건가? 순간 생각나는 것이 있었다.

"그래. 마음, 생각, 기억, 지식 그리고 판단이란 단어들은 결국 같은 의미의 추상명사가 아닌가?"

마음이나 생각이란 뇌에서 생기는 오묘한 반응인데 결국 지. 정. 의를 만드는 대뇌피질, 대뇌변연계 그리고 시상과 시상하부에서 생성되는 뇌신경 호르몬의 작용이 집대성 된 것이다. 그러고 보니 컴퓨터에는 마음이란 것이 들어 있지 않았다.

5

다음날은 일요일이었다. 모처럼 교회에 나가 조물주 앞에 기도를 올리면서 무궁무진한 우주를 생각해 보니 뇌 속의 신경세포와 컴퓨터의 인공지능도 조물주로부터 창조된 피조물임을 느꼈다. 그것을 사랑하는 딸 앤이 알게 했다.

"아빠? 나하고 컴퓨터하고 누가 더 많이 아는지 시합하고 싶단 말야."

"뭐라고, 앤?"

나는 소스라치게 놀랐다. 컴퓨터의 IQ가 얼만데, 75도 안 되는 바보 같은 딸이 컴퓨터와 내기를 하겠다니 말이 되는가?

"아빠? 나 자신 있어. 컴퓨터를 이길 수 있어!"

"어떻게?"

"뭐든지 물어봐, 나하고 컴퓨터한테……."

"뭐든지 물어보라고?"

"그렇다니까, 아빠-."

막상 무엇을 물어볼까 생각하니 막연했다. 바둑내기를 한다는 것도 그렇고, 아님, 수학 문제를 묻기도 그렇고, 어느 것 하나 딸이 이길 수가 없었기 때문이었다.

"그래? 앤! 물어 볼게. 대답해 봐. 자, 우선 5×5는 얼마지?"

"그야 25이지요."

쉽고 당연하다는 듯이 대답했다.

나는 컴퓨터에 입력했다. 5×5=25. 대답이 나왔다.

"그래 25. 컴퓨터도…… 그러면, 자, 아, 세상을 누가 만들었지?"

"하나님이죠. 아빠."

아주 쉽게 대답을 했다.

"그래 컴퓨터는 무어라고 대답하나 보자."

컴퓨터는 '하나님, 산소와 수소 그리고…… 여러 가지의 대답'이 나왔다.

"앤, 컴퓨터는 답이 여러 개가 되네. 넌 하나인데……."

"그럼 답이 하나인 걸 물어봐, 아빠!"

나는 무엇을 물어 볼까 잠시 생각을 하며 푸른 하늘을 멍하니 바라보았다. 푸른 하늘에는 구름이 흘러가고 있었으며 놀랍게도 반달이 보였다.

'대낮에 반달이 보이다니…….'

"어. 그래, 앤? 저 푸른 하늘에, 무엇이 보이니?"

나는 아주 엉뚱한 질문을 했다.

"푸른 하늘? 그야, 푸른 하늘에는 은하수가 있고. 그리고 하얀 쪽배를 타고 서쪽으로 가는 토끼가 보여. 아빠."

"그래? 거짓말! 은하수는 캄캄한 밤에나 보이는데, 그리고 달은 배가 아냐, 거긴 토끼도 없고 돛대도 없어. 그렇지?"

"아냐! 아빠. 돛대도 삿대도 없는 하얀 쪽배를 타고 나, 아빠하고 서쪽나라로 가면 거긴, 아빠? 행복이 있겠지? 아냐! 엄마도 같이 가야지."

딸의 대답은 아주 뜻밖이었다.

"앤? 너, 서쪽나라로 가자고 그랬니?"

"그래. 아빠. 서쪽나라로."

딸은 아주 당당했다.

"앤, 잠간! 컴퓨터는 뭐라고 대답하는지?"

나는 컴퓨터의 대답을 찾았다.

'푸른 하늘 은하수는 윤극영 작시. 작곡 동요이다' 라고 컴퓨터는 대답을 하고 있었는데 나는 순간적으로 실망감을 느끼고 있었다.

"앤? 컴퓨터는 윤극영 작곡, 작시, 동요라고 하네."

"아빠? 그건 누구나 다 아는 거여. 누구나."

"그래? 그럼 하나 더 묻자. 낮에 나온 반달은 하얀 반달은 해님이 쓰다 버린 쪽박인가요라는 말은 무엇이니, 앤?"

"아빠! 양로원에 있는 할머니에게 물을 떠서 가져다주라는 거여. 꼬부랑 할머니에게. 날 귀여워 해준 할머니 말여, 아빠!"

"널 사랑해준, 꼬부랑 할머니?"

"그렇다나니까. 아빠?"

"잠깐 컴퓨터는 뭐라고 대답하는지."

컴퓨터에게 물어보니 대답은 한결같이 윤극영 작사 작곡 동요라고 했다.

'아, 콤퓨터란, 이 정도 수준밖에 안 되나?'

나는 정말로 컴퓨터에 대해 실망하고 말았다.

'아, 할머니의 사랑? 그래-, 뇌의 한 부분인 시상(Thalamus)과 시상하부(Hypothalamus)에서 나오는 옥시토신, 바소프레신, 그리고 엔돌핀은 컴퓨터가 미치지 못하는 해마와 대뇌에 사랑을 전달하는 호르몬이 아니던가?'

"앤? 네 말이 맞아. 할머니의 사랑. 그리고 서쪽나라에는 행복이 있어."

나는 깜짝 놀랐다. 지능이 낮은 바보이기에 특수학교에 다니는 보잘 것 없는 내 딸에게서, 컴퓨터가 뛰어넘지 못하는 영역인 상상(想像)의 세계를 바라보고 있는 능력을 발견했기 때문이었다.

컴퓨터의 IQ 12952라고 하는 알파고는 명령된 그 한계의 영역에서 초인공지능에 이르지만 IQ 75도 안 되는 인간은 상상의 날개를 타고 무한한 세계를 자유자재로 날라다닌다는 놀라운 사실을 발견했기 때문이었다.

푸른 하늘에서 하얀 쪽배를 타고 서쪽나라로 가고 있는 딸의 뇌 속에는 행복이라는 상상(想像)과 이미지(Imagination)의 날개가 퍼덕이고 있는 것을 발견하고 보니 가슴이 펑펑 뛰었다.

"그래! 앤 네가 이겼어. 이겼어!"

"아빠, 내가 이겼어?"

앤은 기뻐 깡충깡충 뛰었다.

"그래, IQ 75의 인간이 IQ 12952의 컴퓨터를 이겼어…… 컴퓨터에게는 IQ(지능지수)는 있으나 EQ(감정지수), MQ(성숙지수) 그리고 RQ(신앙지수)가 없는 거여."

"아빠! 나는 그런 거 갖고 있어."

"그래, 앤! 넌 예쁜 마음도 갖고 있어. 아빠는 널 사랑해!"

"그래, 아빠! 나도 아빨 사랑해."

다음날 아침 나는 구굴 회장에게 전화를 걸었다.

"회장님? 컴퓨터는 인간의 적수가 못 됩니다. 컴퓨터가 할 수 있는 인공지능이란 인간이 할 수 있는 뇌 기능의 33%뿐이기 때문입니다. 그런데 회장님, 누군가가 컴퓨터에 지. 정. 의 그리고 신앙을 잘못 입력한다면 인류는 멸종되겠지요."

"이 박사? 그게 무슨 말요? 쉽게 설명하쇼."

"더 알고 싶으면 내 딸, 앤에게 물어 보십시오. 사랑을 만들어주는 뇌 호르몬(옥시토신과 엔돌핀)을 많이 분비시키는 초코렛을 한

보따리 사가지고 직접 오셔서. 물어 보십시오."

"사랑의 호르몬(옥시토신. 바소프레신. 엔돌핀) 그리고 초코렛? 와! 점점 더 모르겠군, 이 박사?"

"곧 알게 되실겁니다. 구. 글. 회. 장. 님!" ✶

※주:사랑의 처음 단계(갈망)에는 테스토스테론과 에스트로겐, 두 번째 단계(애착)에는 옥시토신 과 바소프레신이 많이 분비된다. 발레타인 때 주는 초코렛은 사랑의 호르몬 분비를 촉진 시킨다.

제니퍼? 신경외과 의사를 하다보면, 사람의 뇌는 마치 작은 우주 같다고 느낍니다. 비록 3.5Kg밖에 안 되는 작은 장기이지만 몇 억 광년을 오고 가는 천체와도 같은 무궁무진한 세계가 사람의 뇌 속에도 존재하고 있다는 것입니다. 뇌를 수술하다보면 지(智). 정(情). 의(意) 그리고 영과 혼이 질서 정연하게 엉킨 모습을 보는 것 같습니다. 분명 뇌 속에서 인간을 만든 조물주, 하나님을 보는 것 같습니다

삼차신경통三叉神經痛, Trigeminal neuralgia

1

"미스 맥나이트(Miss McKnight)? 삼차신경통은 좋아지는 병이니 불평하지 말고 조금 더 기다려 보소!"

세계적으로 유명하다는 로마린다 의과대학 코번(Kovern) 신경과 교수는 얼굴을 찡그리며 내게 소리쳤다.

"박사님? 너무 아파 견디기 힘듭니다. 마약이라도 처방해주세요, 네?"

"마약은 안 돼! 그렇게 불평하려면 차라리 다른 의사를 찾아가 보소! UCLA에 가보시지. 가봐야 그게 그거겠지만."

"맙소사!"

나는 너무나 아파 펄썩 주저앉아 두 손으로 얼굴을 싸매고 말았다.

삼차신경통이라니! 세상에 이렇게 아픈 병이 또 있을까? 편두통, 대상포진, 담석, 신석(腎石)통증 그리고 암으로 오는 통증도 데굴데굴 땅바닥에 구르지만, 이놈의 삼차신경통은 그보다 더 아파 차라리 예리한 칼로 심장을 찔러 자살하는 편이 낳을 것 같았다.

인터넷을 통해 알아보니 삼차신경통의 통증을 견디지 못하고 자살한 환자가 꽤나 되었다.

이런 몹쓸 통증 때문에 평생 몰핀 같은 마약에 의존해야 한다면 차라리 자살을 택한다 해도 신(神)은 용서할 거라고 생각했다.

내 나이 이제 31세, 사회학 박사학위 과정을 마치려고 매일 바쁘게 실험실과 연구실로 뛰어다닌다. 그런데 가끔 발작적으로 일어나는 삼차신경통 통증 때문에 나는 지난 13년, 많은 고생을 했다.

어렸을 때 가끔 두통으로 고생을 하긴 했으나 본격적으로 아주 심한 통증으로 고생하게 된 것은 바로 브라운(Brown)대학에 들어가던 그해, 그러니까 18살 꽃 같은 처녀시절이었다. 내 젊음을 유린한 질병은 다름 아닌 편두통(偏頭痛, Migraine)이었다.

그때 나는 쩍하면 머리의 한 쪽 부분이 욱씬욱씬 쑤시며 메식메식하다가 가끔 토하기도 했다. 뿐만 아니라 눈에서 가끔 찬란한 색깔로 된 무지개 같은 섬광(閃光)들이 번쩍번쩍 눈 주위에서 비치다가 아지랑이처럼 가물가물 하더니 30여 분이 지나서는 언제 그랬느냐는 듯이 없어지곤 했다. 귀에서는 가끔 '윙 윙, 삐-삐-'하는 소리가 들리기도 했다.

"미스 맥나이트? 편두통이 생겼구먼. 그동안 받은 심한 스트레스 때문에 생긴 병인데 그때 그때 약을 먹고 깊은 잠에 들면 없어집니다."

산 버나디노 병원 소속 가정주치의사가 알려준 병명이었다. 그리고 한 봉지나 되는 알약을 받아 가지고 동부 로드아일랜드로 가 학교 공부를 했었다.

'한국에서 부모로부터 버림받고 입양 온 고아인 내가 세계적인 명문 아이비 리그, 브라운대학에서 공부를 하다니…… 개천에서 용난 셈이었다.'

내가 받은 심한 스트레스(Stress)가 편두통의 원인일 수도 있다고 하는데 그건 엄연한 사실이었다. 나는 3살 때 한국에서 미국으로 입양되어 남가주 롱비치 시(市)에서 살았다. 양아버지와 어머니는 아일랜드계의 백인들로 롱비치에 있는 비행기 회사에서 엔지니어로 근무했기에 생활은 비교적 넉넉했었다.

그러나 양아버지 잭 맥나이트(Jack McKnight)가 생각지도 않은 도박에 빠지면서 가산이 탕진되어 생활비가 훨씬 싼 산 버나디노(San Bernardino) 시로 이주해 왔다. 문제는 아이랜드계의 가족들과 주위 사람들이 노골적으로 한국을 깔보기 때문에 나는 어려서 나의 고국인 한국을 전혀 모르게 된 것은 물론 나를 미국으로 팔아버린 한국을 멸시하며 증오하게 됐다. 부모도 모르고 형제도 모르는 마치 지옥에서 튀어나온 길 잃은 마귀새끼처럼 살았다. 나보다 키가 크고 성격도 다른 백인들로부터 받은 스트레스가 몸시 컸었다. 아니 늘 왕따를 당하였다. 왕따가 우울증보다 더 힘들다고 한 말이 실감났었다. 내 주위에는 나를 이해해 주는 친구도 없었다.

내 나이 18살, 브라운대학에 입학이 됐을 때 나는 마치 새장에서 훨훨 밖으로 나온 앵무새 같았다. 그럴수록 머리가 맑고 개운했어야 했는데 나는 반대로 편두통이 발생됐다.

"편두통은 물론 스트레스 때문에 악화되지만 유전적인 요인도 있습니다. 제니퍼 씨!"

의사의 설명이 많은 자극을 주었다. 그렇다면 한국 사람인 아버지 어머니의 유전인자와도 관계가 있다는 말이었다.

'미국으로 팔아버리려면 차라리 몽땅 팔아버리지, 유전인자는 왜 따라 다니는 거여……'

나는 나를 버린 한국과 부모가 더 미워졌었다.

2

편두통은 나이가 들면서 엉뚱하게 변하기 시작했다. 28살부터 편두통이 생길 때마다 오른쪽 위의 어금니가 아프기 시작했다. 쿡쿡 쑤시며 찬 물을 마시면 몹시 아파 견디기가 힘들었다. 참다 못해 인근 동네에 있는 치과에 들러 검사를 했다. 다무라 고조, 일본계 미국인 치과 의사였다.

"제니퍼 맥나이트 씨? 치아는 아주 깨끗하군요. 충치도 없고……"

"그런데 왜 아프죠, 다무라 선생님?"

"편두통이 심할 때 가끔 치통도 오는 경우가 있습니다. 그냥 편두통 약을 먹으면 자연이 좋아질 겁니다."

그러나 이는 계속해서 아팠다.

'그러면 그렇겠지. 시설도 변변치 않고, 게다가 일본놈이, 무슨 실력이 있을까?'

나는 의사를 낮잡아보았다. 그리고 다른 치과를 찾아갔다. 시설도 번듯했으며 벽에 걸려있는 면허증이 훨씬 더 요란해 보였다.

"제 이름은 조지 맥 마혼입니다. 이름의 맥은 Mac입니다. 영국 사람이란 말이죠."

"아, 저는 아이리쉬 맥(Mc)입니다. 선생님."

그는 멋진 영국계 백인이었기에 마음이 놓였다. 게다가 로마린다 치과대학을 나와 전문의 과정을 마쳤다고 은근히 자랑하면서 말을 했다.

"제니퍼 씨? 겉으로 보기는 아주 깨끗하나 속에 있는 신경이 문제가 된 겁니다. 차라리 빼어버리면 진통은 사라질 것입니다."

나는 너무나 아파 정신이 돌았던지 "그럼 뽑으시죠!"라고 말했다. 치과 의사는 과감하게 주사를 놔 마취시키고 은빛갈 나는 발치기계를 가지고 이를 뽑아 내 눈앞에 있는 스탠드에 올려놓았다. 붉은 피가 묻어 있었다.

내 입속에 있었을 때는 나의 귀한 치아이었건만 막상 둔탁한 은빛 발치기계에 의해 뽑혀 나온 후에는 보잘 것 없는 쓰레기에 불과했다.

"어떻습니까? 아픈 이 뽑은 기분이? 아주 시원하시죠?"

백인 치과 의사는 자랑스럽게 물었다.

"아닌데요. 아직도 아프긴 마찬가지입니다."

"아직도?"

"예."

하얀 거즈에 올려 진 내 치아는 아주 깨끗했으며 충치도 없었다. 그는 내 치아를 핀셋으로 요리조리 돌려 본 후 내 입을 벌리고 들여다보았다.

"제니퍼 씨? 어쩌죠? 제가 그만 정상 치아를 발치했군요. 미안합니다."

"예? 정상 치아를 뽑았다구요! 맙소사."

무슨 정신이었는지 치과 의사는 실수를 했다고 하며 다시 다른 이를 뽑았다. 그러나 아프기는 마찬가지였다.

아, 나는 그날 무참하게 뽑혀 나간 깨끗한 두 치아를 바라보며 하염없이 울었지만 일은 이미 끝난 후였다.

"제니퍼 씨? 아무래도 이건 치아 문제가 아니고 편두통이 문제군요. 신경과 의사를 찾아 보시지요."

그는 백인 치과 의사답게 또박또박 지시를 하면서 자신이 잘못을 했다고 사과했다. 그리고 억울하면 변호사를 찾아가 고소를 하라고 했다.

"나쁜 놈! 백인 놈!"

나는 솜뭉치를 입에 물고 소리를 쳤으나 내 마음만 무겁고 안타까웠다.

"어떻게 이럴수가…… 그냥 돈으로 계산하려드는 미국놈들…… 인정이라고는 하나도 없는 비정한 백인 놈들……."

불행하게도 나는 백인이나 동양인, 모두에게 증오심을 품었다. 그러나 겉으로는 아이리쉬라고 나 자신을 다르게 포장하고 살았다.

3

문제가 더 심각해 진 것은 작년, 3개월 전이었다. 두통이 더 자주 발생했음은 물론 이번에는 음식을 씹을 때마다 마치 칼로 찌르는 것처럼 아파 오기 시작했다. 눈에서 번쩍거리는 무지개 같은 섬광뿐만 아니라 귀에서는 삐-삐 소리가 더 났다.

참다못해 산 버나디노 내과를 찾았더니 역시 편두통이라고 하며 약을 투여해 주었다. 그리고 내과 의사는 혹시 뇌 속에 무슨 암이라도 있을지 모르니 MRI와 CT 등 검사를 했다.

"검사 결과는 다 좋군요."

내과 의사는 흡족하게 대답해 주었다.

그후 몇 개월 지났으나 발작적인 통증으로 인해 더 참을 수가 없었다.

"선생님? 계속 아프군요. 이젠 칼로 찌르다 못해 머리가 잘려 나가는 것 같아요."

"아, 그럼……."

그는 잠시 망설였다.

"선생님? 제 병은 고칠 수 있어요? 없어요?"

나는 참지 못하고 이런 질문을 던지자 내과 의사는 자존심을 크게 상했는지 잠시 입을 씰룩거렸다. 그리고 잠시 말을 참는 듯 하더니 그는 뜻밖의 말을 던졌다.

"아, 신경과 의사를 찾아야 하겠습니다."

"신경과요. 옛날에 간 적이 있었는데, 그도 편두통이라고 했죠."

"그렇다면, 이 근처에, 저, 로마린다 대학병원에 가시면 코번이란 신경과 의사가 있습니다. 한번 찾아가 보시죠. 제니퍼."

그리고 그는 총총히 사라졌다.

나는 세계적으로 유명한 로마린다 의과대학 신경과 교수 코번을 만났다. 그는 아주 자세하게 만져보고 두드려보고…… 다시 일주일 후에 오라고 했다. 그는 말 그대로 신중하며 의젓했다. 믿음직스러웠다. 게다가 유태인이라고 했다.

'유태인이라…… 아인슈타인 같은…….'

갑자기 그가 혜성 같은 존재로 보였다.

"미스 맥나이트 씨? 이건 틀림없는 삼차신경통입니다. 편두통하고는 조금 다릅니다."

"삼차신경통?"

"예. 그렇습니다. 그러니 제가 주는 약을 잘 사용하면 반드시 좋아집니다."

"삼차신경통과 편두통, 다른가요?"

"예. 다르죠."

닥터 코번은 바쁜 시간을 쪼개 그림을 그려가며 삼차신경통을 설명해주었다.

흔히 오른편 두통은 뇌막에 영양을 공급하는 동맥들이 긴장이 돼 좁아졌다 늘어났다 하면서 오는 통증인데 그 때마다 눈에 빛이 번쩍이며 메슥거려진다고 한다. 그런데 뇌의 뒤편, 즉 목의 상단 부위에 있는 뇌간(Brain Stem, pons)에서 나오는 5번째 신경이 해골을 뚫고 얼굴로 나올 때 작은 구멍을 타고 나와 얼굴에서 3개의 가지로 나눠지기 때문에 삼차(三叉)신경이라고 부른다. 이 5(V)번째 뇌신경은 얼굴을 지배하는 감각 신경인데 이 신경의 가지가 눌려서 오는 병을 바로 삼차신경통이라고 한다.

"아시겠죠? 제니퍼 맥나이트 씨."

"예, 조금은······."

나는 집으로 돌아와 인터넷을 통해 삼차신경통을 공부하면서 '좋아지는 병'임을 알고 자신감을 갖게 됐다.

"자. 여기 이 약, 테그레톨(Tegretol)을 잘 사용하면 아주 깜쪽같습니다."

과연 닥터 코번의 말대로 한 동안 신통하게도 두통이 사라지자 모처럼 밝은 마음으로 살게 됐다.

"과연 유태인 의사, 훌륭하군······."

나는 닥터 코번을 100% 신뢰하게 됐다.

"믿음은 모든 것을 완성시킨답니다. 믿음으로 인해 구원도 받고 사랑도 얻고······."

신부님이 강론 중에 던진 말이 생각났다.

"오직 믿음으로 구원을 받습니다."

언제가 백인 목사가 던진 말도 생각났다.

4

다음에 닥터 코번을 만나니 그는 한 가지 제안을 했다.

"제니퍼? 다음에 오기 전에 반드시 안과(眼科)와 이비인후과(耳鼻咽喉科)를 들려 눈과 귀를 철저히 검사하고 오시지요. 왜냐하면 편두통치고는 너무 범위가 넓기 때문입니다."

나는 안과 의사를 찾아갔다.

"팀 유(Tim Yu)라고 합니다. 하바드와 유 펜에서 안과를 전공했지요."

"그럼 한국 사람이군요?"

"예. 한국 사람이긴 하나 영어밖에 못하다가 개업하면서 한국말을 배우기 시작했지요."

"왜요?"

"왜라니요? 한국 사람이니까 당연히……."

그는 어리둥절한 표정이었다.

"아, 그렇군요, 한국 사람이니까…… 닥터 유? 두통이 심해지면 눈에 불빛이 번쩍거립니다. 그리고 시야도 좁아지고 잘 안 보입니다."

"알겠습니다."

다소 뚱뚱하고 키가 작은 닥터 유는 여러 가지 안과 기구를 이용해 정밀검사를 하기 시작했다. 아주 컴컴한 방에서……

그리고 몇 군데 방을 더 거칠 적마다 아주 친절한 간호사들이 무엇인가를 묻고 적기도 했다.

"자. 앉으시죠. 제니퍼? 보다시피 제니퍼는 녹내장 기운이 조금 있군요. 이것도 머리가 아프고 불빛이 번쩍일 수도 있으니 제가 드리는 안약을 매일 이용하시기 바랍니다. 자세한 진찰 결과는 닥터 코번에게 보내드리겠습니다."

"녹내장이 뭐죠?"

"아, 눈 속에도 물이, 아니 액체가 있어 압력을 조절하지요. 그리고 눈에 들어 있는 세포를 망막세포라고 부르며 2(Ⅱ)번째 뇌신경이 뇌로 연결돼 머리 뒷부분으로 전달됩니다. 그리고 비로소 보게 되지요. 정말 우리 몸은 신비합니다. 눈은 사람의 창입니다. 눈이 좋아야 모든 것이 잘 보이듯이 마음의 창이 좋아야 모든 것이 깨끗하게 보이지요. 마음이 깨끗하면 멀리 영원한 세계가 보이며 하나님을 보게 되지요."

"하나님을 보다니요?"

"사람을 사랑하고 하나님을 공경하면 눈도 잘 보이고 머리도 안 아프지요."

"그래요?"

나는 닥터 유를 보면서 전에 보지 못했던 한국 사람을 보는 듯했다.

"3개월 후에 다시 한 번 오셔서 어떻게 됐는지 봅시다. 자 그럼 안녕."

닥터 유는 진료실로 들어갔다.

'와! 눈이 하나의 우주요, 하나님을 보는 창이라니…… 대단한
안과 의사군!'

나는 비로소 망망한 우주와 눈 속에 펼쳐지는 다른 우주를 느
끼기 시작했다.

다음주, 나는 시간을 내어 이비인후과(ENT) 의사를 찾아갔다.
키가 작달막한 근육이 제법 발달한 중국계 의사였다.

"닥터 류(Liu)입니다. 옛날 한(漢)나라의 시조가 되는 유방이 저
의 선조이지요."

"유방(劉邦)? 한나라?"

"그렇습니다. 나는 여기 미국에서 태어난 2세입니다. 그래도
중국말을 합니다. 제니퍼 씨는 중국인이신가요?"

"아뇨. 아이리쉬(愛蘭)입니다."

"예? 농담을 하시는군요? 한국 사람 같은 데……."

"어찌 아십니까?"

"제 아내가 한국 사람입니다. 예일대학에서 만났지요. 저는 산
프란시스코 의대에서 이비인후과를 전공했지요."

"와! 유 씨 산프란시스코(UCSF)에서!"

나는 정말 놀랐다. 동양인이 그렇게 훌륭한 의대에서 공부를
했다니. 게다가 아내가 한국 여성이라니, 강한 펀치를 뒤통수에
맞은 느낌이었다.

"두통이 오면 귀에서 곤충 우는 소리가 나고 약간 구토가 난다

고 했죠, 제니퍼?"

"예."

그는 귀구멍을 들여다보고 청력검사도 하고, 의자에 앉혀놓고 빙빙 돌리기도 했다. 꽤나 시간이 걸려 검사를 마친 닥터 류는 웃으면서 말했다.

"뇌에서 나오는 제 8(Ⅷ)신경을 청신경 그리고 평형감각신경이라고 부르는데 아주 정상이군요. 특히 달팽이관과 세 개의 뼈와 솜털로 만들어진 평형감각기관에는 아무런 이상이 없군요."

"아, 그래요. 역시 편두통, 아니 삼차신경통이란 말이군요?"

"그렇군요. 그런데 달팽이관에서 아주 그윽한 소리가 들리네요."

"그윽한 소리가요?"

"예. 달팽이관에서 하나님의 목소리가 들리는 군요. 마음이 깨끗한 사람의 달팽이관에서는 가끔 듣는 소리입니다."

"아니? 그럼 환청(幻聽)이란 말입니까? 정신병자들처럼?"

"아뇨. 제니퍼 씨의 귀에서는 하나님의 목소리와 찬송소리가 들린다는 말입니다. 하하……."

"예? 하나님의 소리와 찬송소리라니, 아 다행이군요."

"이제 가셔도 되겠습니다. 제가 할 일은 없습니다. 신경과 의사의 지시대로 하십시오. 보고서를 닥터 코번에게 보내겠습니다. 쉐쉐."

집으로 돌아오면서 나는 내 귀를 의심했다. 혹시라도 환청이 있었나 하고…….

'잠깐! 그러고 보니, 있었어. 그래. 내가 어머니를 욕하고 원망할 때마다 어머니의 울고 있는 소리가 들렸었지…… 제니퍼야! 재-유야!"

나는 문득 내 한국 이름이 김재유였음을 어렴프시 기억해냈다.

"제니퍼! 넌 아이리쉬가 아녀! 한국 사람이여!"

그 후, 한동안 두통이 없어지고 마음이 평안해지니 이 세상이 천국으로 변하는 것 같았다.

"제니퍼? 닥터 코번 진료실로 한번 오십시오."

백인 간호사가 거만한 목소리로 전화를 주었다.

일주일 후 닥터 코번을 만났다.

"제니퍼? 안과 의사는 가벼운 녹내장, 그리고 이비인후과 의사는 정상적인 귀라고 보고서를 보내 왔습니다. 제 진단, 삼차신경통은 확실합니다. 그리고 내가 처방해준 테그리톨이 잘 듣고 있는 것 같습니다. 이 약을 빼지 말고 드시고, 6개월 후에 다시 오쇼."

닥터 코번은 자랑스러운 듯이 다른 진료실로 들어가고 간호사가 약 처방을 주면서 씩 웃었다. 정말 닥터 코번을 만난 것이 잘 된 일이었으며 행운이라고 생각되었다. 역시 유태인 의사는 실력도 있고 믿을 만했다. 그러고 보니 유태인들은 변호사, 정치인, 경제인 어느 분야에서든지 두각을 나타내는 것이 당연하다고 생각했다.

'한국? 내 조국?, 아냐, 아냐, 날 버린 나라여. 저주 받을 나라여.'

그동안 쌓여왔던 동양사람, 특히 한국인에 대한 폄허가 조금씩 바뀌고 있지만 고아로 입양된 나에게는 아직도 쓴 뿌리 같은 상처였다. 도대체 내 부모는 무엇을 했나? 누구인가? 점점 나에게 아직 질문은 남아 있었다.

5

홍수로 인해 강뚝이 무너지듯이 닥터 코번에 대한 믿음이 하루아침에 쓸려내려가고 말았다.

아침에 일어나니 머리가 다소 띵했으며 편두통 증세가 나기 시작했다. 재빨리 삼차신경통 약을 한 알 입에 넣고 물을 마셨다. 그리고 평소에 하던 대로 진한 커피 한 잔을 급하게 마셨다. 순간 약간 어지러웠으나 괜찮아질 거라고 생각했다.

바쁘다보니, 아침을 거르고 연구실로 차를 급히 몰았다. 산 버나디노 시를 벗어나는 순간 갑자기 어지러운 증세가 나더니 아찔하고 사물이 빙빙 돌기 시작했다. 잠시 후 정신을 잃으면서 가로수를 받은 것까지는 생각이 나지만 그 후에 일어난 일은 기억이 나지 않았다. 내가 눈을 떳을 때, 나는 로마린다병원 중환자실에 입원 돼 있음을 알았다.

"미스 맥나이트? 교통사고가 난 것을 아셨나요?"

"아니요. 근데 여기가 어디죠?"

"로마린다병원 중환자실입니다."

나는 생각보다 빨리 회복이 되어 일반 병실로 옮겼다.

"단순한 약물 부작용과 아침을 들지 않아 생긴 저혈당증세로, 정신을 잃은 단순 교통사고라고 볼 수 있습니다. 그러니 일단 퇴원시키고 외래에서 다시 진찰을 하는 것이 좋겠습니다. 보험료도 문제가 되니까요."

닥터 코번이 내린 결론이었다. 병원 측에서도 아무런 이의를 달지 못하고 나는 퇴원을 하게 됐다.

'정말 그럴까?' 나는 반신반의했으나 워낙 닥터 코번의 권위를 믿었기 때문에 아무말없이 퇴원했다.

다음날, 나는 또 다시 심한 통증을 느끼면서 무조건 닥터 코번을 찾아갔다.

"닥터 코번 나, 너무 아파 못 견디겠어요. 날 좀 치료해주세요."

나는 애걸하면서 살려달라고 했다. 순간 그는 이성을 잃는 듯했다.

"미스 맥나이트. 어제 퇴원하면서 말했잖아요. 점점 좋아질 테니 불평 말고 기다려 보라고!"

"예, 알겠습니다마는 너무 아파요, 차라리 마약이라도 처방해주면 안 될까요?"

"마약? 이것 봐 난, 마약 환자를 안 만들어요."

그리고 그는 아주 끔찍한 말을 하였다.

"그렇다면 다른 의사를 찾아가소. 가봐야 별거 없겠지만……."

나는 그의 진료실을 나오면서 생각해 보았다. 그가 할 수 있는 것이 고작 이것인가? 신경과의 최고 권위자라고 했는데…… 순간 로마린다 대학병원에서 어느 여자 간호사가 내게 한 말이 생각났다.

'제니퍼? UCLA에 가면 닥터 킴이라는 신경외과 의사가 있는데 우리 교회 권사님의 외동 아들인데 아주 효자여. 총명하고 남을 사랑하는 젊은 교수지요. 권사님 남편이 갑자기 죽고 집안이 몰락하자, 88올림픽 후에 이민을 왔는데, 미국에 와서 아들 교육 시키느라 너무 고생 많이 했지. 그러다 가엾게도 중병이 들어 몇 달 전에 죽었답니다. 이민 오기 전에 너무 가난해 딸 하나는 미국으로 먼저 입양을 보냈는데 그 후 그 딸을 찾아보려고 눈물로 세월을 보내다 죽었지요. 어디 있는지도 모른 채.'

닥터 김이라! UCLA 신경외과 전문의사! 별로 마음에 없었던 한국 사람이라고는 하나, 그래도 한번 만나보고 싶었다.

산 버나디노에서 약 한 시간 반, 운전해 가면 서부의 명문 UCLA의과대학 병원이 있다. 여기에서 만난 닥터 제프 킴(Jeff Kim)은 나와 비슷한 1.5세대로 7살 때 이민 와 버클리와 UCLA 의대 그리고 대학병원에서 신경외과를 전공한 후 조교수로 활약하고 있으며 금년 35세의 젊은이였다.

"제니퍼? 갖고 오신 의료기록과 CT. MRI를 잠시 읽어 보겠습니다. 그리고 곧 진찰을 할 테니 잠시 기다리시지요."

말한 지 약 15분 후 그는 잔잔한 미소를 지으며 나를 불렀다. 그리고 신경과 의사보다 더 자세하게 검사를 했다. 그 모습이 아주 진지해 보였다.

아, 한국 사람들, 참으로 대단하군. 안과 의사 '팀 유'도 그랬고, 지금 내 앞에 있는 '제프 킴' 의사도 그러했다.

"제니퍼? 그동안 편두통, 삼차신경통, 녹내장, 우울증 등 알쏭달쏭한 병들로 말미암아 십여 년 간 고생하셨군요. 여기 MRI와 MRA, 특히 여기 MRA를 자세히 보시면 대답이 있습니다. 여기 오른쪽 제 5(V)신경(三叉神經)이 뇌에서 나와 3개의 가지로 갈라지는 부분의 바로 뒤를 보십시오. 조금 크게 뵙니다. 여기! 바로 여기에 동맥이 좁아졌다 커졌다 하고 있지요. 여기에 굴곡이 커서 생긴 병이지요."

"닥터 킴? 그럼 고칠 수 있단 말이군요? 그렇죠?"

"그렇습니다."

그는 확답을 했다.

"수술로?"

"물론이죠. 그런데 한 가지 다른 질병이 겹쳐 있습니다."

"뭐죠?"

"제니퍼? 여기 뇌 속, 뇌간(Brain Stem)을 보십시오. 여기 툭 튀어나온 이 부분을 'Pons(폰스)'라고 부르는데 여기가 조금 커 보입니다. 이유는? 놀라지 마십시오. 지나친 원망과 증오로 인해 시상하부에서 호르몬 분비가 되지 않으므로 여기 폰스가 상대적으로 커졌다는 말입니다. 결국 수술과 호르몬 치료가 병용돼야 합니다. 호르몬 분비를 위해서는 억지로라도 사랑을 하고 사랑을 주는 노력을 해야 합니다."

"사랑을 주고받는 노력이라니?"

"오늘 집에 가서 깊이 생각해 보시고 수술 받을지 여부를 알려주시면 성의껏 수술을 하겠습니다. 아셨죠, 제니퍼?"

"무슨 말인지 잘 모르겠습니다."

"수술 후에는 테그레톨도 필요 없게 됩니다마는……."

그리고 그는 뜻밖의 질문을 했다.

"제니퍼, 한국 사람 같은데, 어떻게 아이리쉬가 됐지요?"

"3살 때 미국으로 입양돼 왔지요. 그래서 나는 한국을 전혀 모르고 살았습니다. 아니 원망과 증오로 살았습니다."

"아, 입양됐었군요?"

"예. 시골에 살다가……."

"시골? 혹시, 재-재-?"

"닥터 김? 지금 뭐라고 중얼거렸나요?"

"아닙니다. 집에 가서 생각해 보시고 수술 여부를 알려주시면 저의 계획에 맞추겠습니다."

그리고 그는 다른 환자를 만나야 한다고 재촉했기에 나는 그의 진료실에서 나와야 했다.

산 버나디노로 되돌아 가는 1시간 반 동안, 나는 많은 생각을 하고 있었다. 특별히 그가 일러준 '사랑을 주고받는 일'은 생각보다 힘든 과제였다. 그리고 그의 말 속에서 남긴 여운, "재-재-."라는 발음을 확실히 하고 싶었다. 분명 그는 재-재-라고만 했는데…… 재-, 재-, 혹시 재유?

제프 킴(Jeff Kim) 35세 한국인, 어쩐 일인지 내게 뜻밖의 행운을 가져다 줄 사람 같았다. 문득 그가 들려준 말이 더 뚜렷하게 내 귀를 두드렸다.

"제니퍼? 신경외과 의사를 하다보면, 사람의 뇌는 마치 작은 우주 같다고 느낍니다. 비록 3.5Kg밖에 안 되는 작은 장기이지만 몇 억 광년을 오고 가는 천체와도 같은 무궁무진한 세계가 사람의 뇌 속에도 존재하고 있다는 것입니다. 뇌를 수술하다보면 지(智). 정(情). 의(意) 그리고 영과 혼이 질서 정연하게 엉킨 모습을 보는 것 같습니다. 분명 뇌 속에서 인간을 만든 조물주, 하나님을 보는 것 같습니다. 어쩌면 이렇게 정밀하고 완벽하게 설계되어 오차도 없이 작동하는 뇌를 보면서 나는 사랑과 엄숙함을 느낀답니다."

나는 넘쳐나는 흥분 속에서 어떻게 산 버나디노 집으로 돌아왔는지 몰랐다. 가슴이 쿵쿵 뛰는 것으로 보아 나는 오늘 만난 한국 의사 제프 킴에게 마음을 송두리째 빼앗겼다고 생각했다.

'한.국.사.람. 제.프.킴―'

6

일주일 후 나는 떨리는 마음으로 UCLA로 찾아갔다. 사실 수술보다도 한국 의사, 제프 킴을 보고 싶어서였다.

"제니퍼? 수술 받기로 결정하셨나요?"

"예."

"그럼 됐습니다. 제가 하려는 수술은 뇌간에서 두개골을 나오는 작은 구멍을 넓혀주고 그곳을 지나는 동맥을 곧게 잡아준 후 그 밑에 영구적인 스폰지를 넣어 동맥과 신경의 접촉을 부드럽게 해주는 것입니다."

"그렇게 되면 약은 필요 없나요?"

"약은 필요 없습니다. 그러나 제니퍼 맥나이트 씨는 옛날 잃어버렸던 한국 이름과 어머니의 사랑을 찾아야겠지요."

"이름과 어머니의 사랑을?"

"그렇습니다. 제니퍼! 나도 7살 때 미국에 왔는데……."

그는 더 이상 말을 하지 못하고 중얼거렸다.

"지금 뭐라고 했나요?"

"아닙니다. 다음주에 수술을 하겠습니다. 반드시 성공하겠습니다. 제니퍼…… 그리고 그 후에 말씀드리겠습니다."

"무슨 말을 하시려고요?"

"망각 속의 어머니에 대해서요." ✈

지미가 세상을 떠나고, 나 또한 은퇴한 지 어느새 1년이 훌쩍 지나갔다. UCLA대학병원
으로 실려 갔던 지미 허친슨은 해부학 실습용으로 온 몸이 갈기갈기 찢긴 후 마침내 화장
처리 돼 한 줌의 재로 아내 후옹에게 돌아왔다

해부학 실습실解剖學 實習室

1

환자 지미 허치슨(Jimmy Hutchinson)과 친구로 지내온 지 어느새 20년, 스스럼없이 농담도 하는 막역한 사이가 됐다. 우리 나이 71세가 되던 지난해 10월, 그는 내게 아주 뚱딴지 같은 부탁을 정식으로 했는데 나는 귀를 의심했다.

"빌? 내가 죽으면 UCLA의과대학에 내 몸 전부를 기증하겠다고 서명했으니 그리 알고 진료기록부에 적어 놓으시고 실행해 줄 것을 정식으로 알려드립니다."

"지미? 지금 뭐라고 했어. 장기 기증을 한다면 몰라도, 전신(全身) 기증이라니?"

"맞아 전신 기증, 시체 해부실습을 위해 기증한다는 말요."

"아내가 동의를 했소?"

"아직……."

"맙소사! 지미……."

지난 40여 년, 날씨가 늘 따듯한 남가주 로스앤젤레스 근교 리버사이드(Riverside) 시에서 가정주치의사 개업을 해왔지만 죽은 후에 해부학 실습을 위해 자신의 몸(全身)을 기증하겠다는 환자는 지미가 처음이었다. 지미가 나의 환자가 된 것은 1997년 여름이었으니 정확하게 20년이 되는 셈인데 그 당시를 회고하면 꿈같았다.

지미는 정통 백인 미국인인데 53세, 나와 동갑이었다. 그는 집 값이 상대적으로 싸며 생활비가 다소 적게 드는 리버사이드로 이사를 와, 그의 건강을 책임져 줄 가정주치의사를 찾고 있었는데 공교롭게도 영어도 서툴고 얼굴도 엄청나게 다른 나(Bill Kim)를 선택했다고 하며 씩 웃었다.

그러나 자세히 알고 보니 그는 월남계 의사를 찾았으나 찾지 못하고 이빨 대신 잇몸, 즉 한국 의사를 선택한 셈이었다.

"헤이! 닥터 킴, 월남 사람하고 한국 사람은 똑 같다고 생각합니다. 오십 보 백 보지요."

월남 의사를 굳이 찾는 이유를 알고 보니, 미국 육군사관학교를 나온 그는 중위 계급장을 달고 1967년 여름부터 2년간 월남전에 참전했었다. 그때 그는 퀴논, 나트랑, 캄란 그리고 사이공에서 한국 군인들과 같이 싸웠기에 한국 사람을 형제요 전우라고 불렀다.

"지미? 1년만 더 월남에 있었더라면 1970년 여름에 퀴논에서 나와 만날 뻔했었군요."

"그래요? 난 그때 대위 계급장 달고 미국으로 귀국했었는
데……."

"난 중위 계급장 달고 월남에 갔었지요. 서로 엇갈렸군요."

사실 말이 같은 중위 계급이었지, 미국군대 중위의 몸값은 한
국군대 중위의 20배가 더 넘는 값비싼 목숨이었다. 미국군대 중
위의 월급은 2000불에 위험수당 2000불, 도합 4000불을 받았
지만 한국군대 중위는 200불에 위험수당은 없었다. 그러나 세월
이 흘러 막상 미국에서 같은 시민으로 만나고 보니 별 차이가 없
었다. 아니, 나는 의사요, 그는 환자기에 180도 역전된 느낌이었
다.

미국 육군사관학교를 나온 지미는 30년 전, 즉 월남에서 돌아
온 지 약 15년 후부터 점진적으로 손이 떨리더니 눈에 섬광이 가
끔 나타나며 평형감각을 잃고 비틀거리기 시작했다.

"허친손 소령? 당신은 월남에서 사용했던 고엽제 '오렌지'로
인한 신경병으로 불가분 제대를 해야겠네. 중령 진급을 눈앞에
두고 참 안 됐네."

선배 장교가 들려준 사형선고 같은 전역의 이유였었다.

"고엽제로 인한 신경병이라니……."

그는 당황했으며 모든 것을 잃었다고 실망했다. 결국 전역금을
받고 평생 나올 연금도 보장됐으나 그는 고엽제로 인한 신경병으
로 병원을 들락거리는 신세가 되었다. 설상가상으로 얼마 후 사
랑하는 아내로부터 버림받고 무참하게 이혼을 당했다. 심한 우울

증으로 인해 그는 무력하고 소망 없이 마약과 술로 건강을 자해하며 살았다. 우울증으로 갈 곳 몰라 헤매는 퇴역군인을 도와준 사람은 역설적으로 망망대해에서 목숨 걸고 이리저리 헤맸던 보트피플(Boat People) 출신의 월남 피난민 여성 후옹 트랜(Huong Tran)이었다.

2

허친손 대위와 빌 킴 중위가 각각 자기들의 본국으로 돌아간 지 4년 후인 1975년 4월, 월남 공화국은 월맹에 의해 망해버리고 월남인들은 보트 피플로 남중국해에서 이리저리 흘러다니다 물에 빠져 죽은 피난민이 부지기 수였다.

1985년, 남지나 해(South China Sea)에서 정처 없이 떠돌던 후옹 트랜(당시 33세)은 타이 해적들에 의해 남편과 아들은 무참히 살해돼 바다에 수장되었다. 뿐만 아니라 그녀는 해적들에 의해 윤간을 당하면서도 천신만고 끝에 미 7함대에 의해 구조됐다. 그녀는 미드웨이를 거쳐 칼리포니아 캠프 펜델톤으로 이송돼 그곳에서 난민으로 6개월 살다 오렌지카운티 웨스트민스터 시에 정착하게 됐다.

남편과 아들을 잃은 월남 피난민 후옹은 앞날이 암담했으나 이를 악물고 살아야 했다. 꽃꽂이 전문가(Florist)가 돼 꽃가게에서 일하던 후옹은 지팡이를 집고 가끔 꽃을 사러 오던 지미를 만나게 됐다. 운명적인 만남이었다. 장미꽃 한 송이로 인해 서로의 마음이 열려 마침내 그들은 교제를 하게 됐다. 월남을 남달리 사랑했던 지미는 월남에서 온 피난민 후옹을 지극히 사랑했으며 그녀의 끔찍했던 과거가 마음에 사무쳤다.

마침내 그들은 결혼을 하게 됐다. 후옹 트랜은 전형적인 동양 미인이었다. 그녀가 보여준 아오자이를 입고 모자를 쓴 사진은 지미뿐만 아니라 닥터 김도 가슴이 울렁거릴 정도로 아름다웠다.

결혼 1년 후, 이들 부부는 값이 꽤 나가는 헌팅톤비치에 있는 집을 팔고 값이 저렴하고 생활비가 덜 드는 리버사이드로 이사 왔는데 여기서 닥터 킴을 만났으니 행운이라고 지미는 너털 웃음을 지었다.

후옹은 손이 떨리며 소변 조절이 불규칙한 지미를 그림자처럼 따라 다니며 돌보았다. 그러면서도 월남에서 처형된 부모와 남지나 바다에서 타이 해적들에 의해 처참하게 죽은 남편과 아들을 생각하며 자주 눈물을 흘렸다.

"허니! 내가 있어요. 울지 마소."

그때마다 지미 허친손은 후옹 트랜 허친손을 위로하며 22년을 살았다. 그런데 갑자기 그는 죽으면 시신을 의과대학에 기증하겠다고 선언을 했다.

"전신을 기증하다니? 육군사관학교를 나온 엘리트 소령이 왜? 가족이 없소, 아니면 돈이 없소? 몸을 기증할 이유가 뭐요?"

나는 그에게 물었다.

"닥터 킴? 얼마 전 신문을 보니, 의과대학에 해부용 시체(카데버)가 없어 공부를 못한다고 하니 내 몸을 잠시 빌려주는 거요. 어차피 고엽제로 인해 죽을 목숨인데…… 학생들에게……"

해부학 실습실

145

"그래도 아내(후옹)의 허락은 받아야 하지 않겠소?"

나는 반문했었다.

"후옹은 분명 허락할거요."

그는 자신 있게 말했다.

3

그가 집으로 돌아간 후, 나는 갑자기 50여 년 전 의과대학 일학년 시절, 긴장과 호기심으로 맞았던 해부학 실습시간이 생각났다.

의예과를 졸업하고 의학과 일학년이 되면서 가장 힘들고 학점이 많았던 과목이 바로 해부학(Anantomy)이었다. 동물 해부가 아닌 사람을 해부한다는 것은 의사가 되기 위한 필수과목이라고 하니 마음속에 각오가 대단했었다.

해부학이란 죽은 사람을 메스(칼)와 핀셋으로 갈기갈기 찢기도 하며 뜯어내기도 해 인체가 어떻게 생겼는지를 알아내는 학문이지만 생과 사를 생각하는 철학이기도 했다. 해부학 교수는 인정사정 없이 엄격해 조금만 잘못해도 낙제를 시킨다고 했다.

해부학 실험실은 포르마린 냄새로 코가 우선 찡해 눈물이 나는 곳이며 형광등이 켜 있었으나 왠지 음침하고 스산해 마치 귀신이 나올 것만 같은 곳이었다. 해부학 실험실 테이블에는 알루미늄으로 만든 관(Cascat)이 놓여 있으며 그 뚜껑을 열면 포르마린에 방부처리 된 시신이 초라하게 누워있었다. 어느 시신은 이미 눈을 기증했기 때문에 애꾸였으며 간과 신장도 시체에 부착돼 있지 않았다.

"해부학실습은 엄숙해야 한다. 결코 시신을 모욕주는 장난행위는 엄단한다. 시신의 일부를 가지고 밖으로 나가지 못한다. 어떤 이유든지 해부학교실에서 비상식적인 행동은 당연히 의사가 될 자질이 없음을 증명하기에 낙제를 시킨다."

호랑이 같은 해부학 교수는 첫 시간에 큰 소리로 선포했다. 보통 시신 한구에 4명의 학생이 실습을 하게 됐다. 내가 맡은 시신은 할아버지였는데 체구가 작고 눈 한쪽이 없었으며 마치 마른 장작 같았다. 해부학실에 들어가던 첫 날은 무서웠다. 벌벌 떨렸으며 메식메식 토할 것 같았다. 그러나 다음날부터는 그렇지 않았다.

운동장처럼 넓은 해부학교실에 20개의 테이블이 있어 80명이 숨을 죽이면서 열심히 시체의 일부를 눈으로 보고 그림으로 그려 교수에게 제출해야 했다. 실험실 옆에 있는 별실에 저장돼 있는 시신이 무려 10여 구가 있었는데 포르마린으로 가득 담긴 탕 속에 들어 있어 흠찔했다.

'아, 여기에 있는 이 시신들은 어떻게 여기로 왔을까? 얼마나 한스러울까? 죽는 것도 서러운데, 죽어 여기에 와 있다니 억울한 혼은 여기서 맴돌고 있겠지.'

나는 깊은 생각 속에서 며칠을 보냈는데 이것은 나만이 아니고 모든 학생들이 같은 심정이었다. 특히 예민한 여학생들은 울기도 했으나 막상 실습을 할 때 보면 남자들보다 더 잘했다.

"학생은 사람을 어떻게 생각하나?"

뜻밖의 질문을 호랑이 같은 해부학 교수로부터 받았다.

"예, 사람은 만물의 영장이며 육과 영혼으로 돼 있습니다."

"그래서?"

교수는 픽 웃었다. 무슨 이유로 픽 웃었는지 기분 나빴다. 해부학교실에 누워있는 시신은 마른 나무만도 못하고 부잣집 개만도 못하다고 대답을 했어야 했나. 인간의 인권과 생존권에 대해 신문에서 왈가불가하는 기사를 읽었다.

"그래? 인권? 여기 해부학교실에 누워있는 시신에게는 없어."

나는 고개를 저었다.

토요일 오후 늦게까지 남아 해부 실습을 하다보면 하나 둘 집으로 가고 해가 어둑어둑해 질 무렵에는 2-3명만 남게 되는데 슬그머니 무서운 생각이 들었다. 옆 테이블에 누워있는 시체가 관 뚜껑을 열고 나온다는 생각이 들었기 때문이었다.

'아, 아닌데……'

나는 무서워서 두꺼운 해부학 책을 가방에 넣고 급히 나오는데 다른 친구도 마찬가지로 무섭다고 하며 큰 가방을 들고 따라 나왔다. 혼비백산해 허겁지겁 나오다가 옆에 놓여 있던 바케츠에 부딪쳤다.

"아이구머니!"

겁에 질려 나는 소리를 쳤다. 죽은 시체가 내 발을 걸은 듯했기 때문이었다. 마지막까지 남아 있던 학생도 내가 놀란 소리에 그도 놀라 가방을 싸 들고 나왔다.

어느 비가 오는 토요일, 늦게까지 해부를 하고 있다 보니 배도 고프기 시작했다.

'조금만 더 하고 가자.'

생각하며 시체 해부를 하고 있었다. 순간, 옆 테이블의 관 뚜껑이 스르르 열리면서 머리를 헤친 여인이 "으흑 으흑" 소리를 내며 나를 향해 걸어 나왔다.

"아니! 아니!"

나는 소리를 쳤으나 말이 나오질 않았다.

"학생? 너 내가 누군지 알아?"

"아- 몰-라요. 아주머니."

나는 대답했다. 그 시체, 아니 아주머니는 내게 말을 하기 시작했다.

"학생! 나는 멀리 전라도에서 살았어. 집이 가난해 서울로 돈 벌러 왔어."

전라도 아주머니는 입에 거품을 물고 내게 가까이 다가오면서 말했다.

"아이구, 아주머니? 오지 말어요. 오지 말어!"

그녀는 농사꾼의 집에 시집을 가 논과 밭일을 하였다. 애도 하나 낳고 잘 살아 보려고 무진 애를 썼으나 가난에 찌들렸다. 남편은 매일같이 술이나 마시고 쩍하면 때리곤 했다. 게다가 시어머니도 같이 가세하니 너무 힘들어 우는 날이 매일이었다.

남편은 술집 여자와 바람이 나 수시로 집에 데려오기 시작하더니 급기야는 나가라고 발길질을 하였다. 할 수 없이 서울로 올라왔다. 그리고 식모살이를 했다. 밥은 먹고 살았으나 희망이 없었다.

엎친데 겹친 것이 식모살이 하는 집의 남자가 슬슬 유혹을 하더니 마침내 안주인의 눈에 걸렸다. 심한 욕을 먹고 쫓겨나 밖으로 나오니 갈 데가 없었다. 염천교를 지나다가 행상에게서 곰보빵 하나를 샀다. 그리고 행상 곁에 놓여 있던 먹다 남은 사이다 병을 하나 슬쩍 훔쳐가지고 서울역 앞에서 주저앉아 먹고 마셨다. 그리고 그녀는 잠시 후 구토를 하다가 풀썩 쓰러져 죽어 있는 것을 남대문 경찰서 순경이 발견했다. 아무도 아는 사람이 없었다. 시신을 시립병원 영안실에 갖다 놓았다.

경찰은 여기저기 알렸지만 연고자가 없었다. 부잣집 개만도 못한 시골 여자의 시신은 무려 2주간을 시립병원 영안실에 있었다. 무연고자(無緣故者)라는 이름으로 시립병원에서 보내진 곳이 해부학 실험실이었다.

"학생? 날 좀 고향에 보내줘…… 딸년이 보고 싶어…… 딸년이."

"전라도 어디죠?"

"몰라, 영산강이 흐르는 곳이여. 노을이 지면 아주 아름다운 곳이여."

그리고 그녀는 훌쩍 관 뚜껑을 열고 다시 들어갔다.

"아, 아주머니!"

나는 소리쳤다. 순간 옆에 있던 친구가 나를 흔들어 깨우면서 말했다.

"야! 조용해, 임마! 여기서 자다가 걸리면 너 퇴학이여, 자식!"

나는 공부하다 지쳐 시체 옆에 엎드려 잠을 자고 있었다.

내게 주어진 실습 시체는 분명 노인이었다. 어떻게 해서 여기에 왔는지는 모르나, 내 손에 의해 잘리고 찢겨야 하는, 그 운명이 야속하기만 했었다. 메스로 자를 때마다 몹시 아프겠지만 그는 아무런 소리를 내지 않았으며 다 쭈그러진 가슴과 복부 그리고 생식기를 다 들어내 놓았지만 그는 부끄러워하지도 않았다.

매일 매일 그의 곁에 앉아 해부학 책을 보며 실제로 근육과 신경 등을 확인하다보니 나와 할아버지는 아주 친해졌다. 가끔 교수 몰래 갖고 온 곰보빵과 꽈배기도 할아버지 곁에서 우물우물 씹으면서 공부를 했다.

토요일 늦게까지 시체(할아버지) 곁에 앉아 실습을 하고 있었다. 배가 고프고 목도 마르고 소변마저 마려웠으나 조금 참고 빨리 끝내고 집에 가려는 마음으로 버티고 있었다. 그때 웬 날벼락인가? 죽은 시체의 손이 슬그머니 내 허벅지를 만지는 듯했다.

"악!"

나는 흠칫 놀랬다. 이번에는 감겨 있던 할아버지의 눈이 살며시 뜨는 듯했다. 그리고 말라비틀어진 입술이 움직였다.

"학생, 몇 살인가?"

"예? 네, 20살입니다. 할아버지?"

"젊은 나이군, 내 손자 같아서……."

"손자요?"

나는 그의 손을 뿌리쳤다. 무서웠다.

"학생! 나도 젊었을 때는, 톨스토이가 되고 싶었어. 톨스토이……."

"톨스토이라고요, 할아버지?"

나는 깜짝 놀랐다. 그리고 시작된 할아버지의 사연은 나를 더 놀라게 했다.

서울에서 태어난 그는 일류 학교를 다녔다. 부모는 법관이나 의사가 되라고 했으나 그는 작가가 되고 싶었다. 시. 소설을 쓰고 싶었다.

그는 별로 이름도 없는 대학의 국문과에 입학했다. 아버지의 실망은 말할 수 없이 컸다. 버린 자식으로 생각하게 됐다. 집을 뛰쳐나왔다. 그리고 그는 소설가로, 시인으로 평생을 살았다.

노인이 돼 병에 걸렸을 때, 그를 도와주는 사람은 아무도 주위에 없었다. 그는 톨스토이를 좋아 했다. 그러기에 유랑을 하며 산천을 즐겼다. 그러나 그가 남긴 명작은 하나도 없었다. 자식도 없었으며 물론 아내도 없었다.

그는 어느 부잣집 담벼락에서 굶어 죽었다. 마치 톨스토이처럼…… 그리고 그는 연고자가 없어 경찰에 의해 여기 의과대학으로 실려 와 해부학 실습 시신이 됐다고 했다.

"와! 할아버지는 소설가였군요?"

"소설가보다는 시인이라고 불러주게나……."

"시인? 상상의 세계에서 사신 시인, 그리고 톨스토이처럼 죽은 소설가였네, 할아버지."

"그렇네. 학생, 부디 좋은 의사가 되게. 돈은 못 벌어도 돼. 남을 도와주는 의사가 되게. 소의(小醫)는 치병(治病)이요, 대의(大醫)는 치국(治國)이라고 했어. 쬐쬐한 의사 말고 대의가 돼야 하네!"

"아뇨! 할아버지 저는 소의(小醫)가 되겠습니다. 병에 친절하고 환자에 친절한 소의(小醫)! 할아버지!"

"알았네. 학생. 그런데 밤이 되면 여기 해부학실험실에서 무슨 일이 일어나는지 상상을 해보았나, 학생?"

"아뇨, 그런데, 실험실에서, 무슨 일이?"

깜짝 놀랄 할아버지의 이야기가 시작되었다.

"학생? 저기 16번 시체(카데바)는 누구인고 하니……신부(神父)님이여. 아니 신부가 되려다 못된 어느 성스러운 사람이여. 여기 시체실에서 밤마다 신부님은 우리를 위해 강론을 하고 강복을 하지…… 자기는 버려진 사람들의 영혼을 위해 여기에 왔다고 하네. 하여튼 고마운 사람이여."

"신부님이?"

나는 시체 번호 16번을 찾아갔다. 다소 몸이 크고 우람한 모습을 한 그 시체를 바라보노라니 고개가 숙여졌다.

"그라고 학생? 저기 시체 7번은 정치가였어. 약간 사상이 빨간 사내여, 밤만 되면 그자 때문에 여기 실험실이 어수선하고 때론 험악해져. 자칭, 사회주의자라고 해. 빈부의 차이를 없애려고 했는데 악덕 자본가에 의해 반대로 암살당했다는구먼. 그리고 다리

밑에 버려진 것을 경찰이 여기 의과대학으로 데려왔다는군."

"사회주의자라고요?"

"그런데 말여. 이자는 여기 시체들을 이간질해 반정부 운동도 하고 아예 대한민국을 빨갱이 나라로 만들려고 하니 이 자하고 밤마다 사람들이 코피 터뜨리며 주먹다짐하고 있어. 아주 골치 아픈 놈이여."

"살아서 데모 깨나 했었나 보군요, 할아버지?"

"그랬겠지. 그리고, 시체 19번은 말여, 중년의 사나이인데 아주 유명한 바이올린 연주자란 말여. 밤이 되면 얼마나 구성지고 서글픈 곡을 연주하는지 우리 시체들은 한 없이 울곤 했어. 그런데 이젠 제발 그 바이올린 연주를 하지 말아달라고 간청한다네. 죽어서도 고향에 못가는 신세가 됐으니 말여. 그래도 이 사내는 막무가내여. 좋은 연주자가 되려고 했으나 돈이 없어 밤마다 나이트 클럽에서 바이올린을 켰다는구먼. 그러다 어느 날 비관하고 수면제 70여 알을 통째로 입에 넣었더니 잠이 오더라는구먼. 그리고 눈을 떠보니 여기 포르마린 냄새나는 해부학 실험실에 와 있더라고 했어. 연상의 애인이 있는데 보고 싶어 미치겠다는구먼."

"주로 무슨 곡을 켰나요?"

"오. 사랑하는 아버지, 사랑의 기쁨, 사랑의 슬픔, 오빠 생각 그리고 등대지기 같은 거지."

"그리고 또 다른 일은 없나요, 할아버지?"

"왜, 있지. 시체 2번은 덜되 먹은 목사인데, 신부님하고 비교하면 좀 떨어져. 뭐가 그리 잘났는지 폼을 잡고 큰 소리 치지. 하나님의 목소리가 귀에서 들린다는 둥, 눈에 불 같은 성령이 뵌다는 둥, 어찌 보면 정신병자 같아. 거 뭐 정신분열증이라는 것 말여, 헛개비가 뵈고 헛소리가 들리고 말여……."

"할아버지? 그래도 목사인데 대우를 해주셔야지요."

"입만 살아서, 얄미워……."

"그래도 성직자인데, 그러면 벌 받지요, 할아버지!"

"뭐 그렇다는 말여. 그리고 말여, 시체 12번은 여자인데, 남편을 다섯 명이나 갈아 쳤다나봐. 거, 성경에 나오는 수가성의 여인처럼 말여. 다섯 명이나. 알고 보니 막가는 여자였어. 그래서 이 여자 때문에 여기 시체들이 밤마다 대판 싸운단 말여. 삼각관계도 아니고 이 여자 하나 놓고 남자란 놈들은 뭐 좀 하겠다고 이 화냥년한테 달려 붙는데, 가만히 보니 남자 놈들의 물건들은 이미 다 말라비틀어져 없어진 주제들인데 그것도 모르고…… 나야, 늙은 이니까 그런게 문제가 아니란 말여……. 허허."

"수가성의 여인은 목마르지 않는 영생의 물을 받았는데요."

"그렇지? 나도 그러기를 바래. 회개하고 영생을 받고. 근데 저기 마지막 시체 20번, 이놈이 문제여. 6.25때 낙동강 전투에서 오른쪽 다리를 잃고 상이용사가 됐다는데 말여. 그 주제에 매일 밤마다 술 처먹고 고함을 치지."

"왜, 그러죠, 할아버지?"

"이 자는 제대 후 목발집고 여기저기 다니며 행패를 부려 돈 좀 뜯어냈지. 그라고 그 돈 갖고 술이나 마시다가 중랑교 아래서 얼어 죽었는데, 아, 가족들이 찾아와서는 이 사람은 내 식구가 아

니라고 막무가내로 우겨 시체를 인수하지 않으니 할 수없이 무연
고자가 돼, 이리로 실려 왔어. 허허…… 그런데 웃기는 것은 다
리가 하나 없으니 해부 실습용으로는 부적절하다고 의과대학으
로부터 거절을 당했지 뭐여. 결국 경찰이 강제로 의과대학에다
떠맡기고 갔어. 그래서 이 자는 밤마다 소리를 친다네. 내 다리
내놔라. 연필을 사라. 술을 달라. 심지어는 남편 다섯 가졌던 12
번 시체한테 가서 치근거리지 뭐여. 그거 하자고. 재미있는 것은
이미 시체는 벌거벗은 상태이니, 옷 벗을 일도 없고 옷 벗길 일도
없으니…… 하하, 잘들 한다. 웃기는 놈들이 모인 곳이 여기여."

"할아버지? 밤이 되면 여기 해부학 실험실이 온통 떠들썩했군
요. 노랫소리, 설교 소리, 강론 소리, 정신병자들의 고함소리, 게
다가 남녀가 뒤 엉긴 소리, 온통 잡동산이가 됐군요?"

"그렇지도 않아, 학생! 가끔은 영생, 진리, 정의, 우정 그리고
인생에 대해서 의견을 나누기도 했지……."

"그래요? 할아버지! 저……."

내가 말을 이으려는 순간 그의 모습은 사라지고, 마른 막대기
같은 시체가 내 앞에 누워있었다.

"할아버지? 여기 계셨네."

나는 내 앞에 누워있는 시체를 붙잡고 할아버지라고 불렀다.

"야! 이 새끼, 너 또 헛소리 하냐? 해부학 공부하다 너 돌겠다.
그래가지고 의사 하겠니? 헛소리나 하고……."

이번에는 해부학 조교가 아주 불쌍하고 측은 한 듯이 나를 바
라보며 혀를 찼다. 나는 시체 앞에서 또 한 번 잠이 들어 꿈속에

서 헛소리를 했다. 바보같이, 쪽 팔리게.

4

지미 허친손이 내 진료실에서 가버리고 난 후 나는 멍청하게
옛날 생각을 하고 있었다. 그러다 퍼뜩 제정신이 들었다.

생각해 보면 지난 학창 시절이 마치 개구리가 되기 위해 발버
둥치던 올챙이 시절 같았다.

일주일 후 지미는 다시 내 진료실로 그의 아내 후옹과 같이 찾
아왔다.

"닥터 킴? 아내가 반대를 하는데 잘 좀 말해주소."

그는 아내를 가리키며 말했다.

"아, 후옹. 놀래셨죠? 미국 사람들은 동양 사람과 좀 다르지요.
자신의 몸을 의과대학에 실습용으로 주지요."

"말도 안 되지. 죽지도 않은 사람이 죽은 다음에 몸을 통째로
주겠다니…… 말도 안 되지요."

그녀는 이해를 못한다고 고개를 저었다.

"주는 것이 받는 것보다 복이 있다고 했죠. 후옹?"

"그렇긴 하지만, 어쨌거나 나는 반대입니다. 닥터 킴."

그녀의 반대는 딱 부러졌다. 그리고 우리는 이 문제를 더 거론
하지 않았다. 죽는 것을 얘기하는 것 자체가 싫었기 때문이었다.

그런데 이게 무슨 변괴인가? 손을 떨며 평형감각마저 떨어진

'지미 허친손'에게 뜻밖에도 죽음의 병이 찾아왔다.

겨울이 되면서 그는 감기를 앓았다. 기침이 계속돼 흉곽 사진을 찍어보니 왼쪽 폐에 큰 덩어리가 하나 달처럼 웅크리고 있었으며 CT에서는 간에 전이된 암 덩어리가 굶주린 호랑이처럼 도사리고 있었다.

모르긴 해도 월남전에서 들여 마신 오렌지라는 다이옥신이 신경, 근육 그리고 폐에도 문제를 일으켜 폐암이 됐다고 생각됐다. 배에 복수가 차 있는 것으로 보아 암은 이미 전신에 퍼졌으며 신경병으로 인해 그의 몰골이 점점 흉측해지기 시작했다.

"지미? 아무래도 항암치료를 해야 되겠습니다."

암전문의가 조용히 제안했다.

"아닙니다. 그냥 두십시오. 저, 즐거운 인생을 살았습니다. 그뿐인가요? 저 몇 개월 전에 닥터 킴에게 내가 죽으면, 의과대학에 제 전신(全身)을 기증해 해부용으로 쓰라고 허락했습니다."

"해부용으로, 전신을?"

암 전문의는 눈이 뚱그래 물었다.

"안 돼요!"

그의 아내가 큰 소리로 말했다.

"허니? 부탁이요. 나 당신을 만나 즐거운 인생을 보냈소. 그러니 내 몸은 이미 육을 떠나 영의 세계로 갑니다. 부탁이요. 허니."

"그만 합시다. 제가 이미 기록해 두었습니다."

가정주치의사인 나는 개미 같은 목소리로 말했다.

지미는 매일 매일 상황이 악화되고 있었다. 이제 그는 호스피스에 입원돼 세상 떠날 날을 기다렸다. 나는 지미에게 다시 물었다.

"지미? 육신이 죽으면 영과 혼은 몸을 떠나 어디론가 갈 곳이 있습니다. 결국 육과 영은 분리되겠지요. 죽은 지미의 육신은 약속한 대로 의과대학 해부학교실로 가 학생들의 실습 재료가 돼 갈기갈기 찢기고 마지막에는 쓸모없는 쓰레기가 돼 어딘가에 버려지겠지요. 지미? 당신은 지금 내가 말한 것을 이해할 수가 있는지요? 세상에 이처럼 비참한 일이 있을 수 있을까요?"

"변함이 없습니다. 육은 갈기갈기 찢어져 없어진다고 해도 내 영과 혼은 다시 새로워질 것입니다."

2주 후, 지미 허친손은 세상을 떠났다. 그리고 그는 그가 갈 길을 찾아갔으며 예정대로 대학병원에서 보낸 앰뷸란스가 호스피스 앞에서 기다리고 있었다.

안타깝게도 그의 아내 후옹은 그의 시신을 놓아주지 않고 꽉 잡고 있었다. 나는 후옹의 손을 잡았다.

"후옹! 그의 영과 혼은 이제 멀리 평안한 곳으로 갔습니다. 그리고 그곳에서 당신을 기다릴 것입니다. 썩어질 육체는 잠간입니다. 어차피 썩어 없어질 것입니다마는 그는 그의 마지막을 의과대학에 선물로 주고 갔습니다. 월남전에서 월남 사람들을 위해 그는 그의 몸을 선물로 주었듯이. 아시겠죠? 이제 지미를 놓아주시는 것이 당신이 그에게 보답할 선물일 것입니다."

지미의 몸은 하얀 천에 싸여 마치 길거리에서 차에 치인 개처럼 앰뷸런스에 실려 그의 아내가 우는 앞에서 사라졌다.

'그는 내가 공부했던 그 의과대학 해부학 실습장으로 가 포르마린에 푹 담겨 방부처리가 되겠지…… 그리고 밤마다 한스럽고 원통했던 과거를 지닌 시체들의 사연을 들어주는 미 육군사관학교 출신 장교로 우뚝 서겠지. 그리고 무질서하고 시끄러운 시체실의 밤을 통제하고 이끌어 갈 군인이 되겠지. 산 사람들의 세계도 죽은 사람의 세계도 지미 같은 군인이 필요하구나……'

나는 멍청히 서 있을 뿐이었다. 그리고 나는 한 달 후에 과감하게 의사 직에서 은퇴했다. 지미가 죽자 내게는 더 이상의 환자가 없었기 때문이었다.

5

지미가 세상을 떠나고, 나 또한 은퇴한 지 어느새 1년이 훌쩍 지나갔다. UCLA대학병원으로 실려 갔던 지미 허친손은 해부학 실습용으로 온 몸이 갈기갈기 찢긴 후 마침내 화장처리 돼 한 줌의 재로 아내 후옹에게 돌아왔다.

"신고합니다. 미 육군 소령 지미 허친손은 떠들석하고 혼란스러웠던 UCLA해부실습실을 깨끗이 정리하고 돌아왔습니다. 이젠 정의와 사랑이 숨 쉬는 산 사람의 세상을 만들고 싶습니다."

그는 그렇게 말하는 것 같았다.

한 달 후, 지미의 아내 후옹이 나를 찾아와 예상치 못한 부탁을 했다.

"닥터 킴, 나 죽으면 멀리 내 고향, 사이공(호치민)의과대학 해부학실험실로 보내주세요." ✈

탈북민 소설은 역사소설의 거대담론에서 혹은 일반 소설의 미시담론에서 배제되었거나 누락된 존재들을 복원하는 작업에 주력한다. 해외에 체류하고 있는 탈북자들은 난민이나 망명과 처우를 받지 못한 채, 인권의 사각지대에 놓여있다

2부

탈북소설
Fiction of Refuge

이 작품은 북한으로부터 탈출, 뿌리 없는 디아스포라의 삶을 살면서 고향에 대한 향수로 인해 몸은 미국에 있지만 고향 북한에 대한 미련 때문에 자신이 살고 있는 현재 이 땅에서 만족을 못하고 살고 있는 한 부류의 삶과 또 철저히 현재 살고 있는 땅에 뿌리를 내리며 자신의 삶을 가꾸어나가는 두 부류의 실향민의 삶을 제시하고 있다

평양면옥에서 만난 사람

1

"간나새끼! 네 놈하고 더 말하고 싶지 않으니 내 앞에서 꺼져! 너! 잘 먹고 살라구! 개새끼!"

악담을 퍼 부운 후 지난 10년간 전화 한 통 없었던 고등학교 친구, 이정현(李正賢)으로부터 뜻밖의 속달 등기 우편을 받은 게 이틀 전이었다. 갑작스레 받은 편지이기에 너무 놀라 뭐라고 대답을 할지 한동안 갈피를 잡지 못하고 망설였다.

"미친 자식! 의리도 없는 놈, 이리 붙고 저리 붙고 제 편한 대로 막가는 놈, 나도 안 본다!"

큰 소리로 응수 했었으나 그 후 은근히 가슴 조이며 살았다. 혹시라도 녀석이 앙심먹고 좌파 종북 자객을 보내 내 목에 비수를 콱 꽂아 살해하지 않을까 하는 걱정 때문이었다. 그런데 한동안 잠잠했던 녀석이 보낸 짙은 노란 색 메모지에 볼펜으로 휘갈려 쓴 편지를 읽으면서 가슴이 두근거렸다.

'석호야, 너, 오랜만이다. 환갑 때, 우리 대판 싸우고 헤어졌는데 어느새 70살이 됐네. 야! 내가 밥 살 테니 5월 7일 오후 2시 30분, 평양면옥(平壤麵屋)으로 나와! 가족은 데리고 오지 말고 너만 나와, 할 말이 있으니까. 정현.'

"미친 자식, 왜 하필 2시 반이지? 할 말은 무슨! 게다가 나만 나오라고."

나는 투덜대며 안 가겠다고 아예 마음먹었으나 혹시라도 녀석이 앙심먹고 비수로 가슴을 찌를까봐 걱정이 됐다.

끈질긴 인연이라고 해야 할지, 녀석과 나는 해방되던 해 1945년 3월에, 녀석은 5월에 평양에서 이웃으로 태어났다. 내가 그래도 두 달 먼저 태어난 형님이건만 녀석은 나를 제 아랫사람 대하듯 안하무인이었다.

1947년 초겨울, 부모 따라 목숨 내걸고 월남해, 서울 후암동에서 이웃으로 살며 같은 중·고등학교를 다녔다. 그리고 미국으로 이민 온 것도 엇비슷한 1985년 경이었다. 따라서 당연히 비슷했어야 할 우리의 삶은 달라도 너무 달랐으며 사는 방식도 180도 달랐다.

'짜식 5월 7일이면 내일 모랜데, 하필이면 이름만 들어도 섬뜩한 평양면옥에서 만나자니, 아직도 이 녀석, 종북(從北)질이나 하고 있는 모양이군.'

녀석을 생각하면 불쌍한 생각이 들었다.

반대로, 녀석의 입장에서 나를 바라보면, 녀석은 나를 아주 더 불쌍한 놈으로 보겠지.

'때 묻은 옷이나 세탁해 제 새끼 밥 먹이고 공부시키고 제 여편네 졸졸 따라다니며 교회에 가 하늘 향해 헛소리나 지르다보니 어느새 70살이 돼, 은퇴랍시고 사회보장 은퇴 연금 3000여 달러와 따로 들어둔 연금 1000달러 도합 4천 달러로 가까스로 애들 신세 안 지고 살고 있다고 생각하겠지. 그러다 덜컹 병이라도 나면 그동안 일하느라 구경도 제대로 못하고 양로원에 가서 고향 생각하다 죽어 공동묘지에 묻히겠지. 고향에도 못 가보고 호강도 못 해보고, 그러니, 석호! 넌 불쌍한 놈여.'

녀석은 나를 비웃고 있는 듯했다.

"짜식, 내가 널 왜 만나? 안 만난다!"

마음을 정한 후 잠이 들었다.

녀석은 만날 적마다 내게 돈을 빌려달라고 요구를 하지 않나 김정일을 만나러 가자는 등 나를 괴롭혔다. 그런데 다음, 다음날 실컷 잘 자고 아침에 일어나니, 이게 무슨 변덕인가, 그래도 녀석을 만나는 것이 친구의 도리라고 생각을 바꿨다. 혹시라도 간첩을 동원해 나에게 칼이라도 드리댈 것 같았다. 아니 비록 손해를 본다 해도 친구의 의리는 지켜야 한다는 생각이 들었다.

칼리포니아주 로스앤젤레스에 몇 년 전부터 조선(北韓)식 냉면을 전문으로 하는 평양면옥이 영업을 시작했다. 사람들은 '김정일 원수'가 보낸 이북 사람들이 운영한다고 하니 호기심이 생겼다. 그러나 은근히 무서운 마음이 들어 처음에는 식당에 가기를 주저하더니 점차 사람들이 찾아가기 시작했다. 손님이 많아 꽤 오래 기다려야만 겨우 자리에 앉아 냉면 한 그릇을 먹을 수가 있었다.

순박한 한국사람(南韓)들은 마치 머리에 뿔이 난 이북 빨갱이들이 아차하는 사이에 납치라도 할 거라고 생각했으나 실제로 식당에 가보니 뿔난 사람은 없었다. 단지 조금 딱딱한 분위기에 촌스러운 한복을 입었으나 빼어난 미모의 북한 여성들이 상냥하게 맞아주니 이젠 장난 좀 하고 싶은 마음이 들었다.

그런데 자세히 알고 보니 냉면집 주인여자는 북조선에서 온 김정일의 뿌락치가 아니고, 두만강을 건너 도망 나온 탈북녀(脫北女)였다. 그런 그녀가 주인이라고 하니 이번에는 친근한 마음과 불쌍한 생각으로 그녀를 도와주고 싶은 마음을 갖게 되었다.

'왜 녀석은 하필이면 거기 평양면옥에서 만나자고 하지. 그렇다면 녀석과 그 탈북녀는 서로 아는 사이인가? 아니면 이번에도 나를 궁지에 몰아넣으려는 속셈이라도 있는 게 아닌지……'

나는 점점 미스테리한 생각이 들었다. 이층 건물로 된 평양면옥은 건물 구조와 장식이 조금은 특이했다. 푸른 기와지붕에 이북에서나 볼 수 있는 우중충한 벽돌이 눈에 거슬렸다. 게다가 인공기(북한깃발)라도 걸어 놓는다면 영낙없이 공포분위기를 느낄 그런 음산한 음식점이었다.

자동차를 평양면옥 옥외 주차장에 세우고 차에서 내려 잠시 허리를 쓰다듬으며 쭉 폈다.

식당 안을 들여다보니 점심식사 치고는 늦은 시간이기에 그런지 손님들이 다 빠져 나가 빈자리가 많았다. 게다가 1시간 후면 저녁식사 때까지 잠시 문을 닫는다고 했다. 녀석의 모습은 보이지 않고 탈북녀가 손수 문 앞에서 "어서 오세요"라고 서울말로 환영하며 웃었다.

탈북녀하면 못 먹어 빼쩍 마르고 한(恨)에 맺혀 얼굴에는 웃음이 없고 목소리도 거칠 거라고 생각했는데 그녀는 그와 정반대로 아주 야들야들한 미녀라는 느낌이었기에 한 번 더 놀랐다.

그녀가 안내해 주는 대로 구석진 자리에 앉으니 김이 모락모락 오르는 육수를 한 잔 딸아 주면서 "누굴 기다리시나요?"라고 구슬 굴러가는 듯한 목소리로 물었다.

"아, 예. 고향 친구를 기다립니다."

"고향 친구? 고향이 어디신데요?"

그녀는 눈을 크게 뜨고 물었다.

"예. 평양입니다마는 하도 오래 전에 나와서 기억도 없습니다."

"피양요? 반갑습네다."

이번에는 북한 말씨로 대답해 주니 친근감이 생기다 못해 버럭 의심이 갔다.

'혹시 녀석과 탈북녀가 서로 짜고 무슨 꿍꿍이 수작을 하나……'

"댁은 어디쇼?"

나는 따듯한 육수를 마신 후 인사치례로 물었다.

"원래 회령인데, 평양에서 근무를 오래 해서. 두 곳이 다 고향입니다.”

“아, 그래서 평양면옥이군요?”

“그건 아니고, 북조선하면 평양냉면이 상징이니까요.”

그 순간 녀석이 문을 열고 들어섰다.

“야! 정현아, 여기!”

나는 그녀에게 대답하는 대신 큰 소리로 녀석을 향해 소리쳤다.

2

“야! 석호. 너, 반갑구나. 죽지 않고 살아있었군.”

녀석은 말끝마다 시비조였음은 10년 전이나 지금이나 변한 게 없었다. 그의 머리는 10년 전에 비해 완전히 백발이 됐으며 비쩍 말라보였다.

“야! 석호! 너, 진짜 할아버지가 됐어. 와! 고생 되게 했구먼?”

외려 그가 먼저 선수를 쳤다.

“고생은 무슨? 은퇴하고 아들에게 세탁소를 물려줬어.”

“나, 얘기 들어 알고 있어. 그런데, 야! 네 아들놈, 예일(Yake) 대학 나와 겨우 아버지 세탁소에서 일하다니. 와! 안됐어.”

녀석은 이번에도 나의 심기를 건드렸다.

“세탁소가 어때서? 우리 이민자들에게 이만한 직업도 없어, 수입 좋고 자기 시간 낼 수 있고. 근데 네놈은 애들 교육을 어떻게 했기에 직장도 없는 건달이냐!”

나는 용기를 내어 녀석에게 응수했다.

"내 아들! 걱정마라. 제 각각 살길, 알아서 잘하고 있어. 너 걱정 꺼라!"

그는 얼버무렸으나 내가 알기로는 직장도 없고 대마초를 피다 들키고 절도와 폭행으로 경찰서에도 여러 차례 잡혀갔다는 말을 들은 적이 있었다. 녀석은 뚫어지게 내 얼굴을 쳐다보더니 씩 웃으면서 말을 이었다.

"석호야? 너 은퇴했으니 이젠 시간 좀 낼 수 있겠지? 이번에는 거부하지 말고 나하고 북한 여행 한 번 할까? 김정은 위원장의 초청도 있고 하니……."

"김정은이 초청해? 누굴? 너를?"

순간 나는 아차 하는 느낌이 들었다. 녀석은 미국에 오기 전에 한국에서는 반정부(反政府) 운동권으로 알려졌었다. 강제로 미국으로 쫓겨오자 이번에는 아예 반한(反韓) 데모로 세월을 보냈다. 내가 브라질에서 미국으로 이민 온 후, 그리고 10년 전 나에게 못 된 욕을 하고 헤어진 후에도 그놈의 수령님 타령은 여전했다.

"너나 가거라. 이번엔 가서 애숭이 수령님 밑에 가서 무릎 꿇고 네 은퇴를 부탁한다고 간청하거라. 돈도 좀 두둑히 달라고 해, 임마!"

"그렇게 아니고, 이번에는 조선반도의 조국통일을 위해 가자는 거여."

"조선반도? 야 임마, 한반도의 조국통일이다. 그러니까 너나 거기 가서 잘 살라고. 나는 미국에서 평범하게 살련다."

"나도 물론 미국이 좋지, 그러나 북조선도 우리가 도닥거려 줘야 할 조국이니까."

"조국? 조국도 조국 나름이지, 제 백성 굶기며 무기나 만드는 나라가 어디에 있니? 그러니까 너나 가서 네 조국을 도닥거려라. 나의 조국은 내가 뿌리내리고 먹고 살도록 도와준 곳이여."

순간 탈북녀가 가까이 와 무엇을 주문하겠느냐고 물었다. 물론 우리는 그 유명한 평양 냉면을 주문했다. 잠시 후, 탈북녀는 시키지도 않은 빈대떡을 한 접시를 갖다 주면서 말참견을 했다.

"두 분 다, 이북에서 오셨군요? 근데 여기, 선생님은 언젠가 뵌 분 같습니다. 어디서인가?"

"나를요? 나는 기억이 없는데. 자, 나 배고프니 냉면이나 빨리 갖다 주쇼."

정현은 탈북녀를 보다가 흠칫 놀라는 표정을 지으며 말을 얼버무렸다.

"혹시? 아……."

그녀는 무슨 생각이 나는지 말을 하려다가 우물거리며 그냥 주방 쪽으로 사라졌다.

3

생각해 보면 녀석과 나는 끈끈한 가족이나 마찬가지였다. 1947년 초겨울, 평양은 점점 김일성의 공산당 수하로 들어가자 두 분 아버지들은 목숨을 내 놓고 남조선(남한)으로 도망하게 됐다.

우리는 안내인을 따라 개성까지 내려와 3.8선을 넘는 것이 마지막 문제였다. 칠흙같이 캄캄한 밤 우리 두 집 식구들은 논과 밭, 그리고 산등성이와 나무숲을 헤치며 안내원만 따라 남쪽으로 걸었다. 굶주린 짐승들이 으르렁거리는 소리가 가슴을 섬찍하게 했으며 중간 중간에 3.8선을 지키는 감시병들의 눈초리도 매서웠다. 세 살밖에 안 된 나와 정우에게는 기억에 남지 않았으나 나중에 부모를 통해 절실한 이야기를 들었다.

일단 서울역 앞에서 재정비한 후 우리는 거지가 돼 살기 위해 구걸을 했다. 그리고 악착같이 일을 했다. 마침내 우리는 후암동에서 방을 얻어 각각 살게 됐다.

평양에서 내려온 우리는 불사조라고 불리웠다. 3.8선은 물론 6.25전쟁에서도 꿋꿋하게 살아났기 때문이었다. 나와 정우는 꿈 많은 소년들이 모인 피난민 학교, K고등학교 학생이었다. 머잖아 대학으로 진학하게 됐다.

그런데 뜻밖의 일이 내게 생겼다.

"자, 우리는 한국을 떠나 브라질로 이민 간다."

아버지가 눈물을 흘리면서 선언했을 때 우리 가족은 몹시 놀랐었다. 1962년이었다.

"왜죠? 아버지? 저, 대학에 가려고 하는데……."

"어차피 고향에 가기도 힘들다. 남쪽에 와서 우린 정착하고 교육 받았으나 큰 희망이 없어 새로운 나라로 간다. 거기 가서 잘하자, 다시 일어나자!"

아버지는 주먹을 불끈 쥐어 보였다.

고등학교 졸업을 8개월 남겨두고 우리 식구는 브라질 이민선을 탔다. 무려 60일간의 항해 끝에 우리 가족은 브라질에 도착해 새로운 생활을 해야 했다. 완전히 다른 세계였다. 아버지도 나도 다른 언어, 종교 그리고 풍습이 다르다 보니 남한에서 정착하는 것보다 몇 배 더 어려웠으나 우리는 해냈다. 노동으로 시작해 마침내 봉제업으로 많은 돈을 벌었다.

이제 아버지는 마음의 여유가 생겨 멀리 조국의 하늘을 바라보며 고향을 그리워했다. 그러나 아무리 손으로 잡으려 해도 고향의 별은 잡히지 않았다. 아버지 대신 나는 결단을 내렸다. 내 나이 40이 되어, 어느새 68살이 된 아버지를 모시고 전 가족이 미국으로 이민한 것은 1985년 여름이었다. 봉제업을 해 모은 돈으로 나는 한국인이 운영하던 세탁소를 인수해 세탁인이 됐다. 새벽 4시에 일어나 오후 7시까지 몸으로 뛰는 노동이었으나 행복하고 보람스러웠다. 어느새 30년 전의 일이었다.

4

"냉면, 나왔습니다. 잡숫기 좋게 잘라드릴까요?"

탈북녀는 가위를 들고 냉면 사리를 짧게 끊어 주면서 정현의 얼굴을 흘끔흘끔 훔쳐보며 기억을 되살리는 듯했다.

"야! 석호! 네 머리가 흰걸 보면 너도 늙었어."

"그래, 맞다. 근대 용건이 뭐냐? 갑자기 보자니?"

"어, 내가 급히 돈이 좀 필요해서. 조금 빌려주라."

그는 씩 웃었다.

"아니? 너 내게 돈 빌려간 게 벌써 4번째여. 한 번도 갚진 않고……."

"한꺼번에 갚을 게."

녀석은 정말 넉살이 좋았다. 30년 전, 내가 브라질에서 미국으로 이민와 세탁소를 운영할 때 그는 찾아와 돈을 빌려갔다.

"중국을 거쳐 북한에 들어갈 일이 있어. 비행기 표랑 체류비가 조금 모자라서…… 이번에 가면 옛날 우리가 살았던 동네도 알아보고 너희 친척도 알아봐 줄게."

내키지는 않았으나 죽마고우로 이북에 가서 조국통일 사업을 한다고 하니 그래도 친구인데 하는 마음으로 3000달러를 빌려주었다. 그러나 그는 그 후 소식이 없었다.

녀석은 대학재학 중에 운동권에 속해 반정부 시위에 가담하여 정보부와 경찰에도 여러 차례 잡혀갔으며 군에 강제 입대해 고생도 많이 했다.

녀석은 내가 브라질에서 봉제업을 하며 애들 먹이고 교육시키며 사는 동안, 여기 미국 특히 로스앤젤레스에 근거를 둔 운동권 종북 세력의 일원으로 와싱톤에 가서 항의 집회도 하고 틈틈이 이북에도 다녀온 인물로 알려졌다. 그런데 그의 문제는 한국도 싫다, 미국도 싫다, 모든 것에 만족을 하지 못했다.

"도대체 네가 만족하는 가치관이 무엇이냐? 참을 줄도 알고 타협해 서로 맞출 줄도 알아야지. 속으면서 사는 것도 인간의 미덕이야. 어찌 모든 것이 너에게만 맞아야 되니?"

참다못해 내가 질문을 했다.

"그러게. 네가 봐도 여긴 부조리야, 부정이고…… 독재고, 그렇지?"

"여긴 그렇다 치고, 네가 말하는 거긴 어떤 곳인데. 지상의 낙원이라면서, 거기 좋으면 이민신청해서 그리로 가거라."

"야! 그런 건 아니고. 내가 말하는 포인트를 벗어나지 말라고……."

"웃기는 놈이군. 야, 꺼져라. 나같이 냄새나는 옷을 세탁이나 하며 사는 순진한 사람에게 손 벌리지 마라! 네가 없신여기는 세탁은 더러운 것을 깨끗하게 해주는 좋은 직업이여."

"야! 갚을 게, 갚을 게. 걱정마!"

그는 똥 싼 녀석처럼 오히려 성내듯 큰소리치며 사라졌었다.

그리고 7-8년 후, 삐적 마르고 무표정한 얼굴을 하고 녀석은 나를 또 찾아왔다.

"군부 독재를 타도하려면 역시 우리 미주 동포들의 단결이 필요하지. 이번에 와싱톤에 가서 독재자 규탄 궐기대회에 참석하면 어떨까…… 같이 가지?"

"뭐라고? 궐기대회, 뭐가 문젠데?"

"독재정권과 인권유린이 한국 정부의 문제라고……."

"그럼 네가 사모하는 이북은 독재정권이 아니다? 거기에 인권이 있니? 수용소에 갇힌 사람들은 어쩌구…… 이북은 나라 자체가 거대한 수용소야! 밖을 볼 수도 없고 옆방과 말도 못하고. 하늘마저도 볼 수 없는 아주 괴상한 집단이여."

"이북은 독재정권이 아녀, 전 인민이 찬성하는 민주정권이고 공화국이지, 수용소는 비어 있을 뿐이라고."

"억지소리 하지 말고, 알았다. 나는 여기서 냄새나고 더러운 양복, 바지, 셔츠를 세탁해 벌은 콧물 돈으로 세금 착실히 내고 애들 교육시키는 것이 더 중요하다. 알갔니? 너도 미국 영주권자면 세금 내고 살아라."

"그러게, 궂은 일 안 하려면 직접 와싱톤에 가서 데모를 해. 그거 못하겠으면 거기 가서 일할 우리를 위해 찬조금을 내거라. 한 50000달러 정도 헌금 하렴!"

"못한다면? 어쩔래?"

"야. 해야지. 못한다면 넌 지금 공화국 전사자들의 명단에 올려 있어. 아마도 너는 납치를 당해 수령님에게 끌려가 죽겠지. 쥐도 새도 모르게 비밀리에……."

"뭐라고? 너 날 이젠 협박을 하는구먼. 미친놈!"

"그러게 좋은 말 할 때 돈 좀 내거라. 협박이 아녀. 너를 보호하려는 거지."

"녀석아, 50000달러를 벌려면 흰 셔츠만 50000장을 다려야 해. 50000장을 다림질 하면 손목이 아프다. 쉽게 버는 돈이 아니다. 너, 꿈 꿔."

"야! 너 마지막으로 말한다. 넌 납치당해 죽든지 칼에 찔리든지, 난 손 뗀다. 알아서 해!"

결국 마음 약한 나는 20000달러를 녀석에게 빌려주게 됐다.

"여보! 왜 당신은 그 친구에게 질질 끌려다니는 거요?"

아내는 목소릴 높였다.

"안주면 납치해서 김정은이한테 끌고간다는구먼……."

"뭐라고요? 납치해서 끌고 간다고! 아! 무서워."

12년 전에 있었던 악몽 같은 일이었다.

5

"두 분 선생님! 필요한 거 없으세요?"

탈북녀는 우리가 말하는 것을 엿듣다가 가까이 다가왔다.

"없습니다."

"실례지만, 혹시, 절 알아보시겠습니까?"

탈북녀는 녀석에게 조용히 그러면서 강하게 물었다. 녀석은 그녀를 자세히 쳐다보더니 고개를 흔들었다. 모른다는 뜻이었다.

"그래요? 나는 기억하는데요. 아마, 9년 전이었지요. 타이 (Thailand) 수용소에서 2년 가까이 머물다가 그 후 난민자격으로 여기 로스앤젤레스에 왔을 때, 선생이 나를 찾아왔었는데, 기억이 안 나신다고요?"

"전 기억이 안 나는데. 혹시 당신, 뭘 착각 하는 거 아뇨?"

"그럴 리가요. 저는 또렷이 기억하는데요. 선생이 윌셔(Wilshire) 이민국에서 왔다고 하며 내 신분증을 보자고 했었지요. 내 신분을 확인하면서 내게 말했어요."

"당신은 난민으로 미국에 왔으니 조국(북조선)을 배반했군요. 잘못하면 쥐도 새도 모르게 피살당할지도 모르죠. 여기 로스엔젤레스에 공화국 요원들이 수도 없이 많소."

"어떻게 하면 되겠어요."

"내가 속한 민족연합회에 들어와 공화국을 위해 일도 하고, 수고비로 한 2000달러를 헌납하시오."

"2000달러나? 나 같은 거렁뱅이 탈북자를 돕지는 못할 망정 돈을 달라다니, 그런 돈 없다고 했었지요. 그런 저를 기억 못 하신다구요?"

"나는 그런 기억 없소, 당신, 생사람 잡는군. 우리 대화에 껴들지 말고 저리 가소. 난 배신자하고는 더 할 얘기가 없으니."

"그러시겠죠. 뻔뻔한 사람, 당신은 돈 없는 탈북자를 베껴 먹는 파렴치범이에요."

탈북녀는 씩씩 거리며 잠시 자리를 비웠다.

"야! 석호! 저런 여자들 북조선에서 죄 짓고 도망나온 범법자여. 사기꾼이고……."

결국 녀석은 이번에도 내게 돈을 달라고 손을 내밀었다.

"야! 난 세탁소 해서 낸 세금으로 받는 부부 연금이 고작여. 그러니 너한테 줄 돈 없어. 너는 돈 없니? 받는 연금도 없고?"

"연금, 그런거 없어."

"그렇겠지, 북에서 주는 검은 돈이나 받아 겨우 살았으니. 미국에 세금 한 푼 냈나, 한국에 세금 한 푼 냈나, 거저 뜯어 먹기만 했지. 공돈 받고. 그런 네가 무슨 조국 통일한다고 떠드니."

녀석은 계면쩍은지 식당을 나가며 외쳤다.

"야 넌, 돈도 많이 벌었는데 쌓아두기만 할래!"

"짜식, 세탁소 해서 밥 먹고 세금내고 애들 학비내고 그만하면 됐지, 무슨 돈을 쌓아둬. 그래도 너보다 낳은 것은 확실한 곳에 세금을 낸 거여."

5

"강 선생님? 친구 분은 가셨나요? 전에 분명히 저에게 돈을 요구했습니다."

"그래, 돈을 주셨나요?"

"아니요. 돈이 없어서."

그녀는 녀석이 앉았던 자리에 털썩 주저앉으면서 "휴-" 하고 한숨을 쉬었다.

"탈북하시느라 고생 많았수다. 나도 평양에서 서울로 그리고 멀리 브라질로 갔다가 여기 로스엔젤레스에 이민 오니 40살이 넘었습니다. 배고프고 서러웠던 세월이었지요."

"40살이라고요? 제 나이도 그렇게 됐네요. 목숨뿐만 아니라 여성의 자존심도 다 중국 땅에 뿌리고 멀리 라오스와 타이(泰國)를 통해 온 나의 길도 선생님 못지않게 힘들었어요."

"하늘이 우릴 버리지 않으셨기 때문이죠. 그런데 가족들은 다 무고하시고요?"

"선생님? 우리 탈북자들은 본명, 가족 상황은 결코 말하지 않지요, 혹시라도 이북에 있는 가족들의 목숨이 날아갈 가 걱정이 돼서죠. 하여튼 저는 김정선(金精仙)이라고 합니다."

"정선? 제 가슴을 아리게 했던 아주 예쁜 그리고 추억이 어린 이름이군요. 서울에서 그리고 브라질에서도 정선이란 이름이 있었습니다."

탈북녀, 김정선은 1975년, 회령에서 태어나 유년기를 거기서 보냈다. 어려서부터 튀어난 미모와 음악에 재능이 있어 평양으로 뽑혀 올라와 바이올린 연주자가 됐다. 이것은 엄청난 출세였다.

김일성과 김정일이 참석하는 연주회에서 발휘했던 기량 덕분에 태양이 준 특혜를 받았다.

그러나 회령에 사는 가족들은 기아에 허덕이는 그믐달처럼 꺼져 가는 거지 같은 꼴이었다.

몇몇 음악가들이 유럽에 나갔다가 탈북한 것을 알게 된 정선은 유럽으로 가 거기서 마음껏 음악공부를 하고 싶었고 아울러 돈도 벌어 회령에 사는 가족들을 배불리 먹이고 싶었다.

그녀의 나이 22세 되던 해 그녀가 속한 악단은 중국 센양에 가 그곳에 있는 큰 식당에서 밤에 연주를 하게 됐다. 약 6개월 이상을 체류하는 동안 비밀리에 조선족을 만나 친교를 맺고 평양으로 돌아왔다.

"센양에 가면 그 조선족의 집에 갈 수가 있는데……."

그녀는 그 조선족을 생각하며 기회를 엿보았다. 휴가차 회령에 돌아 온 그녀는 탈북을 시도하게 됐다. 얼어붙은 두만강을 추운 밤에 넘어 만주로 가는 길목은 목숨을 내건 도망자의 길이었다. 갖고 있던 몇 가지 패물도 하나 둘 사라졌으며 이젠 빈 몸뿐이었다. 추운 겨울 그녀가 만난 사람은 양의 가죽을 쓴 음흉한 중국 남자였다. 탈북녀의 꼴은 짐승이요 돼지나 마찬가지였다. 돼지 한 마리 값으로 중국 사람에게 팔려갔다.

"너는 암 돼지야! 암 돼지."

개기름이 줄줄 흐르는 중국 녀석이 이젠 대놓고 서방이라고 하며 밤마다 섹스를 요구했다.

"안 돼!"

정선은 소리쳤다. 가혹한 폭력에 정선은 그의 노예가 돼 밤마다 시달렸다. 그리고 임신을 했다. 임신한 배를 차인 후 유산을 했다. 그리고 도망쳐 간 곳이 셴양이었다.

셴양에서 만난 조선족은 의리를 지켜줬다.

"정선이가 이제야 왔군. 그런데 얼굴이 이게 뭐야?"

그녀는 셴양에서 그 조선족의 도움으로 건실한 조선족 남자와 결혼을 하게 됐다. 말이 결혼이지 노동을 위한 노예였으며 사랑 따위는 없었다. 그저 먹고 살기 위해서였다. 딸을 낳았으나 부부의 정은 없었다. 딸이 5살 되던 해 그녀는 그간 알아 둔 대로 무작정 기차를 타고 남으로 내려갔다.

광주시(Guangzhou)에서 탈북자를 타이(泰國)로 보내는 한국인 목사를 만나 약속대로 금반지와 2000달러(18000유안)를 건네주었다. 그리고 그를 따라 곤명(Kunming)시로 갔다. 5살짜리 딸을 데리고 가는 것이 무척 힘들었지만 온 힘을 다해 따라 다녔다. 그녀와 같이한 일행이 무려 14명이었다. 칠흙 같은 밤에 안내인을 따라 산길을 걸었다. 짐승 소리, 새 소리, 벌레 소리 그리고 바람 소리가 음산했다. 라오스에 입국해 이번에는 다른 안내인과 메콩강을 따라 내려가 한밤중에 타이에 입국했다.

해가 밝자 안내인을 따라 우돈타니(Udonthani) 태국난민수용소

(泰國難民收容所)에 가 심사를 받았다.

난민수용소에서 1년 반 있는 동안, 많은 사람들이 한국영사관의 도움으로 서울로 들어갔다. 그런데 어찌된 셈인지 그녀의 담당 영사는 미국영사였으며 그가 호의를 베풀어 줘 난민 자격으로 미국 로스앤젤레스로 들어왔다.

"와! 정선 씨 고생 많았군요. 저는 3.8선을 넘고 태평양, 인도양 그리고 대서양을 건너 브라질로 그리고 다시 빙 돌아 미국에 이민 온 것입니다. 그보다 더 힘든 도망이었군요. 아슬아슬했군요? 그런데 미국에 와서 무엇이 가장 힘들던가요?"

"선입관이었습니다. 미제는 나쁜 놈이고 남조선 놈들은 다 사기꾼에 도둑놈이라고 귀가 따갑도록 들었던 그 선전이었지요."

"그래도 한국(남조선) 동포들보다 미국 동포들이 우리 탈북자들을 더 이해한다고 하더군요."

"그렇습니다. 남조선에서는 이젠 탈북자들을 보는 눈이 결코 친절하지 않습니다."

"그런데 놀랍군요. 어떻게 이렇게 큰 식당을 하게 됐는지요? 불과 10년 사이에 큰 돈을 버셨군요?"

"아, 저는 낮에는 식당에서 일하고 밤에는 나이트 클럽에서 바이올린을 연주했지요. 탈북자가 바이올린 켜는 것이 신기했는지 손님이 많이 왔지요. 그러니 식당 사장님이 저를 잘 보시고 투자를 하신 거지요. 저는 주인이 아니고 홍보용 매니저라고 보면 되겠지요."

"정선 씨? 내가 브라질에서 겪은 것도 역시 불신감이었지요. 브라질 사람뿐만 아니라 같은 동족으로부터 받은 불신감이 더 컸습니다."

"탈북녀들에게 마음을 열고 손을 잡아주는 사람은 없었습니다. 마치 돈이나 뜯어내려는 사기꾼으로 대하더군요. 그런 중 힐링 킹덤(Healing Kingdom)을 만났지요. 마치 오아시스를 만난거지요. 이 단체는 미국 교포들로 구성된 기독교 단체인데 우리 탈북녀들에게 진정으로 마음을 열고 손을 잡아줬어요. 미국에 있는 교포들은 남조선에 있는 사람들과는 많이 다릅니다. 아마도 소수민족으로 겪었던 그 한 많은 심정을 자기 것으로 이해하기 때문이겠죠."

"정선 씨. 우리는 한민족입니다. 한가족이죠. 하나죠. 아까 먼저 나간 내 친구녀석은 한민족이기를 거부하고 마음을 꽉 닫고 불행한 탈북녀들을 오히려 등쳐먹는 쓰레기 같은 놈이지요."

"아, 강 사장님이라고 했죠? 강석호 사장님."

"그냥 강씨라고 부르쇼. 사장은 무슨 사장입니까. 겨우 세탁소 운영해서 밥 먹고 사는데."

"그래도. 사장님, 하나 부탁해도 되겠는지요? 어제 갑자기 찾아온 탈북녀가 있는데, 일자리를 구합니다. 세탁소에서 일 좀 시켜주시면 안 될까요? 빨래, 다림질, 짜깁기, 무엇이든지 할 수 있어요."

"아, 정선 씨. 참 운이 좋군요. 그렇잖아도 사람이 필요한데. 그럽시다. 두만강을 넘어 만주를 헤매다가 중국 사람들에게 발로 차이며 굶주리면서 중국 남쪽으로 내려와 비싼 돈을 주고 안내인을 만나 베트남으로 들어가 망명을 신청한 또 다른 우리 동족이라면. 아, 생각납니다. 그믐달 속에 내 목숨을 올려놓고 운명의 여신에게 모든 것을 맡기고 칠흑 같은 밤에 넘었던 삼팔선이 나를 부르는 것 같군요. 삼팔선(38선)이 나를 부르네요."

"삼팔선(三八線)이?"

"운명의 여신 때문에 속절없이 잡혀 총살당한 그 영혼들이 아우성을 치는군요."

"아, 강 선생님, 메콩 강을 넘다 악어에게 물려 죽은 그 영혼들도요."

"그렇소. 우리는 한가족, 그들도 한가족입니다. 우리 탈북자를 마음속에 품어줘서 감사합니다." ✼

※주: 미국 교포들이 본 탈북자들은 똑같은 디아스포라이기에 더 가까이에서 이해할 수가 있다. 종북, 좌파들은 탈북자들을 저주하며 반정부, 반한 운동을 한다. 그러나 대다수의 국민들은 말이 없으며 무관심하다.

이 경장편 「두만강 다리」는 탈북해 험난한 과정을 거쳐 목사로서 정착한 초점화자가 자신이 한때 사랑했던 여인 진주와의 만남을 서사화한 작품이다. 이민석 목사의 경우 탈북 과정이 주체적 삶의 계기로 작용, 탈북민을 위한 심리적 등대가 되기 위한 목사로 재탄생하지만, 진주의 경우 남성과는 달리 험난한 과정이 바로 여성적 젠더와 연결, 성적 컴플렉스로 작용, 타락의 길을 걷는다

두만강 다리豆滿江 橋

1
피눈물 젖은 두만강

　1995년 10월 3일 밤, 부슬비가 내리는 칠흑같이 캄캄한 밤이었다. 왼쪽 팔과 손을 제대로 쓰지 못하는 20세의 장애인, 이민석(李民石)은 세살 어린 여동생의 왼손을 꽉 잡고 싸늘한 두만강을 건너기 시작했다. 앞뒤 좌우를 구별하기 힘들어 여차 잘못하면 물에 빠져 죽을 수도 있었다. 이래 죽으나 저래 죽으나 죽기는 마찬가지였다. 3개월 전부터 비밀리에 답사해 둔 이곳은 강폭이 넓고 모래가 많이 깔려 있어 비교적 깊지 않기 때문에 아무리 캄캄한 밤이라도 기억과 촉각으로 찾을 수가 있었다.

　부슬비가 내리며 달마저 보이지 않아 칠흑처럼 캄캄해 지척을 구분하기 힘들기에 세 시간 전에 이미 집을 나와 강변까지 걸어왔다. 아슬아슬하게 국경경비병들의 눈에 띄지 않은 것이 천만다행이었다.

날씨가 쌀쌀하고 배마저 고프다보니 일할 의욕이 떨어진 경비병들은 눈을 부라리고 국경을 지킬 힘도 없고 그럴 필요도 없다고 단정했는지 아예 초소에 처박혀 밖으로 나올 기미도 없었다. 아니, 어찌 보면 천지신명이 '지상낙원'을 탈출하기 위해 두만강을 건너가는 '도망자'들을 돕고 있었다. '지상낙원과 부모'를 버리고 탈출하는 도망자들의 눈에는 피눈물이 흐르고 있었다.

"왜, 그래야 했나, 왜?"

강둑을 내려와 돌더미가 흩어져 있는 '그곳, 미리 답사해 둔 최적의 장소'에서 마지막으로 오빠 이민석은 여동생 이정순(李貞順)의 왼손을 꽉 잡으면서 다짐했다. 순간 북쪽 초소에서 불빛이 번쩍하더니 일이 초 후에는 상대적으로 칠흑보다 더 캄캄해졌다.

"자, 여기야. 여기서 우린 강을 건너는 거다. 알겠지?"

오빠는 작은 소리로 그러나 강하게 말했다.

"오빠, 나, 무서워, 오빠!"

정순은 부들부들 떨었다.

"내 손을 꽉 잡아, 놓치면 안 돼! 어떤 일이 있어도 내 손을 놓지 마!, 정순아! 알았지?"

"알았어, 오빠!"

"자! 가자, 아무도 보는 사람은 없어. 잠깐이면 돼. 자, 강물로 들어간다! 손을 꽉 잡아!"

오빠와 누이동생은 손을 꽉 잡고 목숨을 걸고 두만강 물을 건너기 시작했다. 순간 멀리 중국 강둑 초소에서 불빛이 다시 한 번 비쳤다.

"잠간! 고개를 낮춰. 고개를……."

오빠는 작은 소리로 말했다. 잠시 후 불빛이 꺼지자 강물은 더 검고 차게 느껴졌다.

"됐어, 가자!"

그는 주저하는 동생의 손을 강하게 끌어당겼다. 얼음처럼 싸늘한 강물에 다리가 오그라드는 듯했으며 으스스 떨렸다. 강물로 한발 한발 점점 깊이 들어가자 물은 가슴에 닿았다. 가슴이 콱 막히는 듯했으나 이를 악물고 참았다.

"손을 꽉 잡아! 겁내지 마라. 여기가 제일 깊은 곳이야…… 혹시 조금 더 깊어지면 내 손을 잡고 수영을 조금 한다. 걱정하지 마……."

그는 동생의 손을 잡고 앞으로 반 발작, 한 발작 전진해 나갔다. 조금씩 조금씩 눈치를 봐가면서…….

강 중심을 지나 이제 중국 쪽으로 향해 걷고 있다고 추측하였음은 강의 깊이가 점점 낮아지는 듯했기 때문이었다. 거의 코에 닿던 강물이 이젠 목에 닿더니 가슴에 닿기 시작했다.

말이 두만강이지 10월 한창 가물 때는 다소 깊은 여울이나 마찬가지였기에 도강해 중국으로 탈출하는 사람이 많았다. 그러나 운이 없는 경우에는 잡히거나 총에 맞아 익사하는 경우도 있었다. 중국 공안이든 북조선 경비병이든 누구에나 잡히면 압송되거나 심지어는 현장에서 총살을 당하기도 했음은 새로 들어선 김정일의 강경한 명령 때문이었다.

"어버이 수령과 공화국을 배반하고 탈출하는 놈들! 배반자들! 다 죽여도 된다."

명령이 들리는 듯했다.

코에 쇠사슬을 끼어 북으로 압송해 군중들 앞에서 총살시키던 모습이 확 떠올라 가슴이 울렁거렸다. 소름이 끼치며 닭살이 돋았다.

'눈물 젖은 두만강 뱃사공'은 옛말이었다. 한가롭게 배를 타고 탈출한다는 것은 상상할 수 없었다. 먹고 살 것이 없어 캄캄한 밤에 목숨을 걸고 뛰어들어 중국으로 탈출하는 것이 현실이었다.

그러나 여기 두만강을 탈출하면서 흘리는 피, 눈물 때문에 강물이 불어 강심(江心)이 다소 깊어질 수도 있었다. 배가 고파 탈출하는 인민(人民)에게 미안하게 생각하기는 커녕 배반자로 낙인찍어 수많은 사람들 앞에서 총살을 시키는 어버이 수령은 눈물 젖은 두만강을 알 턱이 없었다.

깊은 강심을 지나자 '이젠 살았다'라는 안도의 마음이 들면서 앞으로 전진하는 순간, 멀리 뒤편 북조선 강둑에서 번쩍 빛이 비치더니 이내 총성이 몇 발 들렸다. 그의 고막을 산산히 찢는 듯했다. 그 순간 그의 손을 잡은 여동생의 입에서 "아- 오빠!"라고 외치는 소리가 났다. 그리고 그녀의 손이 앞으로 끌어 잡아당기는 듯하더니 이내 손을 놓치고 말았다. 그도 "아-" 신음소리를 내며 휘청 강물에 휩쓸려버렸다. 얼마 후 눈을 떴을 때 그는 강변 풀더미의 거친 뿌리와 줄기를 잡고 있었다. 아니 몸이 걸려 있었다. 순간 정신을 차리고 '살아야 한다' 라는 마음으로 뿌리를 잡고 강둑으로 오르기 시작했다. 곁에 동생 정순이 없었다.

"정순아!"

그는 큰 소리로 불러 보았으나 강물이 그녀를 삼켰는지 대답이 없었다.

"정순아!"

다시 불러 보았으나 이번에도 아무런 대답이 없었다.

"아-"

그는 탄식했다. 정신을 잃으면서 손을 놓친 것이 분명했기 때문이었다. 그렇다면 동생은 강에 빠져 죽었거나 자기처럼 흘러 어딘가 살아 있으리라고 생각했다. 그때 몇 년 전 '악질 반동'이라는 죄목으로 아오지 탄광으로 끌려간 아버지가 강둑에서 성난 눈초리로 그를 내려다보았다.

"아버지? 아버지!"

그는 아버지를 바라다보며 외쳤다.

"나쁜 놈! 동생 손을 놓다니. 이놈아, 동생을 잘 보살피라고 했는데. 너만 살겠다고……."

아버지의 질책과 함께 어머니가 눈물을 닦으며 울고 있는 모습도 보였다.

"잘 못 했어요, 아버지. 정신을 잃었어요."

"……."

아버지는 대답이 없었다.

"반드시 정순을 찾아내겠습니다. 아버지……."

순간 아버지와 어머니의 모습이 사라지고 말았다. 헛것을 봤다고 생각했다. 그는 눈물을 닦으면서 강둑을 넘어 숨을 곳을 찾아 달려갔다. 중국과 북조선 공안들의 눈이 여기저기에서 번쩍인다고 생각하니 소름이 돋았다. 만에 하나 그들에게 잡힌다면 총살을 당하든지 쇠사슬에 묶여 송환돼 처참하게 처형된다는 것을 생각하면 아무리 피곤하고 배가 고파도 힘껏 뛰어 도망을 해야 했다.

그는 이제 '쌀밥에 고깃국을 인민들에게 주겠다던 수령 김일성과 위대한 지도자 김정일을 배반한 도망자'가 되었다. 아오지에 끌려간 아버지와 어머니는 탈북, 반동 아들로 인해 총살을 당할지도 모른다고 생각하니 눈앞이 캄캄했다.

먼동이 터오자 소나무, 전나무, 그리고 바위가 뵈는 산이 보이며 멀리에 마을도 보였다. 그러나 그는 산속으로 너구리처럼 숨어들어 갔다. 멀리 남쪽에 두만강이 보이는 것으로 보아 북조선을 성공적으로 탈출한 것은 사실이지만 여기 만주(중국)에서 앞으로 먹고 자는 일이 문제였다. 얼마 동안 공안들의 눈과 조선족들도 피해야 했다. 어느 누구도 믿을 수가 없기 때문이었다.

그는 안도의 한숨을 쉬었으나 앞으로 살아갈 날이 캄캄했다. 해란강이 허리를 휘감으며 흘러가는 곳, 일송정이 있어 동포를 만나기 쉬운, 도문이나 연길(옌지)로 가야 했다. 그곳에 가면 일단 조선말을 하는 동족들 틈에서 살 수 있다고 한 말이 떠올랐다.

우선 두만강 물에 젖은 옷을 말려야 했으며 무엇이든지 먹어야 했다. 배가 고프다보니 눈도 침침했으며 평형감각을 잃어 어지러웠다. 눈에 뵈는 것은 풀뿌리와 나무 잎새뿐이었다. 멧돼지처럼 풀뿌리를 캐 먹었다. 그리고 산골 물을 들이켰다. 그리고 움푹 파인 나무 뒤편 굴에서 잠을 잤다. 아니 눈이 저절로 감겼다.

그 후 8년, 연길과 센양에서 소, 돼지 그리고 노예처럼 살다가 2003년 겨울, 대한민국에 와서 비로소 사람처럼 살게 됐다. 그러나 탈북자, 아니 미운 오리새끼처럼 환영받지 못하고, 심지어 멸시와 저주를 받으며 대한민국에서 살았다.

"탈북자? 좋아하네. 죄짓고 도망 나온 놈들…… 배신자들. 위대한 수령, 김일성 동지를 배신하다니. 네 놈들 먹여주고 입혀준 아버지를 배반하면 어떤 벌을 받는지 알 텐데. 모두 잡아 총살이다. 이놈들아!"

좌파, 종북 추종자들은 도둑놈과 배신자 취급을 했다. 마치 북한 공산주의자들과 다를 바가 없기에 무서웠다.

"얼마나 살기가 힘들면 탈북했을까? 김일성, 김정일, 한심한 놈들…… 제 백성을 저렇게 거지로 만들었담. 제 뱃대기에는 기름투성인데……."

우파 성향의 대한민국 사람들은 동정을 하며 비아냥거렸다.

배급받던 북한 세상과 대한민국, 사는 방법이 달랐다. 대한민국은 열심히 일을 하면 돈이 생기고 찾으면 기회가 생기는 곳인데 탈북자들이 이 사실을 깨우치는데 상당한 시간이 걸렸다. 그래서 탈북자 이민석은 경쟁력이 덜한 막노동부터 시작했다. 그리고 저녁에는 컴퓨터 공부를 했다. 마침내 그는 IT 직장에서 컴퓨터 전문가로 월급을 많이 받았다.

김일성 부자가 강요했던 주체사상이 온통 거짓이라는 것을 알게 됐으며, 기독교 교리를 그대로 베껴 쓴 것이라는 것을 알고 그 지긋지긋한 주체사상을 머릿속에서 말끔히 청소해버리기까지 몇 년이 걸렸다.

그런데 참으로 생각지도 못했던 일이 일어났다. 신학교(神學校)에 입학해 7년이나 걸려 목사(牧師)가 됐다. 그리고 그는 목표를 세워 실천에 옮겼다. 어렵게 북한을 탈출해 중국과 대한민국에서 정처없이 떠돌아다니는 탈북자들을 돕기 위한 작은 교회를 설립했다. 개인보다 가족이 중요하며, 가족보다 민족이 중요하다고 생각했다. 두고 온 북한의 민족들을 돕고 싶었다.

고향을 그리워하는 탈북자들의 교회라는 의미로 '망향등대교회'라고 이름을 지었다. 그러고 보니 어느새, 그는 37세의 중년이 됐다. 고생을 많이 해서 그런지 그의 머리는 여기저기에 흰 머리가 솟아나오고 있었다. 그리고 가슴이 저리는 것은 두만강에서 손을 놓친 동생 정순을 수소문해 찾았으나 어느 누구도 본 사람이 없었다. 결국 두만강 둑에서 내려다보며 "이놈아! 동생 손을 놓으면 어찌 해!"라고 물었던 아버지께 영원한 죄인이 되었다.

2
망향등대교회望鄕燈臺敎會

　오늘이 바로 망향등대교회의 창립일이다. 이민석 목사와 뜻을 같이한 7명의 탈북자들을 주축으로 용인시와 경계한 성남시 남쪽에 30평짜리 꽤 큰 사무실을 임대했다.

　그리고 그곳에 접었다 펴는 간이 의자 50개와 큰 교회에서 쓰던 갈색 강대상을 기증받았다. 강단 앞 벽에 나무로 만든 십자가가 걸려 있으며, 그 옆에 백두산과 두만강을 표시하는 지도가 아주 특이했다. 그 지도에 있는 몇 개의 도시에 빨간색 매직펜으로 동그라미를 그려 놓았다. 회령, 무산, 은덕, 아오지, 선봉, 남양, 온성, 풍서, 종성 등 탈북자들에게 잘 알려진 도시들이다. 경애하는 수령님의 사진이 붙어 있어야 할 지도에는 엄연히 세종대왕이 구축한 4군 6진의 이름 그대로였다.

　비교적 깨끗한 5층 건물 꼭대기에 창립예배를 알리는 현수막이 걸리고, 창립예배에 참석한 사람들이 무려 30여 명이나 되었다.

　7명 탈북자들의 출신지를 보면 함경북도 회령, 무산, 청진 그리고 함흥 등 함경도 출신들이었는데 거의 비슷한 경로를 거쳐 대한민국으로 입국했다. 그들은 두만강을 거쳐 만주 도문, 연길 등에서 굶주린 개처럼 이리저리 헤매면서 아무거나 먹고 아무데

서나 잠을 잔 것도 판에 박은 듯이 똑같았다.

　이들은 김일성이 죽고 김정일이 정권을 잡은 후에 생긴 '고난의 행군' 중에 직장과 재산을 잃고도 버텨 굶어 죽지 않고 살아난 사람들이었다. 그중 5명은 여성으로 그들이 겪은 만주, 중국에서의 생활을 들어보면, 같은 탈북자이지만 "아, 우리가 어떻게 이런 지경이 됐었을까?"라고 스스로 한탄했다. 그리고 그 장면을 생각해 보면 자신들도 모르게 눈물이 흘러 내렸다. 만주와 중국, 태국, 라오스에서는 육체적인 고통으로 힘이 들었는데 막상 기대했던 조국 대한민국에 와서는 그와 반대로 정신적인 고통이 그들을 뼈아프게 했다.

　마침내 11시 창립예배가 시작되었다. 왼쪽 가슴에 붉은 장미를 꽂은 이민석 목사는 긴장되고 떨리는 마음으로 앞줄에서 일어나 단상으로 올라가 강대상 앞에 섰다.

　"지금까지 지내온 것 주의 크신 은혜라. 한량없는 주의 사랑 어찌 말로 다하랴……."

　찬송이 울렸다.

　지금까지 지내온 것, 정말 고되고 험난한 죽음의 행로였다. 이민석 목사의 눈가장자리와 탈북자들의 콧등에는 눈물이 흐르고 있었다. 멀리 백두산에서 흘러나온 두만강물이 그들 가슴속으로 흘러들고 있었다. 얼음처럼 찬 물이 어느새 온천물처럼 따뜻해졌다. 매도 맞고 굶주리고 성폭력으로 한숨지으며 지내온 "지금까지……"가 왜 이토록 간절하며 하나님의 은혜라고 하니 정신 나간 미친자들의 집단이라고도 생각됐다. 그럼에도 불구하고, 어쨌든 이민석과 이들은 하나님의 은혜라고 찬양을 하고 있었다.

"사랑하고 존경하는 여러 목사님들, 물질로 도와주신 여러 선생님들 그리고 탈북자 여러분, 내 동포여! 오늘 우리는 정착하지 못하고 떠돌아다니는 한 많은 탈북자들을 도와주기 위해 여기 모였습니다. 우리가 도와 줄 때라고 생각했기 때문입니다."

이민석 목사는 잠시 강단 아래 청중을 내려다보았다. 모든 사람들이 아주 진지하게 그를 쳐다보며 경청하고 있었다. 특별히 5명의 탈북 여성과 2명의 탈북 남성의 눈에는 눈물마저 흥건히 고여 있어 창문을 통해 들어오는 햇볕에 마치 진주처럼 아롱거렸다. 그는 눈길을 뒤편으로 돌렸다. 언뜻 눈에 거슬리는 모습이 보였다. 예배당으로 들어오는 입구에 검은 안경과 갈색 모자를 눌러쓴 여자가 앉아 있었다. 얼굴의 반을 가릴 만큼 큰 안경을 썼기에 그녀의 눈동자가 도대체 어디로 향했는지 추측하기가 힘들었다. 게다가 거북이처럼 목을 쑥 집어넣고 앉아 있는 꼴이 아주 불길해 보였다. 혹시라도 북조선에서 남파한 간첩이 아닌지, 만일 간첩이라면 칼을 품고 있어 해치지나 않을지 불안했다.

"지상의 낙원을 싫다고 도망 나온 너희 탈북자, 배반자들아! 그냥 입 다물고 조용히 있으라구…… 아님, 네 목숨은 사라진다!"

바로 협박과 위협이 쏟아질 것 같았다. 설교가 더듬거려졌다. 순간 그는 전기에 감전된 것처럼 깜짝 놀랐다. 분명 아는 얼굴이었다. 아니 언젠가 본 얼굴이었다. 누굴까? 그는 더듬더듬 생각해 보았으나 머리에서 가물가물 할 뿐 떠오르지 않았다.

'누굴까? 누구……'

그는 가슴이 답답함을 느끼면서 설교를 계속했다.

"여기 계시는 탈북자 여러분들은 각각 귀중한 생명을 내놓고 두만강을…… 두만강을…… 두만강을…… 그리고 메콩 강을 건너 여기까지 온 것은 지금 생각하면 하나님의 돌보심 때문이었습니다. 두만강을……."

그는 두만강을 건너던 악몽을 생각하면서 동생 정순을 떠올렸다.

'정순아! 오빠가 잘 못했어. 네 손을 놓지 말았어야 했는데……'

이어 정순의 얼굴이 사라지면서 보고 싶은 연인, 김진주(金眞珠)의 웃는 얼굴이 확 떠올랐다.

'아니! 진주 아냐?'

그는 하던 설교를 멈추었다. 청중은 다소 의아하게 생각했다. 두만강을 세 번씩이나 반복 할 때는 감격해서 강조하려고 그런다고 생각했으나 이번에는 아예 말을 멈추고 홀로 중얼거렸다.

그는 당장 단 아래로 내려가 안경을 벗기고 그녀의 얼굴을 확인하고 싶었으나 설교도중이기에 하던 말씀을 계속해야 했다.

"저는 목사가 돼 여기에 교회를 설립……."

그때 진주라고 추측되는 그 여인은 무엇에 놀랐는지 황급히 자리에서 일어나 단위에 있는 그를 흘끗 쳐다보고는 밖으로 나가버렸다. 그는 그녀가 바로 지난 17년 동안 가슴에 품고 있었던 그의 애인 김진주라고 확신했다. 그런데 그녀가 설교가 끝날 때까지 기다리지 않고 그냥 밖으로 나가다니, 그는 더 이상 참을 수가 없었다. 단 아래 앉아 설교를 경청하는 30명의 얼굴이 하나도 보이지 않았다.

"진주 씨! 진주 씨!"

그는 큰 소리를 치며 강단에서 황급히 내려왔다. 창립을 축하하러 온 하객들과 탈북자들은 웅성웅성거렸으나 그는 아랑곳 하지 않고 그녀가 사라진 쪽으로 달려갔다. 말처럼 층층대를 쿵쿵 뛰어 내려가 건물 앞으로 나왔다.

햇볕이 쨍했다. 순간 검은 색 BMW가 눈에 띄었다. 분명 뒷문을 열고 몸을 구부려 차 속으로 들어가는 그녀의 모습이 불과 10미터 밖에서 보였다.

"진주야! 진주야!"

그는 외치며 달려갔으나 그녀는 못 들었는지 문이 닫치자 차는 앞으로 나아갔다. 그리고 시야에서 멀어졌다.

"진주야! 멈춰! 멈춰!"

그는 소리를 치다가 마침 지나가는 택시를 타고 사라진 BMW를 추적했다.

'BMW와 운전기사라니……'

온통 혼란스러웠다. 분명 그 차는 최고급승용차인데 어떻게 탈북 여성이 그런 차를, 더구나 운전기사를 두고 다닌단 말인가? 언제 그런 돈을 모았을까. 상상하기 힘든 일이었다.

가까스로 성남시의 번화가 서현 전철 옆 큰 건물 앞에서 황급히 차에서 내리는 그녀를 발견했다. 그녀는 큰 건물로 총총히 들어가버렸다. 놓칠세라 그는 그녀가 사라진 상가 건물로 들어섰다. 입구에 '서현클럽, 서현중화요리, 서현당구장 그리고 서현여행사'라는 간판이 나란히 써 있었다.

그는 각 영업체를 방문해 방금 들어간 여인의 행방을 물었다. 그러나 어느 누구도 모른다고만 했다. 그녀는 어디로 증발을 한 셈이었다. 어디로 갔을까, 아무리 봐도 미스테리였다. 서현클럽에서 그녀를 찾다 그는 오히려 봉변을 당했다.

"그런 여자? 모릅니다. 그런데 당신 대낮에 여기 와서 여자를 찾는 것을 보니 여자깨나 밝히는 모양이군. 정 찾고 싶으면 밤에 오쇼!"

'아- 진주, 너였어. 분명 너였어.'

그는 헛개비를 본듯 허탈한 마음이었다. 도저히 서현빌딩 앞에서 발을 뗄 수가 없었다.

'이 안에 그녀가 있는 것을 아는데…… 분명, 여기로 왔는데…… 이리로 들어왔는데…….'

꽤나 긴 시간을 그 앞에서 서성대며 기다렸으나 허사였다.

터벅터벅 기운이 빠져 망향등대교회로 돌아오니 동료 목사, 독지가들은 이미 돌아간 지 오래였으며 썰렁해 보였다. 이 일을 어쩌나 걱정이 됐다. 목사들은 목사들대로 그를 의심할 것이며 독지가들은 이젠 다시는 도와주지 않을 것 같았다.

'후원금이 전혀 없으면 어떻게 하나…….'

그래도 7명의 탈북자들은 한 구석에 둥그러니 모여 앉아 큰 소리로 기도하고 있다가 그를 보자 걱정스러운 표정을 지었다.

"목사님? 예배보다 중간에 그렇게 정신없이 뛰어나가면 어떻게 합니까? 모두들 놀라서 뿔뿔이 사라지면서 불평을 하더라구요. '저 자가 목사가 맞느냐구요.' 그럼 우리는 이제 어떻게 되는 겁니까?"

"미안합니다. 그만 내가……."

그는 변명을 하지 못했다.

"미안하다면 되는 거요? 우린 망했어요. 목사님!"

무산에서 탈출해 온 키가 작고 야물진 김 집사가 볼멘소리로 울먹였다.

"그만…… 제가…… 제가……."

그의 목소리도 울먹였다.

"목사님, 여기 오늘 들어온 헌금, 아니, 돈덩어리입니다. 받으세요!"

김 집사는 헌금주머니를 화가나 그에게 던져버렸다.

그래도 헌금주머니가 다소 무겁게 느껴졌다. 첫날이기에 그렇겠지만 이민석 목사의 마음은 더 무거웠다. 독지가들이 화가 났으니 기부금이 없을 것이 뻔했다. 그러다 보면 자연 이 교회도 운영을 못하고 그만둬야 할지도 몰랐다.

"목사님! 걱정 마소. 걱정 마소. 하나님이 계시는데……."

청진에서 탈출해 나온 여자 집사가 큰 소리로 위로해 주었을 때 비로소 그는 정신을 차릴 수가 있었다.

17년 전, 두만강을 건너오면서 손을 놓았던 동생 정순의 모습이 다시 떠올랐다.

"오빠-"

소리치더니 손을 놓고 강물로 사라진 동생의 얼굴이 살며시 사라지면서 화사한 얼굴, 그가 사랑하고 사모했던 김진주의 얼굴이 떠올랐다. 뿐만 아니라 두고 온 회령 집이 초라하게 나타났다. 웬일 일까? 먹을 양식도 없고 땔감도 없었는데 오늘은 달랐다. 굴뚝에서 모락모락 연기가 올라왔다. 아오지로 끌려가 소식이 없었던 아버지가 부엌에서 장작불을 때고 있었다.

"아버지!"

"이놈아 너마저 가버리면 이 집엔 누가 사냐?"

그리고 아버지는 사라졌다.

"아버지—"

그는 환상을 붙잡듯 소리쳤다.

"목사님? 왜 그러시죠? 무슨 일이 있소!"

주위를 둘러 싼 7명 탈북자들이 큰 소리로 물었다.

"아, 내가 아버지를 만났어요."

"아버지를? 와! 목사님? 돈 거 아녀!"

김 집사가 다른 탈북자들에게 하는 말이 들려왔다.

"돈 거 아녀…… 미쳤나봐."

회령에서 온 돈봉투

민석과 진주는 함경북도 회령, 같은 해 한 마을에서 태어났다. 위대한 수령 김일성 장군이 한창 끝발을 날리던 1975년이었다. 그리고 3년 후 귀여운 여동생 정순이 태어났다.

민석의 아버지와 진주의 아버지는 동갑내기로 같은 인민학교 교사로 근무했으며 절친한 친구였다. 그럼에도 불구하고 두 아버지는 암암리에 서로 경계를 하고 살았음은 김일성의 야비한 사람 견제와 고발 때문이었다. 그래도 두 집은 서로 도와가며 잘 살았다.

민석의 동생 정순은 진주를 언니로 부르며 잘 따랐다. 민석의 나이 9살 때, 진주네 집에서 같이 놀다가 민석은 뜻밖의 안전사고를 당했다. 진주의 집 마당에서 놀다 넘어지면서 헛짚어 왼편 손목과 팔꿈치에 골절이 생겼다. 늦장 치료로 인해 뼈가 잘못 붙어 왼편 손목과 팔꿈치가 심하게 구불어져 손과 팔을 잘 쓰지 못하는 장애인이 됐다.

이 일이 있은 뒤 두 집은 서먹서먹해지고 내왕이 뜸해졌다. 그러나 민석은 '팔 병신'이라고 사람들에게 괄시를 받으면서도 옆집 소녀 진주를 좋아했다. 아니 사모했다.

불구자가 된 민석은 노동을 하는 데 많은 고충이 따랐다. 고등학교를 졸업했으나 군대에서 부르지 않았다. 군대를 면제받았다. 그러나 면제받았다고 좋은 것만은 아니었다. 직장을 구할 수가 없었으며 사람 취급을 받지 못했다. 민석은 희망도 없고 미래도 없는 죽은 사람처럼 지냈다.

민석과 반대로 진주는 얼굴이 갸름하고 몸매가 쭉 빼어났다. 게다가 영리해 고등학교를 졸업하자마자 보육원 직장을 구했다. 그러나 이것저것 뜯기고 남는 돈은 얼마 되지 않았지만 그래도 가계에 큰 도움이 됐다.

고난의 행군으로 인해 비록 못 먹고 힘들었지만 진주는 남자들의 우상과도 같았다. 많은 남자들이 그녀를 사모했다. 그러나 팔 병신 민석은 겉으로 표현하지 못하고 마음속 깊이 그녀를 더 사모했다.

젊고 건강한 사람들은 다 군대에 가거나 평양에 가 직장 구하기를 소원하다보니 회령에는 좋아할 만한 남자가 그리 많지 않았다. 민석은 그녀를 진심으로 사랑했으나 진주와 그 아버지에게는 눈에 차지 않았다. 팔 병신에 변변한 직장도 없는 미래가 없는 남자이니 진주는 마음을 정하지 못 했다. 결국 '갑돌이와 갑순이'처럼 마음에 둔 애인들이었다. 계륵과 같은 애인이었다.

1994년, 이웃으로 친하게 지내던 두 집 사이에 큰 문제가 생겼다. 민석의 아버지가 수령님을 배반했다는 죄목으로 아오지로 끌려가게 됐는데 진주의 아버지가 보위부에 밀고를 했다는 말이 돌았다. 민석의 아버지는 한마디 변명도 없이 아오지로 붙잡혀 갔기에 더욱더 의문이 갔다.

"아버지가 밀고한 게 아녀……."

진주는 민석과 정순에게 하소연했다.

"알아, 네 아버지는 아녀. 나도 알아."

민석은 진주를 오히려 위로했다. 그러나 다른 사람들은 진주의 아버지가 그랬다고 믿었다.

1995년은 김일성이 죽고 김정일 체제하에 고난의 행군이 시작되면서 민석은 매일같이 굶주렸다. 배급이 끊기고 먹을 양식이 없었다. 직장도 없었다. 꽃제비가 될 수밖에 없었다. 거렁뱅이가 됐다. 그리고 자유마저 없었다. 매일같이 당과 보위부로부터 감시를 당했다.

"진주야! 넌 민석이 같은 병신하고는 사귀지 마라. 그 녀석하고 친해 봐야 밥 먹기도 힘들다. 회령의 당 간부의 아들을 소개하마."

아버지가 진주에게 이렇게까지 혹독하게 말했다.

"아버지! 민석은 참 좋은 사람입니다. 저도 그를 좋아해요, 아버지."

진주의 솔직한 마음이었다.

"아니다! 바보 같은 것! 민석이 아버지를 봐, 당을 배반하고 아오지로 갔어. 민석이도 언제 아오지로 갈지 몰라."

"민석이 아버지, 참 좋은 분이예요."

"무슨 소리야. 그런 말하다 너도 잡혀간다. 알겠니?"

"……."

진주는 아무 말도 하지 않았다.

당으로부터 감시당하며, 진주마저 껄끄러워하는 판국에 먹을 양식마저 없으니 더 이상의 희망이 없다고 느낀 민석은 탈출할 기회를 봤다. 차라리 회령을 떠나 자유가 있는 곳으로 가려고 기회를 보고 있었다.

'자유와 희망이 있는 곳…….'

민석은 남조선을 생각했다. 김일성의 가르침에 의하면 남조선에는 거지가 우굴거리며 자유도 없는 미국에 종속된 식민지라고 했으나, 그는 그래도 그곳이 여기 북조선보다 더 나으리라고 생각했다. 그 까닭은 비록 진주를 사랑했으나 그녀의 아버지에게는 정말 자신이 없었다. 모든 것이 캄캄했다.

피와 눈물을 흘리며 두만강을 건넌 지가 어느새 17년이 됐건만, 민석은 결혼도 않고 아직도 진주를 그리워하고 있었다.

"목사님? 무슨 고민이라도 있는 겁니까?"

김 집사가 한심하다는 듯이 멍청히 앉아 옛 생각을 하고 있는 이민석 목사에게 물었다.

"아! 아닙니다."

옛 생각을 하던 이 목사는 깜짝 놀라 현실로 돌아왔다.

"그런데 어째서 설교 중에 그렇게 급히 나간 겁니까? 무슨 일로?"

김 집사가 따지듯이 물었다.

"아- 사실, 아까 설교 중에 강단에서 내려다보니 나의 고향 친구가 왔더군요. 분명합니다."

"고향친구? 그럼 탈북자란 말이요?"

"예, 그렇습니다. 아까 입구에 검은 안경을 쓰고 회색 원피스를 입은 여자 말입니다."

"아, 그 여자분? 목사님! 그 여자분이 들어오면서 제게 헌금봉투를 건네주었습니다."

"헌금 봉투를?"

"그렇다니까요. '적은 돈이지만 보태 쓰시라고 하면서' 말입니다. 꽤 부자같이 뵈는 여자더군요. 탈북자는 아닌 것 같아요. 목사님."

급히 헌금주머니에서 흰 봉투를 꺼내 보니 그 속에 빠닥빠닥한 5만원짜리 지폐가 무려 20장, 100만원이 들어 있었다.

"와! 100만원이나 되네요!"

여 집사가 흥분해 소리쳤다. 100만원이면 탈북 여성들이 정부로부터 받는 매달 보조금의 2배나 되는 거금이었다. 그리고 봉투 속에 노란 종이에 회령에서라고 씌어 있었다.

"회령에서?"

이 목사는 신음소리를 냈다. 분명 이 봉투의 주인공은 회령에서 온 탈북자, 그렇다면 진주임에 틀림없다고 추측했다. 진주라면? 그녀는 탈북해 어딘가에 숨어 살고 있다고 생각됐다. 그런데 왜 그를 보고 도망을 갔는가? 이해가 되질 않았다.

'무슨 사연이 있는 거다. 무슨 사연이 있어.'

불길한 느낌이 들었다. 진주라면 이유를 막론하고 반갑게 만났어야 했는데 왜 도망을 갔을까?

"아-"

이민석 목사는 크게 한숨을 쉬었다. 지난 37년간의 사연이 흰 봉투 속에 아련히 담겨 있었다.

'진주 씨, 보고 싶어요. 어서 내 앞에 나타나 줘요. 어서……'

그는 두 손을 꼭 쥐었다.

"목사님? 회령에서 온 돈이군요? 어떻게 왔죠?"

여 집사가 물었다.

"돈이 아니고, 온전한 사랑입니다. 오래 기다렸는데 드디어 왔 군요."

"그런데 왜, 사랑의 편지만 놓고 사람은 도망갔죠?"

"그 사람 다시 옵니다. 곧 옵니다. 곧……"

그는 확신했다.

시작은 어수선 했으나 이민석 목사는 망향등대교회와 탈북자 돕기에 모든 것을 바쳤다. 탈북자들은 외로웠기에 한둘 친구를 찾아 모여들기 시작했다. 어느새 '성남시에 있는 망향등대교회 에 가면 탈북자와 두고 온 고향에 대한 소식을 얻을 수 있다'는 소문이 돌았다. 교회 참석자의 대부분이 바로 이런 부류의 사람 들이었다. 그러면서 점점 기독교의 교리를 알게 되어 교인이 되 었다.

이민석 목사의 또 다른 임무는 '진주'의 소재를 찾아내는 것이 었다. 우선 서현에 있는 그 문제의 빌딩에 가면 혹시라도 그녀를 만날 거라고 생각했기에 그는 서현에 자주 갔다. BMW에서 내려 사라진 그곳 빌딩, 중국요리집을 찾아갔다. 아무도 그녀를 알지 못했다. 여행사도, 그리고 당구장은 더더욱 아니라고 했다. 결국 남는 곳은 나이트 클럽이었다.

'나이트 클럽? 왜? 진주가 여길 왜? 탈북해 살기도 힘든데 무슨 돈이 있어, 나이트 클럽에……'

도무지 이해가 되질 않았다.

'혹시? 거기서 일하는 것은 아닌가? 웨이트레스로? 아님, 청소부로?'

그는 상상을 해 보았으나 더 이상은 예상 못했다. 저녁이 돼 그는 나이트 클럽에 갔다.

"김진주라는 여성을 찾습니다."

"잠간 기다리쇼!"

검은 양복으로 쫙 뽑은 남자가 잠시 안에 들어갔다 나오더니, "그런 사람, 없습니다."라고 퉁명스럽게 말했다.

"아마, 여종업원으로 주방에서 일할지 모릅니다."

"없다니까. 자, 가쇼!"

검은 양복은 거칠게 나왔다.

"한 번 더 알아봐 주세요."

"없다니까, 왜 이러지? 당신 목사라면서, 목사가 교회에 가서 기도나 하지 여기 나이트 클럽에 와서…… 자, 가쇼!"

검정 양복은 그를 밀어버렸다.

"그 사람은 북에서 헤어진 친척입니다. 분명 여기로 들어오는 것을 봤습니다."

"북에서? 당신 간첩아녀? 와! 간첩……."

검은 양복은 마침내 펀치를 날렸다.

"악……."

그는 뒤로 나뒹구러졌다. 입술에서 피가 흘렀다.

"이봐, 목사! 좋은 말 할 때 꺼지는 게 좋을 거여."

검은 양복은 덧붙였다.

그는 일어나 뒤로 물러났다. 분명 그녀는 여기 이 빌딩으로 들어왔는데 아니라니, 그는 그 후에도 몇 차례 찾아왔으나 번번이 거절당했다.

'아- 그렇지! 국정원에 가서 물어보면 알걸…….'

9년 전, 대한민국에 처음 와서 취조를 받으며 머물렀던 국정원이 문득 생각났다. 그는 며칠 뒤 이문동 국정원을 찾아갔다.

북조선에서는 '남조선에 국정원이란 게 있는데 사람을 마구잡이로 잡아 죽이는 곳이다.'라고 배웠기에 두렵고 떨렸는데 막상 와보니 너무나 신사적이며 크게 환영을 해줘 처음에는 의심을 했다. 무슨 꿍꿍이가 있다고 생각했으나 그렇지가 않았다. 오히려 보호해주고 가르쳐줘서 큰 도움이 됐던 곳이었다.

그곳을 다시 찾아가는 마음은 오히려 간절한 마음이었으며 마치 친정을 찾아간다고 생각할 정도로 마음이 편했다.

"함경북도 회령에서 탈출해 대한민국에 입국했을지도 모르는데, 이름은 김진주고, 금년에 37세가 됩니다. 혹시 어디에 있는

지 알 수 있을까요?"

"김진주라…… 진주, 이름이 참 예쁘군요. 원래 정보를 줄 수가 없지만, 목사님이 하도 간절하게 찾으시니……."

여직원은 아주 친절하게 컴퓨터를 들여다보면서 말했다.

"꼭 찾아주세요."

그는 작은 소리로 말했다.

"어떻게 되는 사이지요?"

"고향 친구입니다. 사랑했죠."

"아- 그래요? 잠간! 2008년에 대한민국으로 탈북입국한 여자, 금년에 37세가 되는 것 같은데, 이름이…… 여기 마진선 씨가 있네요. 마진선. 게다가 아들까지 있군요. 남편은 한족, 그러니까 중국 사람이군요."

"마진선? 중국 사람이라면, 아닌데."

"목사님이 말한 사람과 비슷하나 이름도 다르고 중국 사람, 조선족이군요."

"마진선! 남편이 한족이라니? 회령에서 탈출했을 텐데……."

"회령이 아니고 중국 곤표(昆杓)라는 곳이군요."

"곤표라면? 그게 연변에서 무려 30킬로나 북쪽에 있는 시골이군요."

"분명, 회령일 텐데?"

"목사님! 이름도 틀리고 고향도 다르군요. 그러니 아닌 것 같습니다."

"분명 김진주 같았는데……."

"목사님! 제가 알려줄 수 있는 것은 여기까지입니다. 아시다시피 탈북자들은 여러 개의 가명을 갖고 있을 뿐만 아니라 서로의 신상을 알려주지 않기 때문에 혹시 더 알고 싶으시면 하나원에 가서 물어보십시오. 왜냐하면 국정원 상사가 알면 저는 목이 떨어집니다. 목사님!"

"아- 감사합니다."

그녀가 2008년 대한민국에 입국했을 가능성이 꽤 크다는 정보를 듣고 그는 국정원에서 나왔다.

'진주야! 너, 여기 와 있었나 봐. 벌써 몇 년 전에. 그런데 왜 나를 안 찾았어 왜? 아냐! 내가 바보였어. 왜 먼저 안 찾았을까? 바보처럼…… 허긴 나도 이민석이란 이름 대신 이석우라는 가명을 쓰고 살았으니까.'

그는 지난 세월이 안타까웠다. 하늘을 나는 새도 잡아 떨어뜨린다는 국정원 정원 벤치에 앉아 그는 큰 숨을 쉬면서 지난 날을 생각해 봤다.

그녀가 두만강을 건너는 모습이 눈에 선했다. 그녀도 그 강을 건너면서 수많은 눈물을 뿌렸겠지. 피눈물을…… 그리고 강을 건너서. 그 후 그녀는 어디로 갔을까, 어디로…… 또 누굴 만났을까? 누굴…… 하나원에 가면 그것을 알 수 있을 거라고 생각하니 가슴이 뛰었다.

그가 국정원에 있다가 나와 하나원에 들어갔을 때, 직원들은 정말 더 친절했으며 무엇이든지 도와주려고 하는 것이 너무 감동적이었다. 국정원에서 3개월, 그리고 하나원에서 3개월을 보냈다. 그 6개월이 마치 전 생애처럼 느껴지던 때였다.

하나원에서는 대한민국에 대해 자세하게 알려주었다. 대한민국과 북한과의 다른 점이 많았는데, 그중 하나가 바로 자본주의라는 경제 체제였다. 북한에서는 배급을 통해 분배가 되기 때문에 먹고 사는 것에 적극적이지 않았으나 여기서는 열심히 노력하는 자가 성공하기 마련이었다.

그리고 북한의 주체사상이란 것이 아주 맹랑했다. 기독교의 교리를 그대로 김일성에 맞춰 놓은 것임을 알았을 때 어이가 없었다. 기독교의 하나님을 김일성으로 바꿔 놓고 십계명 대신 열 가지 주체사상으로 바꿔 놓은 것이었다.

한편 기독교와 천주교 등 종교 지도자들이 하나원에 와 교육과 전도를 하면서 많은 도움을 주었는데 한결같이 자기 희생이었다.

"와! 남과 북이 이렇게 다른가? 달라도 너무 달라. 북은 입으로 낙원이고 실제로는 지옥인 곳이여. 여기 남(南)은 무질서한 듯하나 질서가 있는 곳, 낙원은 여기야!"

그는 그렇게 크게 깨달았다.

그는 하나원에 들어가면서 마음이 밝아졌다.

"김진주는 없고요, 마진선이란 분은 여기 하나원에서 머물다가 2009년 2월, 경기도 용인으로 배속되었습니다. 회령에서 탈북했군요."

"회령이라고 했나요? 중국 곤표가 아니고?"

"맞습니다. 회령이요."

"정착금 2000만원과 매달 5년간 60만원의 생활비를 받고 있습니다. 그리고 아주 싼 값으로 아파트를 받았지요."

"경기도 용인이면 성남 분당에서 아주 가깝군요."

"그렇죠."

"그렇다면 아주 지척에 두고 못 찾았군요. 이젠 거의 4년이 넘었으니 생활비는 곧 끊어지겠군요."

"그렇습니다. 몇 개월 전부터 아파트는 비어 있어 사람이 사는 것 같지 않구요. 게다가 생활비도 수령하지 않는 것으로 보아 여러 가지 추측을 할 뿐입니다."

"그럼, 더 알아보려면 어떻게 하지요?"

"글쎄요, 아, 들리는 소문에 의하면 밤일을 한다고 하던데……."

"밤일이라니요?"

"아이고, 목사님. 거 술집이나 나이트 클럽, 아니면 성매매, 그런 거 있잖아요. 쉽게 돈 버는 곳. 목사님이 몰라서 그렇지 탈북여성 30%는 일하지 않고 쉽게 돈 벌려고 그런 곳으로 빠진답니다. 더구나 마진선 씨는 중국, 조선족이니까 더 그럴 가능성이 크군요."

"아닙니다. 그녀는 아주 현숙한 여성입니다. 그런 일은 말도 안 되지요."

"아니란 말이죠? 그럼 얼마나 좋겠습니까?"

직원은 조용히 말했다. 그의 마음 한 구석에서는 컴컴한 먹구름이 몰려오는 것 같았다. 분명 그는 그녀가 BMW를 타고 나이트 클럽 쪽으로 간 것을 보아 아니라고만 할 수가 없었다. 그녀가 입은 비싼 옷과 검은 안경을 쓴 모습으로 보아 쉽게 돈 버는 술집이나 밤거리의 여인일 수도 있다고 생각되었다. 게다가 100만원을 헌금한 정황으로 미루어 볼 때 분명 그녀는 매춘에 관계되는 부정한 일을 한다고 생각하니 마음이 아팠다. 아, 그는 마음 한구석에서 나오는 신음을 내뱉았다. 그러고 보니 나이트 클럽에서 폭행을 당한 것도 이상했다. 분명 검은 안경을 쓴 놈들이 그녀를 감싸고 있다는 느낌이 들었다.

서현 나이트 클럽, 마약과 범죄의 소굴. 그녀는 그곳에서 없어졌다. 그리고 그녀는 김진주가 아닌 마진선이란 이름으로 살고 있는 것이 확실한데 못 찾다니 안타까웠다. 생각할수록 가슴이 쿵쿵 뛰며 입술이 바싹바싹 말랐다.

며칠 후 초저녁, 그는 마음을 독하게 먹고 서현 나이트 클럽 근처에서 혹시나 하고 매처럼 눈을 부릅뜨고 그녀가 나타나기를 기다리고 있었다. 점점 컴컴해지는 것에 비해 휘황찬란한 불빛이 역설적으로 주위를 더 밝게 해주었다. 8시 경이 됐다. 갈증도 나고 배도 고팠으나 그는 그곳을 계속 지켰다. 정장을 한 남녀들이 올빼미처럼 살금살금 나이트 클럽으로 모여들기 시작했다. 개중에는 외국 여성들도 보였으며 콩나물처럼 쭉쭉 뻗은 다리의 각선미가 북한을 탈출한 불구자 민석을 자극하며 놀리는 듯했다. 그 순간 그의 눈에 띈 여인의 모습이 그를 놀라게 했다.

'어, 진주다! 진주!'

그는 놀라움과 반가운 마음으로 그녀를 다시 바라보았다. 역시 컴컴한 밤인데 얼굴을 반이나 덮은 검은 안경을 쓰고 귀에는 원

형의 귀걸이가 불빛에 번쩍거렸다. 그리고 그녀는 덩치가 큰 어느 중년 남성의 팔을 끼고 있었다. 분명 그녀의 모습은 교회 창립일에 찾아왔던 그 모습이었다. 그 후, 수개월을 얼마나 찾아 헤매었는가. 그는 참지 못하고 달려가 그들의 앞에 섰다.

"진주 씨! 나, 민석이요!"

그는 그 여자에게 더듬거리며 말했다.

"누구요? 누구!"

그 여성은 당황했다.

"나, 나, 민석. 회령에서 온……."

"사람 잘못 봤군요."

그녀는 아니라고 손사래를 치고 남성의 팔을 잡아당기며 안으로 들어가려고 했다.

"아뇨! 잠깐만! 분명 진주 씨 같은데."

그는 그들에게 더 가까이 다가갔다.

"이 사람이 당신을 안다고? 뭐야, 김새게!"

사내가 불쾌한 듯이 그녀에게 물었다. 순간 민석은 진주가 아님을 확인하고 뒤로 물러나면서 사과했다.

"아, 제가 사람을 잘 못 봤습니다. 미안합니다."

사내는 그에게 욕설을 퍼부었다.

"뭐 이런 게 있어! 탈북한 것들 다 이런 거야. 개새끼, 꺼져!"

사내는 구둣발로 그를 차버렸다.

"아이쿠!"

그는 비척거리며 비켜섰다.

"개 같은 년, 너도 꺼져! 북한 계집애들, 돈이나 빼 먹으려고 환장을 했군."

사내는 매달린 여자마저 밀어버리고 사라졌다. 같이 온 여자가 그를 향해 외쳤다.

"뭐하는 거여? 당신!"

여자는 화가 나서 씩씩거렸다.

"죄송합니다."

그는 고개를 숙여 사과를 했다.

"됐쓰매! 근대 집이 회령이슈?"

그녀는 지금까지 화난 표정을 억누르고 미소를 짓고 있었다.

"예. 회령입니다."

그리고 그녀는 자기소개를 했다.

"아, 목사님이지비? 목사님…… 난 무산에서 왔쓰매."

그녀는 아주 의아한 듯이 목사님을 반복했다. 그리고 그들은 근처 카페에서 두고 온 고향 얘기를 하게 됐다.

"이 목사님, 난 인민군 하사출신이지비."

그녀의 과거는 또 다른 비참한 얘기였다.

그녀 역시 무산에서 태어나 김일성 수령의 은덕아래 밥은 먹고 살다가 18살 나이에 인민군에 입대했다. 여군으로 복무하면 밥 먹고 사는 것은 괜찮았으나 출신이 무산이어서 은근히 차별을 받았다. 군 복무 10년 만에 무산 집에 찾아가보니 아버지는 이미 돌아가셨으며, 어머니 혼자 살고 있었는데 땔감도 없고 먹을 것도 없었다.

"아버지가 죽었다고? 언제?"

"3년 전에"

"근데, 왜 알려주지 않았어?"

"연락을 했는데……."

"연락? 못 받았어요."

"안 받았다고? 그렇다면 너한테 연락이 없었다는 거 아녀!"

"그렇네."

"와! 쌍! 아버지 돌아간 것을 알려주지 않았다니…… 말도 안 돼. 산 사람도 그래, 고난의 행군이란다. 죽지 못해 사는 거지…… 너라도 잘 먹고 살아라."

어머니는 바싹 마른 미라나 마찬가지였다.

"이래도 되는가? 이게 지상낙원 조선인민공화국인가. 김일성, 김정일! 이 간나쎄끼들."

그녀는 이를 갈며 참았다. 마침 국경경비병으로 차출됐다. 두만강을 지키면서 도강하는 탈북자를 잡아 송환하는 것이 그녀의 임무였다.

"도강하는 반동분자, 배반자들 여차하면 총살을 하라우. 아니면 코를 꿰 잡아오라구! 아님, 네가 죽는거다. 알간!"

경비병으로 차출돼 간 날 받은 명령이었다.

도강하다 잡힌 탈북자들을 보니 각각 사정이 달랐다. 어느 캄캄한 밤, 탈북하는 가족을 검거했다. 20세가 안된 처녀와 동생이었다.

"살려주세요. 살려주세요."

탈북하다 잡힌 자매는 눈물을 흘리며 하소연했다.

"너희들, 배반자들!"

그녀는 두 탈북자의 손을 묶으려고 하였다. 그 손을 보니 마치 코키리 가죽처럼 꺼끌꺼끌하다 못해 여기저기에 상처투성이었다. 순간 그녀는 자기의 손을 보았다. 두 자매보단 매끄러웠다.

"어딜 가려는가? 어딜!"

"어짜피 굶어 죽을 것, 중국으로 가서 밥이라도 먹으려고……."

그리고 자매는 울먹이며 말을 잊지 못했다.

"너들, 어버이 수령님을 배반하면 죽는다는 거 알지?"

"……."

"왜 대답을 못해!"

그녀는 비교적 작은 소리로 물었다. 혹시 다른 곳에서 들을까 봐서였다.

"죽을 죄를 졌습니다. 살려주십시오."

그들은 싹싹 빌며 마치 죽은 개처럼 땅바닥에 엎드렸다. 아, 너희나 우리집이나 꼭 같다. 그러면, 어버이 수령은 뭐지? 저희들이나 잘 먹고 평양에 사는 사람들이나 챙기면 다 되는 것 아닌가.

'죽지 못해 사는 거지. 너나 잘 먹어라…….'

어머니가 한 말이 생각났다.

"이거 봐! 동무들, 어서 건너가라! 잡히지 말고…… 잡히면 나도 잡힌다. 알간?"

두만강 다리
219

"……."

자매는 알아듣지 못했다.

"그냥 도망가란 말야! 어서!"

그녀는 그들을 슬며시 풀어줬다.

"예? 살려주시는 겁니까?"

"잔말 말고 어서 튀라고, 어서!"

자매는 어둠속으로 사라졌다. 잠시 후 다른 경비병이 다가왔다.

"하사 동무! 조금 전에 사람 목소리가 났었는데…… 어찌된 거지."

"아무 것도 없었는데…… 바람소리였나?"

그녀가 얼버무리자 다른 경비병은 의아해 했다.

탈북자를 잡아드리는 인민군 경비병(하사)인 그녀가 오히려 어버이 수령을 배신하고 중국을 거쳐 멀리 베트남을 통해 대한민국으로 입국하는데 무려 5년이 걸렸다. 인민군 출신이기에 그녀는 국정원에서 아주 호되게 심문을 받고 하나원에서도 힘들게 적응했다. 아직도 대한민국에 대해 부정적인 생각을 하고 있다고 그녀 스스로 밝혔다.

"이 목사님이라고 했죠. 저도 알고 있습니다. 우리 탈북자들을 위해 좋은 일을 하고 계신다는 것을. 그런데 목사님! 탈북해 대한민국에 와 보니 탈북자만의 문제가 아닙니다. 우리들 탈북자를 멸시하는 남조선 아니 대한민국 사람들이 더 문제입니다. 우리를 마치 거지 취급한단 말입니다. 돈이면 다 된다고…… 우리 탈북 여성을 마치 창녀처럼 생각한단 말입니다. 한족이나 조선족 남자들과 다를 게 없어요. 우린 자유를 찾아왔으나 실상 자유를 누려야 할 남조선 사람들은 참 자유를 모르고 사는 것 같아요. 그런가 하면 우리 탈북자들은 자본주의 사회의 기본인 경쟁과 노력을 이해 못한다는 거지요. 노력하면 돈이 생기는데 우리 탈북자들은 노력하지 않고 거저 배급이나 받으려고 하는 생각을 버려야지요."

"옳게 보셨습니다. 그런데 왜 밤일을 하시나요?"

이 목사는 그녀가 하는 말이 구구절절 맞았지만 정작 그녀는 매춘을 하고 있었다.

"그거야, 밤일을 하면 쉽게 더 많은 돈을 벌죠. 더 많이……."

"그래도 그런 일은……."

"무슨 말인지 압니다. 근데 문제는 한국 남성들입니다. 탈북 여성이라면 무슨 재미있는 놀이라도 되는지 꽤 큰 돈을 뿌린답니다. 아마 호기심이겠죠. 대한민국 남성들, 정신 상태가 빵점이란 말입니다. 좌경에 공산화한 얼간이들이 수두룩하고, 이거, 잘못 온거 같수다. 그럼 탈북자, 나는 뭐요? 와! 잘 못 온 거 아뇨? 그래서 재미나 보고 돈도 벌고……."

"이젠 거기서 나오십시오."

그는 간청했다.

"목사님! 나는 결코 나라는 존재를 잊지 않습니다. 단지 돈을 벌기 위한 방법일 뿐, 나는 조금도 죄책감도 없고 단지 정상적인 직업이라고 생각합니다."

"그래도 그것은 성경에……."

"잠깐! 성경, 성경 하지 마소! 나는 그렇게 말하는 자들, 경멸한답니다."

"그래도 그건, 범죄입니다. 간음죄입니다."

"그런 것은 나를 찾아오는 대한민국 남성들에게나 하세요. 대한민국은 성욕, 술, 마약 그리고 우쭐하는 놈들 때문에 잘 못하면 망합니다."

"그래서 우리 기독교가 이들을 위해 기도하고 있습니다."

"어쨌든, 당신 때문에 오늘 좋은 일감을 놓쳤습니다. 아시겠죠. 모르긴 해도 오늘저녁, 같이 놀아 주면 50에서 100만원은 벌 수 있었는데…… 에이……."

"아, 그렇게나 많이?"

이 목사는 기가 찼다.

"그렇다니까요, 그러니까 대한민국이 문제입니다. 문제요, 겉만 번지름하고 속은 텅빈……."

"문제라니요?"

"대한민국 사람들, 꼴통이 텅 빈거란 말요. 내래 인민군 출신 아니갔소. 비록 북한은 가난하고 배는 고프나 정신적으로는 단결이 돼 있단 말이요. 남쪽을 부셔버리면 남쪽에 있는 모든 것이 다 자기들 거라고 가르쳤으니…… 눈에 불을 켜고 싸울거란 말이요. 그런데 남쪽, 남한을 보소. 전라도, 경상도, 좌파, 우파로 갈라지고 북에서 내려온 간첩이 수두룩하단 말요. 그런데 좋은 무

기만 많이 갖고 있으면 뭘 하오. 단결하지 못하고 분렬만 됐으
니…… 내가 가만히 보니 옛날 베트남공화국과 월남 꼴이지요.
베트남, 호지민이 비록 가난했지만 정신력이 강했단 말요. 그래
서 밀고 내려오니까 한 달 만에 월남은 박살이 난 거지요."

"반드시 그런 것은 아니고, 베트남은 미국이 철수했으니
까……"

"그게 문제란 말요. 미군이 철수하니까 완전히 빈껍데기가 된
거죠. 남한도 그렇단 말요. 그런데 더 문제는 월남에서 날 뛰던
데모의 주동자들 말입니다. 월남의 중들, 신부 좌파 정객들, 이자
들은 자기가 사는 월남을 반대하고, 월맹(베트남 공화국)에 붙어서
월남을 죽어라고 반대했단 말요. 월남이 망하고 통일이 되면 한
자리 차지하고 호지민 곁에서 떵떵거리고 살 거라고 생각했는데,
어렵쇼, 통일 후 호지민이 이자들부터 다 죽였지요. 그러고는 잘
사는 놈들을 죽이고 쫓아냈단 말요. 그런데 꼴을 보소. 남쪽에 웬
놈의 좌파가 그리 많소. 정부 반대하는 자들 보면 마치 월남 꼴이
란 말요. 중, 신부, 목사 그리고 좌파 정객들…… 와! 언제 이렇
게 된 거요. 그러니까 여기 한국에서 나이트에 들락거리는 놈들,
강남에서 떵떵거리며 사는 부자들, 관리들은 모두 바다로 내몰아
죽게 하겠죠. 보소! 나라가 망하고 자기 나라가 없는 것이 얼마
나 서러운 것인지…… 우리 탈북자들 중국에 가서 나라(國籍)가
없으니 비자도 못 받고 완전히 노예가 된 거요. 이걸 모르고 날뛰
는 남한 사람들이 불쌍하기도 하고 바보 같아요. 그런데 이런 바
보들에게 붙어 등쳐먹어야 하는 우리 탈북자는 더 처량하단 말이

죠. 북에서 방사포를 쏴 대며, 아니 원자탄을 몇 방 떨구고서 밀고 내려오면 좌파 정객들 시장, 국회의원 놈들이 대포를 막고 나라를 지킬 것 같소. 나라를 통째로 상납하겠지요. 그럼 우리 탈북자들은 어떻게 되는 거요? 먼저 죽던지 아니면 여기 남쪽을 배반하고 북에 협조해야 할지…… 우리도 고민이라우."

"잠간, 듣자 하니 댁은 너무 심한 얘길 하시네요."

"심하다고요? 그럼 목사님은 어찌 생각하는지요?"

"나는 반대입니다. 하나님의 인도로 이북이 붕괴되면 우리 탈북자들이 그리로 가서 먼저 그들을 도와주고 남북이 하나가 되는 촉매제가 될 거라고 생각합니다."

"아이구, 목사님? 순진하시네요. 지금 꼬라지를 보라구요. 몇 놈 정치가들 보라구요. 제 애비들이 빨갱이였으니 살판 난거죠. 이북에 가 젊은 계집애들하고 밤새 질탕하니 놀다가 찍힌 영상 때문에 아얏 소리 못하고 빨갱이 노릇을 하다가, 새파랗게 젊은 김정은이한테 가서 무릎 꿇고 아버지 대를 이어 조선인민공화국을 섬겼으니 살려달라고 하겠지. 그럼 김정은이가 살려주겠소? 이들 목에 기관총을 쏴댈지도 모르는 놈인데…… 김정은, 그놈! 이들부터 제 고모부 장성택이 죽이듯 할 거란 말요. 기관총으로 갈겨 죽일 거란 말요. 정신병자 같은 놈들…… 속 터져. 속 터져…… 목사님 이제 그만합시다. 아! 참, 이 목사님도 탈북녀를 사랑한다는 소문을 들었습니다."

"예, 탈북녀, 아니 저의 사랑하는 애인입니다. 김진주라고 합니다. 혹시 아시는지요? 알면 제게 알려주신다면……."

"알려주면 어쩌시려고요? 우리처럼 중국에서 노예가 되고 여기와선 꽃뱀이 돼 돈이나 빼먹으려는 창녀인데. 어쩌시려구요? 알려주면 더러운 짓 했다고 버리겠죠. 우리를 위로해 준다구요? 천만의 말씀, 위로해 주시려면 차라리 돈으로 주세요. 아마 목사님이 찾으시는 그분도 나와 똑같은 심정일 겝니다. 차라리 찾지 않는 것이 그녀를 도와주는 거죠, 아시겠죠?"

"예. 알겠습니다. 그런데 댁의 이름은 무엇입니까? 큰 도움이 됐습니다."

"목사님이 기억할 만큼 괜찮은 사람이 아닙니다. 그냥 탈북녀라고만 기억하시지요."

"그래도……."

"기억 안하시는 것이 나를 도와주는 겁니다."

그녀는 이 목사에게 일침을 놓고는 자리를 떴다. 그리고 카운터에 가서 돈을 지불하고는 유유히 나갔다. 아니 당당했다.

"와, 찾지 않는 것이 도와주는 것이라고?"

그는 무릎을 꿇었다.

"주님, 그렇습니까? 그래도 주님, 잃어버린 양을 찾아 광야를 헤매신 것처럼 저도 찾아가겠습니다. 도와주세요."

그의 눈에는 눈물이 흐르고 있었다. 그리고 그의 가슴은 두만강을 건널 때 느끼던 그 찬 물이 흘렀다.

4
전화 속의 진주

2013년 말. 목사 된 지 거의 2년, 이민석 목사는 바빠졌다. 그 동안 망향등대교회는 교인 숫자도 점점 늘고 신문, 라디오, 티비 방송에 자주 출연하다보니 '탈북자 이민석 목사'의 이름도 많이 알려졌다.

그는 강연도 자주 나갔다. 그 때마다 대한민국의 정신 상태를 강조하곤 했는데, 그 이론은 '그 탈북녀'로부터 배운 지론이었다.

'찾지 않는 것이 도와주는 것입니다. 기억하지 않는 것이 도와주는 것입니다.'

그리고 그녀는 거침없이 남한을 비판했다.

'월남이 망할 때하고 비슷합니다. 제일 먼저 죽인 것이 누군지 아세요. 월남을 반대하고 데모한 승려, 신부 그리고 반정부 인사들이었지요. 반정부 인사들 처음에는 적화통일을 위해 우대하고 이용하겠지만…… 김정은, 그 미치광이는 반정부 인사들부터 기관총으로 쏴 죽일겁니다. 자기 고모부 장성택을 쏴 죽이듯이 말입니다. 그걸 모르고 날뛰는 반정부, 좌파 인사들은 우리 탈북자들만도 못한 바보란 말이지요.'

그는 그녀의 말을 강연과 설교에 인용했다. 탈북 여성들 중 설교를 듣고 감격해 그와 결혼을 하자고 하는 사람도 있었다. 그럴 때 이민석 목사는 분명히 자신의 입장을 밝혔다.

"저, 사랑하는 애인이 있습니다. 기다리고 있습니다. 진주라고 합니다. 아시면 알려주세요."

오히려 그는 부탁했다. 많은 탈북 여성들은 이미 중국에서 끔찍한 성폭력을 경험했기에 소극적으로 남자들을 대했다. 혹자는 중국에서 이미 성폭력으로 인해 자식을 갖고 있었다. 심지어는 자식들로 인해 고생을 하고 있었다. 마약중독에 반사회적인 성격과 행동으로 지탄을 받기도 하고 교육기관에서 정상적으로 행동하기 힘들었다.

이 목사는 이들 반사회적이며 마약중독으로 지탄받는 탈북 청소년을 위해 많은 시간을 보냈다. 그리고 그들의 친구가 되었다가 젊은 놈들에게 구타를 당하기도 했다.

한 해가 저물어 가는 어느 저녁, 그는 지친 몸을 가누지 못하고 잠시 자리에 누어 쉬고 있었다. 티비에서는 온통 정부를 비방하는 뉴스와 세월호 사건에 관한 참담한 내용뿐이었다.

과연 여기 대한민국은 제대로 가고 있는 나라인가라는 의문도 있었다. 차라리 제3국으로 갔더라면 좋았을 텐데 후회도 되었다. 주전자에 물을 끓였다. 김이 나더니 이내 강한 물 끓는 소리가 났다. 그는 모처럼 따스한 현미 녹차를 마시면서 성경을 읽었다.

그 때, 그에게 걸려온 전화가 있었다. 받을까 말까 그는 망설이다가 문득 예감이 이상해 전화를 조심스레 받았다.

"이민석 목사님이시죠?"

여성의 목소리가 아주 희미했으나 귀에 익었다.

"예, 이민석입니다만…….."

"모옥-사아-님…….."

느린 목소리가 끝을 흐렸다.

"혹시? 진주 씨? 진주 씨?"

그의 예감이 적중한 듯했다.

"……."

대답이 없었다.

"진주 맞지! 진주 씨!"

이민석 목사의 목소리는 더 커졌다.

"……."

"진주 씨 맞지?"

"맞아, 나 진주여."

"진주 씨, 어디요! 어디! 곧 달려갈게…….."

"오지 말어! 나, 민석 씨 못 만나. 안 돼, 난 더러운 여자
여…….."

"아냐! 진주, 무슨 소리를 하는 거지? 당신은 깨끗해."

그는 소리쳤다.

"그만, 민석 씨의 목소리 들어서, 됐어요."

그리고 전화는 끊겼다.

"진주, 진주!"

대답은 더 이상 없었다. 그는 마지막 통화 번호로 전화를 걸었

다. 그러나 그 전화는 메세지를 남기라는 소리만 요란했다.

"진주, 나요. 전화 좀 해줘. 난 널 사랑해. 널 사랑해. 사랑해!"

그는 문자를 남겨두었다. 그러나 기다리고 기다려도 진주로부터 전화는 오지 않았다. 대신 매달 회령이라고 쓴 헌금 봉투는 망향등대교회로 배달되었다.

"목사님! 회령에서 온 편지입니다."

봉투에는 빠닥빠닥한 5만원 지폐 4장, 20만원이 들어 있었다. 이 목사는 회령 봉투의 발신인 주소를 찾아갔으나 진주는 없었다. 그리고 1년이 지났다. 탈북자 망향등대교회는 점점 더 커졌으며, 이 목사의 설교는 사람들의 마음에 큰 감동을 준다고 평가됐다.

회령의 헌금 봉투는 여전히 배달됐다. 모란꽃 같은 진주의 모습을 보는 듯했다.

"진주 씨, 도대체 어디에 있나? 무엇을 하나? 보고 싶다."

시간 나는 대로 이 목사는 진주를 찾아 헤매었다. 그러나 허사였다.

5
크리스마스

세월은 빨랐다. 그새 1년이 훌쩍 지났다. 그리고 12월 25일 성탄절 저녁이었다. 이젠 탈북자들도 성탄절과 연말 연시에 펼쳐지는 유흥과 향락의 세계에도 익숙해졌다.

이북에는 성탄절은 없으나 이와 비슷한 김일성, 김정일, 김정은 생일, 태양절이 있었다. 남한에는 하나님과 부처님 등 신(神)들이 있는데, 이북에는 대신 김일성 부자들이 신(神)으로 존재했다.

이 목사는 성탄절 설교를 시작했다.

"여러분 오늘은 성탄절, 즉 하나님의 아들인 예수가 세상에 태어난 날입니다. 예수가 태어난 것은 세상을 지배하려고 함이 아니고 죽을 수밖에 없는 인간들의 죄를 대신해 벌 받으심으로 인간은 영원한 구원을 받는 것이지요. 여러분이 처음에는 무슨 소린가 의아해 하겠지만 그 진리를 터득하고 나면 '아, 은혜로다. 감사하도다' 라는 찬송이 저절로 나오게 됩니다.

우리가 북조선에서 애들 때부터 귀가 따갑도록 듣고 학습한 김일성 주체사상도 알고 보면 바로 기독교 교리를 모방한 것입니다. 하나님 대신, 김일성을 신으로 모시고 성경의 10계명 대신 김일성의 10가지 가르침 조항 등, 정말 어처구니없는 교리를 만

들어 우리들에게 강요했지요. 그뿐인가요, 한 술 더 떠 죽어 썩어질 김일성을 미라로 만들어 금수산에 안치해 놓고 영원히 사는 부활이라고 주장하고 있으니 얼마나 황당합니까? 그래도 그것을 앵무새처럼 읊조리며 따라가야 하는 북조선 인민들이 불쌍하죠. 어서 속히 통일이 돼야 하는 이유가 여기에 있습니다. 그러면 우리 탈북자들은 여기에 와서 얻어먹고 사는 기생충이 돼서는 안 되겠지요. 우리에게도 임무가 있답니다. 통일이 되는 날, 이북에는 모든 것이 텅 빈 상태일 것입니다. 우리 탈북자들은 그곳으로 달려가 기독교를 전파하고 그들을 위로하고 그곳에 자유를 심어주는 최상의 일을 해야 합니다. 이것은 우리, 탈북자들의 임무입니다. 고향이 그곳이며 풍습과 김일성으로부터 받은 고통을 서로 나눌 수 있는 유일한 매개체가 바로 탈북자들입니다. 그러기 위해 우리는 긍지를 갖고 준비해야 합니다."

이민석 목사의 성탄 설교 메시지는 힘차고 진지했다. 특히 탈북자야 말로 통일을 이루는 중요한 매개체라는 점에서 그들의 마음은 들뜨고 으쓱해졌다.

"그래, 우리도 할 일이 있어……."

남조선 아니 대한민국 사람들은 통일이 되면 무엇보다 돈 들고 이북에 가서 땅이나 사고 투자를 해 큰돈을 벌려는 마음뿐이라고 생각됐다.

'그렇다면 우리가 할 일은 이들을 깨우치는 것이다. 돈보다 중요한 것이 정신력이다. 정신력!'

그들은 서로 다짐하며 더욱 설교에 빠져들었다. 그때 갑자기 무산에서 온 김 집사가 강단으로 와 목사에게 전화기를 내밀며 속삭였다.

"목사님! 아주 급한, 전화랍니다. 당장 전화를 바꿔 달라고 합니다."

비록 설교 중이었으나 그는 전화기를 받아 강단에서 통화를 했다.

"이 목사님! 여기는 분당 서울대학병원 응급실입니다. 급히 와 주셔야겠습니다. 여기 깡패에게 심하게 구타당하여 응급차로 실려 온 탈북 여성이 있는데 정신을 못 차리고 있습니다. 핸드백에 들어 있는 지갑을 보니 '이민석 목사'라고 씌어진 메모가 있습니다. 아무래도 목사님이 아시는 분 같아서요. 제가 보기엔 꽃뱀이거나, 윤락여성 같은데…… 급히 와 주셔야겠습니다."

"왜, 제 이름이 있는 거죠? 전혀 모르겠는데……."

"목사님 이름이 있는 것으로 봐 분명 탈북자, 윤락여성입니다."

"윤락여성인데, 왜, 저를 부르죠?"

"정신을 잃고 있으므로 누군가가 보증을 서야 하니까요. 저도 잘 모릅니다만, 하여튼 와보시지요. 탈북자들은 늘 급하거나 돈 떨어지면 목사님 이름을 팔고 있으니까요. 하여튼 목사님은 좋은 일 많이 하시는군요. 탈북자들의 등대라고나 할까요."

전화는 일방적으로 끊겼지만 탈북자들의 등대라고 불러주니 나쁘지는 않았다. 설교를 급히 마무리하고 나머지 일은 김 집사에게 맡겨두고 급히 차를 타고 서울대학병원 분당 응급실로 갔다.

'도대체 누굴까? 내 이름을 갖고 있다고 하니……'

작년에 서현 나이트 클럽에서 만났던 그 탈북 여성이 생각났다.

'혹시? 그녀가 아니면 누구?'

급히 응급실로 들어가니 기다렸다는 듯이 뚱뚱한 간호사가 그를 불렀다.

"이 목사님시죠? 여깁니다."

한 여인이 피투성이가 돼 침대에 옆으로 누워있었다.

"몹시 구타를 당해 여기 올 때는 정신이 없어 헛소리를 했는데 이제 조금 정신이 드는지 조용히 누워있답니다."

키가 꽤 크며 몸은 생각보다 날씬해 보였다. 간호사가 옆으로 누운 환자를 잠시 똑바로 누이며 말했다.

"아무래도 폐를 다친 듯해 산소마스크를 하고 중환자실에서 관찰해야 할 것 같습니다."

"그러시죠."

"그런데 목사님. 목사님이 꼭 비용을 부담하지 않아도 됩니다마는 인도적인 입장에서 치료를 계속하여야 한다는 사인을 해 주시지요."

"꼭 그렇게 해야 되나요?"

"예. 형식적이긴 하나, 누군가가 보호자가 있어야 합니다."

이 목사의 사인을 받은 후 환자는 중환자실로 옮겨졌다.

"저, 환자의 얼굴을 한번 보여주시지요. 그리고 인적 사항을 알려주는 신분증이 없나요?"

"있지요. 자, 여기……."

간호사가 쥐어준 신분증을 펴보았다.

"아!"

이민석 목사는 너무나 놀라 신분증을 놓칠 뻔했다.

"마진선? 마진선?"

이 목사는 순간 가슴을 쿵 치는 느낌이 들었다.

"마진선 씨! 아니, 아니, 진주 씨!"

그는 정신없이 누워있는 탈북녀를 감싸 안았다.

"아시는 분이세요?"

"예. 고향, 회령에서 온 저의 사랑하는 애인입니다."

"아, 목사님이 사모한다는 그 사람? 그런데…… 이름이 다른데요, 마진선이 아닙니까?"

"진주가 맞아요. 진주가……."

간호사는 그런데, 하고 머뭇거릴 뿐 윤락여성이란 뒷말을 잇지 못했다.

18년 전 두만강을 넘기 전에 본 그녀는 장미꽃 같았다. 아니 두만강 변에 아무렇게나 피어난 야생화처럼 싱그럽고 활력이 있었는데, 오늘 여기 누워있는 혼수상태의 그녀는 다 시들고 짓밟힌 한 송이 조화(造花)였다.

'더욱이 밤의 여자라니…….'

그러나 그의 눈에는 아직도 그녀가 아름다운 꽃으로 보였다.

'진주 씨 제발 어서 깨어나요.'

넋나간 듯 서 있는 그에게 간호사가 말했다.

"목사님 이제 이곳은 의사선생님께 맡기시고 그만 돌아가셔도 됩니다."

그제야 이 목사는 교회로 돌아갈 생각을 했다.

중환자실에 들어간 지 무려 4시간 후, 그녀는 조금씩 반응을 하기 시작했다. 눈을 뜨기도 하고 하품도 하고 아프다고 끙끙거리기도 했다.

"정신이 드십니까?"

간호사가 물었다.

"여기가 어디죠? 여기가?"

"분당, 서울대학병원입니다."

"대학병원? 왜 내가 여기에 와 있죠?"

"많이 다치셨어요. 많이. 그런데 이렇게 회복이 돼서……."

"……."

일반병실로 옮겨진 그녀는 죽을 조금 먹고 침대에 누워 눈을 감고 기억을 더듬었다.

어제 밤은 크리스마스로 그녀에게는 돈 벌기 아주 좋은 때였다. 자주 그녀를 불렀던 얼굴에 개기름이 자르르 흐르는 'B사장'을 만나러 호텔로 가는 중이었다. 중소기업체의 사장으로 돈을 잘 벌었다. 그리고 아주 후하게 팁도 주는 사나이였다.

호텔 입구에서 잠시 눈치를 보다 들어가려는데 몇 명의 깡패들이 기다렸다는 듯이 그녀의 앞을 막았다.

"이년이 바로 그 탈북, 꽃뱀이여! 이년이!"

큰 귀거리에 성장을 한 50대 귀부인이 그들에게 소리쳤다. 건장한 남자들은 그녀를 꽉 잡고 손으로 후려치기 시작했다.

"아예, 죽여버려!"

깡패를 동원한 B사장의 부인이었다. 깡패들은 사정없이 그녀를 후려쳤다. 어느 누구 말리는 사람도 없고 오히려 탈북녀를 향해 수군거렸다.

"탈북 저 꽃뱀들? 저것들은 왜 여기 와서 이러지. 북한에서 그냥 살다 죽지…… 남의 가정이나 파괴하고……."

그녀는 피투성이가 돼 길거리에 내동댕이쳐졌다. 좀 더 방치해 두면 죽을 수도 있는 긴박한 상황에 다행히 의협심이 있는 사람의 눈에 띄어 병원으로 이송돼 왔다.

다음날 이민석 목사가 이른 아침 시간에 병원을 찾아왔다. 그때 그녀는 잠에서 막 깨어나 눈을 뜨고 있었다. 간호사의 허락을 받고 그녀의 곁으로 다가갔다. 그녀는 아직도 멍하니 누워있을 뿐이었다.

"진주 씨!"

그는 그녀의 귀에 대고 불렀다.

"누-구-?"

그녀는 정신은 들었으나 아직 사람을 구분하지 못하고 있었다.

"나요. 나. 민석."

그는 조금 힘을 주어 대답했다.

"누구?"

"나, 회령에서 온 민석이요."

"민석, 민석?"

그녀는 뭔가 알아차리는 듯했다.

"나. 민석이요…… 진주!"

그는 안타까워 큰 소리로 말했다.

"민석 씨?"

"맞아, 나요."

"아, 이민석 목사님! 전, 마진선입니다. 진주가 아니고요!"

그녀는 갑자기 소리를 높여 말했다.

"아냐! 마진선? 아냐! 김진주, 진주 씨가 맞아요!, 그렇죠?"

"아닙니다. 전……."

"진주 씨, 진주! 그렇지요?"

"……."

"나, 민석이야, 민석, 널 기다렸어. 널.!"

그녀는 자신을 생각할수록 추하고 부끄러웠다. 목사가 된 민석 앞에 자신의 모습을 사실대로 노출할 수가 없었다. 진주라고 당당하게 대답할 용기가 나질 않았다.

"진주, 진주, 사랑해. 그러니 걱정 마."

"아뇨. 난 진주라는 사람이 아니예요. 마진선, 조선족입니다. 뭔가 오해하시는 것 같군요."

"아냐, 댁은 내가 찾고 있는 진주요. 진주!"

"진주? 아니라구요. 그러고 이제 잘 못 아셨으니 나가주세요.

혼자 있고 싶어요."

"아냐, 혼자 있으면 안 돼. 그동안 우린 너무 떨어져 있었어. 내가 곁에 있을 거야. 진주 씨. 어서 몸이나 회복하소. 우린 김일성 부자한테 농락을 당한 거였어. 진주 씨? 당신 진주여. 진주. 그렇죠?"

이민석 목사는 부르짖었다.

"……"

"거봐. 대답이 없는 걸 봐도 분명 진주여. 진주."

그는 그녀를 포옹했다. 그녀는 울고 있었다. 그리고 마침내 대답했다.

"진주. 나 진주요. 바보 같은……."

"진주! 나, 널 기다렸어. 이제 찾았으니 됐어."

"민석 씨, 난, 나를 지키지 못했어요. 배신했어요."

그녀는 슬피 흐느꼈다.

"진주 씨. 우리 탈북자들은 누구를 원망할 수 없어. 우리의 잘못도 아녀. 단지, 세월을 잘 못 만난 거야."

"그래도 나는 부끄러운……."

"그만! 난 진주 씨가 무슨 말을 하려는지 알아. 그만하소. 누가 뭐라고 해도 나는 진주를 사랑해. 그리고 지금까지 기다렸어."

그는 싫다고 뿌리치는 그녀를 힘껏 더 강하게 포옹했다. 그녀는 더 이상 뿌리치지 않고 눈물만 흘릴 뿐, 말이 없었다. 하염없이 흐느껴 울기만 했다. 지난 18년이 야속하기만 했다. 고향에서는 활짝 핀 장미와 모란꽃처럼 고고했건만 탈북 후 중국에서 개

돼지처럼 처참하게 능욕당하며 살다가 겨우 대한민국에 입국한 그녀는 시들고 비틀어진 하잘 것 없는 꽃으로 변했기 때문이었다. 그런데 오늘 그녀를 18년씩이나 기다려 온 민석을 만나다니, 그녀의 가슴은 터지는 듯했다. 그리고 지금까지 살아 있는 것이 자랑스러웠다. 그러나 분명 그녀는 그에게 부담을 준다고 생각했다.

"민석 씨 고마워요 그러나 나는 옛날의 진주가 아닙니다. 나는 나를 지키지 못한 바보입니다. 그러니 우린 더 이상 만나서는 안 됩니다."

"그럴 수 없어요, 나는 당신이 어떤 상황이던 무조건 받아드릴 거요. 사랑해 진주."

그는 그녀의 손을 으스러지도록 꼭 잡았다. 마치 두만강에서 놓친 동생의 손을 다시 잡듯이, 그녀는 죽음 속에서 다시 살아 왔다고 생각했다.

그녀는 그의 손에서 아주 따뜻함을 느꼈다. 그리고 지금까지 쌓였던 한만은 외로움이 사라지고 있음을 실감했다. 사랑하는 사람의 손길이 이다지도 따스한가? 그녀는 사람의 체온 뒤에 숨어 있는 또 다른 따스함을 느끼고 있었다. 박동치는 심장에서 흘러 나온 사랑이었다.

6
두만강을 넘어서

"진주? 어떻게 된 거요? 어떻게 여길 왔지? 혼자 왔나 아님 부모와 같이 왔나?"

"혼자, 그리고 부모님은 다 요덕으로 끌려갔어요."

"요덕으로? 맙소사. 아오지로 간 내 부모는?"

"한 번도 소식을 못 들었어요."

"아버지, 어머니!"

이민석 목사는 부모를 부르며 눈시울을 붉혔다. 그리고 탈북한 그녀가 대견스러워 물었다.

"어떻게 언제 어디로 그 지옥을 탈출해 이곳에 왔는지 듣고 싶소."

"그래요, 민석 씨. 민석 씨에게만 들려주렵니다."

진주는 누구에게도 말하고 싶지 않았던 그 악몽(惡夢)의 탈출을 기억 속에서 꺼냈다. 그녀는 소가 반추하듯이 손을 꼭 잡고 있는 사랑하는 민석에게 말했다.

민석이 두만강을 건너 탈북한 지 5년 후, 잘 나가던 진주의 아버지에게도 모함이 들어왔다.

'인민학교 김 선생 동무는 반동이다. 어린 학생들에게 자본주의 사상을 가르쳤다.'

터무니없는 고발이었다. 별로 변명도 못하고 아버지와 어머니는 죄인이 돼 아주 비슷한 경로로 요덕 수용소로 끌려갔다. 아오지 탄광이 아닌 것이 다행이었다. 아버지가 끌려가자 보육원에서 근무하던 진주에게도 감시의 눈이 매서웠다. 언제 어떤 폭행을 당할지도 모르며 아니면 요덕 수용소로 끌려갈지도 모르는 상황이었다.

민석은 두만강을 건너기 전에 비밀리에 진주를 만나 주고 받은 말이 생각났다.

"진주 씨! 나는 여기 북조선에서는 희망이 없어요. 미래가 없는 팔 병신입니다. 더 살아갈 힘도 없어요."

"그래서 어쩌려구요?"

진주가 물었다.

"아무래도 자유가 있는 곳, 더 넓은 곳으로 가 살고 싶어."

"뭐라고? 그렇다면 공화국을 배반하겠다는 거여?"

"배반이 아니고 어짜피 미래가 없는 여길 떠나 새로운 곳을……."

"쉿, 조용히 해. 누가 들으면 어쩌려고. 그런데 가면 어디메로 가려고. 중국?, 몽골? 설마 남조선으로?"

진주는 낮은 목소리로 물었다.

"맞아, 남조선으로…… 거긴 자유가 있다고 해. 그리고 나 같은 팔 병신도 직업을 가질 수 있다고 하더군."

민석도 목소리를 낮춰 말했다.

"그렇다면, 아주 조심해 쥐도 새도 모르게 떠나야 해요."

"그래, 나 먼저 갈게. 그리고 너를 기다릴 거야."

"무슨 소릴 하는 거여? 무슨 소릴! 난 여기 공화국에서 살 텐데……."

"혹시 네가 온다면, 아니, 안 와도 난 너를 기다리며 혼자 살 거여."

"안돼! 그런 소리 말고…… 가서 잘 살아줘. 더 이상 그런 말 하지 마."

그리고 두만강을 건너간 민석이 총에 맞아 죽었는지 만주 벌판에서 개돼지처럼 먹이를 구하러 헤매는지 기억에서 아예 없어지고 말았다. 그녀는 언제 그를 좋아 했던가 기억에서 말끔이 사라졌다. 그만큼 생활이 힘들었다.

그런데, 이게 웬말인가? 정확하게 민석이 탈북한 지 5년 후, 잘 나가던 진주도 반동으로 몰려 밑바닥에 떨어져 이젠 옛날 민석이 겪었던 그 상황과 똑같이 되었다. 자살을 할까 생각도 해 봤다. 그러나 용기가 나질 않았다. 이제 그녀 나이도 25세, 여기저기서 추파를 던지던 남자들과 당 간부들도 무서웠다. 언제 진주의 등에 비수를 꽂을지 모르기 때문이었다.

비가 오고 천둥이 치는 날 밤은 너무나 무서웠다.

그녀는 5년 전 두만강을 넘어간 민석의 말을 떠올렸다.

"진주야! 나, 탈북하려고 해. 자유를 찾아서. 남조선으로 가려고 해. 난, 너를 기다릴게. 결혼하지 않고 너를 기다릴 거야!"

'그렇다. 나도 가자. 남조선으로…… 가자, 도망가자.'

"진주야! 두만강을 건너가면 만주가 돼. 거기서 조선 사람을 만나면 몽골, 라오스, 태국으로 보내준대. 그리고 남조선으로도 가게 돼."

민석이 애써 설명해주던 것이 그때는 막연한 얘기였는데 막상 마음을 정하고 보니 구체적이 됐다.

'그래, 지옥 같은 여기! 낙원이라고 우기는 공산당 놈들, 여긴 살 곳이 아냐! 그래 가자 남조선으로!'

그녀는 탈북하기로 마음을 굳게 먹었다. 그녀는 민석이 했던 대로 두만강을 답사하기 시작했다. 가장 물이 적은 때와 건너기 쉬운 곳을 물색해 두었다.

회령쪽 두만강 둑에는 초소가 있고 보위부와 경비병들이 총을 들고 있었다. 들리는 바로는 돈을 주면 통과시켜주기도 한다는 말도 들었다. 강 건너 중국 쪽에도 마찬가지였다. 쉽지 않지만 그렇다고 못 할 것은 없었다. 그러나 한 가지 '잡히면 죽는다'라는 각오는 해야 했다.

마침내 그녀는 캄캄한 밤, 준비한 대로 두만강을 도강하게 됐다. 생각보다 쉽게 두만강을 넘을 수가 있었다.

'아, 이렇게 쉽게 건너다니……'

그녀는 안도의 한숨을 쉬었으며 젖은 옷을 말리고 중국 마을로 걸어갔다. 하루를 꼬박 굶었다. 너무나 허기지고 힘이 들었다. 마침 눈에 띄는 마을이 있었으며 그곳 허름한 집으로 찾아갔다. 조선족 노파가 밖에 있었다. 뜻밖에 그 노파는 그녀를 보자 집으로 데리고 들어가 음식을 주었다. 음식을 게걸스럽게 먹어 치우자 노파는 불쌍한 듯이 좀 더 주었다.

두만강 다리

"색씨, 탈북한 모양인데…… 갈 데가 있나?"

"……."

"말을 못하는 것을 보니 갈 곳이 없구먼…… 조심해야지, 공안이나 인민군 보위부 놈들에게 잡히면 송환될 텐데……."

"좀 도와 주세요."

"사실 탈북자가 많아져 난처하긴 해. 요즘엔 중국 공안까지 눈을 부릅뜨고 난리야."

"어디 가서 일할 곳이 없을까요?"

"우선 여기서 며칠 지내면서 살펴보세…… 아님, 연길(옌지)로 가는 게 상책이야."

노파는 아주 잘 도와주었다. 그런데 뜻밖에도 며칠 후, 웬 청년이 집으로 찾아왔다.

"엄니 나 왔어!"

30대 초반으로 근력이 여기저기 불쑥 튀어나온 사나이였다.

"아이구, 경수냐?"

연길에 가서 장사한다는 아들이 집으로 찾아 온 것은 어머니도 뜻밖이었다.

"이 색씨는 누구요?"

"어, 내 친구의 딸이다. 잠시 집에 머무르고 있어. 사정이 딱해서……."

"그래요? 어머니."

경수라는 사나이는 음흉하게 웃으며 대답했다.

다음날, 노파는 잠시 볼일을 보러 밖으로 나가고 경수라는 사나이와 같이 있게 됐다. 경수는 아직 장가가지 않고 연길에서 장사한답시고 사람 등쳐먹는 것이 일이었는데, 여기 와 있는 탈북녀는 굶주린 늑대에게로 굴러온 밥이었다. 혼자 있는 것을 틈타 경수는 진주를 덮쳤다. 악을 쓰며 반항을 했으나 그의 완력과 위협 앞에 꼼짝할 수가 없었다.

"너, 보자 하니 탈북했구먼…… 내 말 안 들으면 공안에게 일러 송환시킬거야."

"아뇨. 나, 직장을 구하러 온 것일 뿐……."

"뭐시!"

그는 그녀의 뺨을 힘껏 때렸다. 그녀는 방바닥에 나둥글었다. 그리고 그는 야욕을 채우고 말았다. 진주는 25년 곱게 간직한 처녀를 조선족 건달에게 빼앗겼다. 그뿐인가 그는 협박과 회유를 했다.

"연길에 가면 음식점에서 일을 할 수 있다."

며칠 후 진주는 야욕을 채운 경수를 따라 연길로 가게 됐다.

"좋은 곳에 취직을 시켜주거라. 보아하니 심상이 고운 처년데……."

노파는 영문도 모르고 아들에게 부탁했으나 고양이에게 생선을 맡긴 셈이었다.

연길로 가 그녀는 경수와 같이 살게 됐다. 그리고 밤마다 그의 성적 노리개가 됐다.

그녀는 몇 차례 도망을 치려고 나왔으나 그에게 잡혀 모진 매를 맞았다. 같은 동족이 더 무섭다더니 그는 악마 같은 녀석이었다.

두만강 다리

"공안이나, 보위부에게 넘길 테니 알아서 해."

그는 말끝마다 공갈 협박을 했다. 그리고 그는 큰 인심이나 쓰는 듯이 조선족이 운영하는 음식점에 취직을 시켰다. 취직이라야 그릇 딱고 음식 만들고, 가끔 술시중도 하였는데 그나마 받는 급료도 가로채기 일쑤였다.

그러다 어느날, 음식점 주인은 여기서 먹고 자라고 했다. 그 이유는 돈을 주고 경수로부터 그녀를 샀기 때문이라고 했다. 인신매매가 된 셈이었다. 낮에는 음식점에서 일하고 밤에는 음식점 주인과 다른 남정네들에게 돌려가며 성 상납을 해야 했다.

'아, 이럴려고 탈북했나?'

그녀는 죽고 싶었으나 죽을 기회도 없었다. 공안과 보위부원이 자주 찾아왔다. 그리고 탈북자라는 사실이 점점 밝혀지자 주인은 경수를 불렀다.

그리고 얼마 후 경수는 그녀를 데리고 연길 북쪽 30키로가 넘는 곳으로 갔다. 곤표(昆杓)라는 작은 중국마을이었다. 이번에는 한족(漢族)에게 팔아 넘겼다.

말이 한족 남성이지 50이 넘은 농삿꾼으로 이가 빠지고 얼굴이 검어 마치 70 노인이지 싶었다. 한족은 젊은 색시를 얻고 보니 '헤헤, 헬레레……' 싱글싱글 좋아했다. 굴러온 떡이요, 새로운 회춘이었기 때문이었다.

한족 남성의 이름은 마건덕(馬建德), 옛날 청나라의 장군 마건충의 이름을 따서 지었다고 자랑을 했다. 그러나 그는 농삿군일뿐 아는 것도 없고 가진 것도 없는 평범한 중국인이었다. 전부인과 사별하고 10여 년을 혼자 살아왔다. 마침 북조선 여자를 돈 주고 사서 아내로 맞았는데 다름 아닌 진주였다.

진주를 본 마건덕은 한 눈에 반했다. 그리고 진정으로 아내로 삼았다. 그러나 북조선에서 온 여자들, 기회만 되면 도망간다고 하니 진주를 집 밖으로 못 나가게 엄명을 한 것은 물론 처음에는 족쇄를 채웠다. 남들에게 혹시라도 빼앗길가 봐 집안 일만 시켰으며 때만 되면 성욕을 채웠다.

"앞으로 네 이름은 마진선(馬珍仙)이라고 부른다. 알간! 넌 김진주가 아냐!"

진주는 한족의 이름을 따 마진선이라고 불렀으며 마건덕은 곤표(昆杓)동사무소에 부부로 이름을 올렸다.

"마진선…… 마진선……."

진주는 오히려 마음이 가벼웠다. 누가 들어도 다른 이름이요 자신의 신분을 중국 사람으로 바꾼 것이 천만다행이었다. 팔려 온 지 일년 반 만에 아들을 낳았다. 이름을 마기혁(馬基赫)으로 올렸다. 마건덕은 진주(진선)에게 돈을 주기도 하며 패물을 만들어 주었다. 사랑의 표시였다.

"진선, 자 여기 패물을 받아. 헤헤……."

마건덕은 젊은 색시 진주를, 아니 진선을 아내로 취한 것이 너무나 기뻤으며 흡족했다. 진선도 결국 한족 남편에게 최선을 다했다. 결과적으로 집도 번성하고 아들도 잘 자라 학교에도 가게 됐다. 그리고 첫 아들을 낳은 지 5년 후 딸을 낳았다. 마청령(馬靑玲)이라고 불렀다. "마칭링…… 칭링…… 더 붙여서 링링"이라고 불렀다. 이젠 어쩔 수가 없는 몸이 됐으며 자연스레 마건덕도 그녀에게 많은 자유를 부여해 학교에도 가고 시장에도 혼자 가게 했다.

한국의 동화 나무꾼과 선녀가 생각났다. 목욕하다 날개를 잃은 선녀가 마지못해 나무꾼의 아내로 애 낳고 잘 살았다. 그러나 날개를 찾게 되자 선녀는 하늘로 올라갔다는 동화.

'이젠 애도 둘씩이나 달렸으며 중국인민증(中國人民證)을 받아 한족으로 어엿이 살고 있으니 어디로 도망가랴.' 싶어 마건덕은 진선을 믿었다.

연길에서 30킬로 북쪽은 더 추운 곳이었다. 겨울이 길고 여름이 짧았다. 탈북 8년이 되면서 그녀는 문득문득 사랑하는 애인 민석의 말이 들리는 듯했다.

"아직도 늦지 않아- 늦지 않아-"

그녀는 할 수 있는 한 많은 현금을 모았으며 패물을 준비했다.

"남조선으로 가려면 중국을 거쳐, 몽고로 가든지, 라오스 아니 태국을 거쳐야 해요. 그렇게 하려면 직업적으로 안내해 주는 안내자를 만나야 해. 돈이 필요하지."

한 가지 걸림돌은 한족 남편 마건덕에 관한 마음의 정리였다. 부부로 8년을 살며 아들 딸을 낳았지만 전혀 애정이 없었다. 단지 밥 먹고 잠자며 중국 시민권을 얻으면 떠나야 할 사람, 탈출을 위한 이용 도구로만 생각했다. 그래도 그동안 정이 들었든지 도망가려고 하니 마음이 짠했다.

'하지만, 이젠 남조선으로 가자! 때가 됐다. 때가……'

그녀는 남조선으로 가려고 마음을 먹었다.

"진주, 남조선으로 가려면 우선 십자가(十字架) 있는 교회를 찾아가야 해. 가서 목사를 만나야 돼! 목사를!"

민석이 한 말이 생각났다.

"목사? 목사! 그래 목사를 찾아가자. 목사를……."

그녀는 목사에 대해서 잘 모르나 십자가가 달려 있는 건물이 교회라는 것은 알고 있었다. 그러나 남편은 버릴 수 있으나 아들과 딸은 버릴 수가 없었다. 그녀는 자식만은 끝가지 데리고 남조선으로 가고 싶었다.

마침 기회가 왔다. 남편 마건덕이 잠시 친구가 사는 장춘으로 놀러 가게 되어 집을 비웠다.

2009년 어느 날, 남편이 장춘으로 떠나고 다음날 오후 그녀는 애들을 데리고 연길로 가는 버스를 탔다. 밤새 달려 연길에 내렸을 때 새벽이 밝아 오고 있었다.

연길은 그녀에게 악몽의 도시였다. 건달 경수에게 성폭행을 당한 곳이었다. 조심해야 했다. 이번에는 중국 말도 하고 돈도 있다 보니 옛날처럼 호락호락하진 않았다. 그녀는 마침내 십자가가 달린 교회를 찾았다. 교회 문을 두드렸다.

"목사님을 만나려고 합니다. 부탁입니다."

목사는 생각보다 젊은 나이였다. 문득 두만강을 건너와 처음으로 만났던 경수가 생각나 섬뜩했다.

'혹시라도 이 자가 인신 매매범이라도 된다면……'

두만강 다리

그러나 그런 염려는 하지 않아도 됐다. 왜냐하면, 이젠 그녀는 당당한 한족의 아내로서 애들이 둘이 있기에 법적으로는 아무런 문제가 없었다.

"중국을 탈출해 남조선으로 가려고요?"

"예. 남조선으로 가렵니다. 도와주세요."

"그곳에 가면 아는 사람이라도 있으세요? 중국 화교나 아님 중국 사람?"

"없습니다. 아니? 혹시……."

"누구 아는 사람이 있으세요?"

"아는 사람이 있으면 무슨 좋은 일이라도 있나요?"

"물론이죠. 탈북 과정에 드는 비용도 만만찮습니다. 적어도 3천에서 5천 딸라, 그러니까 2만 천에서 3만 5천 위안은 들지요. 그러나 아는 사람이 있어 현지에서 지불하면 조금 더 많은 돈은 들지만 직접 안내를 하기 때문에 편하기도 하고…… 그리고 100% 확실하지요."

"아닙니다. 없습니다."

그녀는 없다는 대답을 했으나, 분명 이민석이 거기에 있을 거라는 희망을 갖고 있었다.

"알았소. 내가 힘을 써 볼 테니 당분간 교회에 딸린 사택, 내집에 거하시오. 한 가지 중국 공안이나 북조선 보위부원에게 들키지 않도록 각별히 조심하소. 철저히 한족으로 행세 하시오. 한족으로……."

"예, 한족, 마진선으로……."

"그리고 이번 기회에 하나님을 믿으시오."

"하나님을 믿으라구요?"

"그렇습니다. 천지를 창조하신 창조주 하나님을······."

"남조선에 가게 되면 반드시 그러겠습니다."

그녀는 얼떨결에 대답을 했다. 목사는 그동안 몇 차례 탈북자를 선별해 브로커 목사에게 안내해 성공적으로 대한민국에 보낸 경험이 있었다. 그리고 지금도 2명의 탈북자가 그의 집에서 기거하며 떠날 기회를 기다리고 있었다.

"탈북한 지 어느새 2년이 됐습니다."

남자와 여자는 부부이면서도 아닌 것으로 행세하고 있었다. 청진에서 탈출해 온 이들 부부는 만일을 위해 말을 삼가고 있었다.

"저는 조선족입니다."

진주(진선)는 북조선에서 온 것을 속였다. 서로를 믿을 수가 없으니까.

"며칠 후 안내인이 올 겁니다. 그때 우선 약속한 돈을 지불해야 하는데 준비됐습니까?"

목사는 민망한 듯 그녀에게 물었다.

"예. 중국 화폐와 패물을 준비했습니다. 여기······."

"아, 그만하면 충분합니다. 중간에 안내인의 지시를 잘 따르면 됩니다."

2주 후, 50살을 넘어 뵈는 얼굴이 가무잡잡한 남자가 그들을 데리고 멀리 중국 남쪽으로 간다고 하며 목사 집으로 밤에 숨어

들어 왔다.

안내인에게 그가 요구하는 수고비로 중국 화폐를 지불하고 패물 두 개는 만일을 위해 따로 챙겨두었다. 그리고 목사님에게도 사례를 하려 했으나 "예수를 믿으신다고 했으니 돈을 받지 않겠습니다."라고 말했다.

'와! 예수가 대체 어떤 분이길래 이 사람들은 탈북한 우리들을 목숨 걸고 도와주는가?'

정말로 알 수가 없었다.

"예수가 누군지는 몰라도 믿겠습니다."

"고맙소. 한 영혼이라도 더……."

목사는 오히려 고마워했다.

중국 남쪽으로 안내한다는 그도 목사라고 했다. 하지만 목사 대신 박 선생으로 부르라 했다. 광조우(廣州)까지 내려가야 하는데 같이 행동하기보다 개별적으로 가는 것이 안전하다며 기차표를 주었다. 그리고 광조우역 근처에서 지정된 날 만나자고 했다. 혹시라도 중국 공안이나 북에서 파견 나온 보위부원에게 들키지 않도록 조심하라고 했다.

2주 후, 광조우역 지정된 곳에서 안내 목사와 같은 일행을 다시 만났을 때 그 감격이 컸다. 왜냐하면 안내인이 약속대로 그들을 속이지 않고 탈북을 도와주고 있다는 것을 확신하게 됐기 때문이었다.

"하나님이 도우시면…… 무사하게 탈출할 것입니다."

연길 목사가 한 말이 또렷이 되살아났다.

약 한 시간 후, 이번에는 다른 안내인이 그들을 인계하여 라오스로 잠입한다고 했다. 30대의 건장한 남자였는데 목사라고 보기에는 너무 젊었다.

"목사라고 결코 부르지 마소! 선생이라고 부르소. 잘못하면 우리 모두 잡힙니다. 아셨죠?"

그는 다부지게 주의를 주었다.

다음날 광조우역에 모였을 때 일행은 7명으로 늘어 있었다.

"자, 우리는 모두 7명입니다. 서로 얼굴을 잘 보시고 서로 협력해야 합니다. 아시죠? 지금부터가 아주 중요합니다. 목숨을 내건 탈출입니다."

그는 힘주어서 말했다.

진선은 많이 지쳤다. 8살짜리 아들과 4살짜리 딸을 같이 데리고 다니다 보니 지칠 수밖에 없었다. 특히 4살짜리 딸은 유달리 몸이 약해 아주 힘들어했다.

라오스로 숨어 들어간다고 하며 일행은 서쪽에 있는 큰 도시 곤명으로 이동해 3일을 그곳에 머물러 있었다.

4일째 되는 날 새벽 봉고차가 이들 앞으로 다가와 싣고는 남쪽으로 달려갔다. 낮에는 쉬고 밤이 되자 안내인은 "오늘부터 우리는 밤에 행군합니다." 라고 말했다. 밤이 되자 이들 일행은 서남쪽으로 걷기 시작했다. 안내인이 주는 식량은 그들에게 충분하지는 않았으나 어쩔 수가 없었다. 낮이 되자 산길에서 모여 다시 숲속으로 들어가 만일을 위해 숨어 있다가 어두워지면 다시 산길을 걷기 시작했다.

달은 하현달로 제법 밝게 비춰 가는 길을 볼 수가 있었다. 우거진 나무 숲 사이로 개울과 꽤 가파른 산길을 걸었다. 안내인은 이 길을 많이 걸어다녔기 때문에 익숙해 쉽게쉽게 걸었으나 아들 손을 잡고 딸을 등에 업고 가는 진선은 너무 힘이 들었다.

가끔 야생동물의 울음소리가 귀에 거슬렸다. 바람 소리와 풀이 부딪치는 소리 그리고 나뭇잎이 삭삭 비비는 소리가 마치 음악처럼 들렸다. 점점 라오스 국경이 가까워 오자 산세는 더욱 험준했다. 이런 산속에 사람이 있을 수 있을까? 궁금했으나 분명 경비대원들이 있어 그들은 조심해야 했다. 놀랍게도 이런 깊은 산속에서 탈북자들 2명이 더 합세해 9명이 됐다. 앞서 가던 탈북자 중 뒤로 쳐졌던 일행이었다.

라오스 국경 쪽으로 더 깊이 들어와서는 심한 바람을 맞으며 메콩 강을 따라가기도 했다. 캄캄한 밤이었다. 메콩 강을 따라가다 어느 지점에서 멈추었다. 그곳에서 메콩 강을 건너 라오스로 잠입한다고 했다.

메콩 강(Mekong River), 악어의 강이라고도 불렸다. 악어가 여기저기에서 발견되며 피를 좋아하기 때문에 손발에 피가 나지 않도록 조심해야 했다. 물살이 빠른 메콩 강물도 사람을 죽이지만 이놈의 악어도 문제였다. 물살이 얼마나 빠른지 아차하면 물살에 쓸려 내려가 죽는다고 했다.

캄캄한 밤이 되자 안내인은 "자! 오늘 저녁 강을 건너 라오스로 들어갑니다."라고 말하자 일행들 모두는 긴장했다.

안내인을 따라 캄캄한 밤에 손에 손을 잡고 남쪽 방향으로 한

30분을 걸었다. 허름한 집에 잠시 들어가 있으라고 안내인이 말하면서 나갔다. 말이 집이지 사람이 살지 않아 냄새가 나며 벌레 소리와 간간히 주위에서 푸석거리는 소리가 났다.

잠이 오지만 자지 않으려고 일행은 자리에 앉아 기다리고 있었다. 오늘 따라 마진선의 딸, 링링은 몸이 아픈지 열이 나고 있었으며 칭얼대었다. 가끔 토하기도 했다.

"링! 이걸 좀 먹어야지."

마진선은 갖고 있던 과자부스러기를 주었으나 고개를 저었다.

"애가 몹시 아픈 모양인데 그래가지고 같이 가겠소?"

일행 중 비교적 덩치가 큰 아저씨가 물었다.

"예. 가야지요. 어떻게든지……."

마진선은 대답했다.

"그럽시다."

아저씨는 퉁명스럽게 대답했다. 그때 집 아래 강가에서 삐걱거리는 소리가 나더니 "모두들 내려 오소!"라고 안내인이 큰 소리로 말했다. 아래로 내려가 보니 꽤 오래된 나룻배가 그들을 기다리고 있었다. 배 주인은 라오스 사람이었다.

"자, 우린 이배를 타고 메콩 강을 건넙니다. 조용히 그리고 지시하는 대로 해야지 아니면 물에 빠져 악어 밥이 되든지, 중국이나 라오스 경비병에게 잡힙니다. 잘못하면 북한으로 송환돼 죽을 수도 있으니 협조를 부탁합니다. 알았죠!"

안내인은 큰 소리로 말했다.

진선은 애를 데리고 나룻배에 올랐다. 배라고 해야 안내인, 선장 그리고 9명의 탈북자 도합 11명이 겨우 비비고 앉았다. 자세히 보니 오래된 모터 보트였으나 노를 젓는 아주 낡은 배였다. 게다가 강물이 스며들기 때문에 양재기로 물을 퍼내어야 했다. 한 사람이라도 크게 움직이면 배가 그 방향으로 기울었다.

'아, 이 배로 강을 건넌다……'

진선은 물론 모든 사람들이 한숨을 쉬었다.

"자! 배는 떠난다 가능한 몸을 납작 배에 엎드려 있는 것이 좋다. 알겠습니까?"

"예."

일행은 대답했다.

삐거덕 삐거덕 배는 중국 쪽을 떠나 마침내 메콩 강으로 들어가고 있었다. 예상대로 물살이 몹시 빨라 구토가 나기도 했으나 어쩔 수가 없었다. 강 중앙에서 배가 소용돌이치는 물살에 잠시 빙 돌았다. 마진선의 가슴에 기대어 있던 딸이 열이 난 몸으로 구토를 하며 울음을 터뜨렸다.

"울면 안 돼!"

안내인이 소리쳤다.

"애가 열이 나고 토해서……."

마진선이 대답하자 안내인은 다시 한 번 경고했다.

"울다가 라오스 경비병에게 들키면 우린 몰살당한다. 그들은 사정없이 총을 쏜다."

배는 다시 서쪽으로 라오스 국경을 향해 가고 있었다. 순간 라오스 쪽에서 큰 소리가 나더니 총소리가 났다. 이쪽을 향해 발사한 듯했다.

"라오스 국경 경비병들이다. 조용히! 몸을 더 낮춰라."

주위를 주는데도 진선의 등에 업힌 딸은 숨을 헐떡거리며 비명 소리를 냈다.

"조용, 조용해!"

맞은편에서 경비병들이 눈치를 챌지 모르니 조용하라고 재차 주의를 주었다.

"애가 숨이 차서 그러니 조금만 멈췄다 가면 안 돼요."

진선은 하소연했다.

"안 돼! 소리 나면 안 돼! 우리 모두 죽어! 애의 입을 막어!"

"아니 애의 입을 막으라구요?"

"빨리!"

"예. 잠간-"

애는 그래도 칭얼거렸다. 순간, 옆에 있던 억센 남자가 큰 손으로 아이의 입을 콱 막았다. 그러자 잠시 후 딸은 질식했는지 소리가 없었다. 몇 분이나 지났을 까, 주위가 종요했다.

"링! 링!"

진선은 딸을 불렀으나 대답이 없었다.

"이런! 애가 죽었나 보오. 애가."

억센 남자가 아주 미안한 듯이 말했다.

"죽다니."

진선은 흐느꼈다. 진선은 딸을 흔들어 보고 눈을 까보았으나 반응이 없었다. 그리고 몸이 점점 차가와지고 있었다. 진선은 오열을 터뜨렸다.

"자! 조용히 앞으로 전진합시다. 안 됐지만 죽은 딸은 강에 버리고. 흐느끼는 소리에 우린 다 죽을지도 모릅니다."

안내원은 재촉했다.

"안 돼요. 애를 버리다니, 죽지 않았어. 살아 있어."

진선은 살아 있다고 큰 소리를 쳤다.

"안 됐지만 그만 애를 내려놓으시오. 누가 애를 버리시오. 애 엄마 때문에 우리 모두 다 죽습니다."

억센 남자가 한숨을 내쉬더니 그만 죽은 아이를 나꿔채 강에 던졌다.

"링!"

진선은 소리쳤다. 죽은 아이의 이름을 계속 불렀다.

"조용히 하라고!"

안내인이 다시 주의를 줬다.

"애길 내놔!"

진선은 목이메인 소리로 외쳤다.

"그만 하소! 아님 우리 모두 죽소."

안내인이 다시 말하자 다른 사람들도 동의하는 듯했다. 가엾게도 죽은 딸, 링은 악어의 밥이 된다고 생각하니 진선은 정신을 잃을 듯 넋을 놓았다.

"자, 죽은 사람은 둬 두고 우린 가자. 가자."

안내인은 더 재촉했다. 라오스 사공은 말도 않고 서쪽으로 삐걱거리며 노를 저었다. 그때 꽤 먼 거리에서 총소리가 났다.

"머리를 숙이고 멈추라. 조용히!"

안내인은 정지 명령을 내렸다. 다행히 총소리는 멈추고 상황으로 봐 안전하다고 판단한 안내인은 또다시 앞으로 가라고 명령했다.

"잠간!"

진선은 강에 던진 딸을 찾고 있었다.

"뭐하는 거요! 자, 가자!"

안내인은 큰 소리로 재촉했다.

"아, 링! 링!"

진선은 마지막으로 딸의 이름을 외쳐 불렀다.

"자! 그만 가자고! 이제 다 왔어!"

마침내 보트는 라오스 쪽 강변에 도착해 모두를 내려놓고는 슬그머니 사라졌다.

마진선과 아들은 살아서 라오스에서 기다리던 다른 안내인에게 인계돼 며칠 후 라오스 난민촌으로 들어갔으나 사랑하는 딸, 마링은 메콩 강의 악어 밥이 되고 말았다.

"잠간! 진주 씨. 그만, 그만 울어요. 우리 탈북자들은 다 그 어려운 길을 걸었습니다. 더 말하지 않아도 알 것 같아요. 우린 이렇게 만났잖아요. 우린 만났어요."

그는 진주를 감싸 안았다. 따스했다. 비바람에 견디지 못하고 땅에 떨어져 사람의 발에 무참하게 밟혔던 장미꽃 잎이 마침내 민석의 손에 의해 다시 들려 올려졌다.

두만강 다리

"진주 씨, 우린 다시 만났어요. 여기 자유의 나라에서⋯⋯ 나도 두만강에서 동생, 정순을 잃었어요."

"뭐라고요? 정순을 잃었다고?"

"그래. 바보처럼 동생의 손을 놓쳤어요."

"놓치다니? 어떻게?"

"강을 건너는 동안 갑자기 총성이 들리며 총알에 맞았어요. 그리고⋯⋯."

"아! 정순아⋯⋯."

두만강과 메콩 강은 눈물의 강인가? 아니면 이별의 강인가? 탈북자들에게는 야속한 강이었다.

"진주 씨, 우린 그래도 여기 살아서 만났어요. 나, 진주 씨를 약속대로 기다렸어요. 결혼도 않고⋯⋯."

"고마워요. 그런데⋯⋯ 나는⋯⋯."

"더 이상 아무 말도 하지 말아요. 그리고 모든 걱정을 내려놓아요."

"⋯⋯."

그녀는 말을 잇지 않았다.

"진주? 내가 당신을 사랑하는 거 알지?"

"알아⋯⋯."

"그럼 됐어."

그녀는 지그시 눈을 감고 깊은 생각에 빠진 듯 아주 조용해졌다.

7

한강을 건너서

환자의 저녁식사로 부드럽고 소화하기 쉬운 죽이 나왔다.

"마진선 환자! 일어나 식사하세요."

간호사가 그녀를 흔들어 깨우면서 옆에 앉아 있는 민석을 쳐다보았다. 겨우 진주는 자리에서 일어났으나 음식 먹을 생각도 없이 자꾸 눈물을 흘렸다.

"울지 마, 난, 기쁜데. 이렇게 살아서 만났잖아요. 나 너무 기뻐요. 진주 씨."

"……."

"식사를 하소. 우린 이제부터 같이 사는 거요."

"민석 씨, 나가 주세요. 나, 더러운, 나쁜 여자예요. 그리고 민석 씨를 배신했어요. 약속을 어겼어요."

"그런 말 하지 말아요! 제발 내가 당신을 사랑하니까."

그는 죽을 떠 그녀의 입에 넣어 주었다. 망설이던 그녀가 받아 삼켰다. 서서히 기력이 회복되었다. 그러자 기억도 찬연히 되살아났다.

2010년 여름, 인천공항에서 환영을 받고 국정원에서 보낸 대형 버스를 탔다. 서울로 들어오던 기억이 눈에 선했다. 보기에도 좋은 여러 한강 다리를 보았다. 헤엄을 쳐 건너는 대신 버스를 타고 편안하게 건넜다. 강에 빠져 죽은 사람도 없었다. 악어도 없었다. 그리고 강변에 우뚝 솟은 아파트를 바라보며 '아, 이제 내가 여기 서울에 왔구나.'라는 안도감이 생겼으나 이내 마음이 무거웠다. '앞으로 어떻게 살아야 하나. 어떻게, 민석 씨를 만날 수 있을까? 만나면 나를 받아 줄까, 한족의 아들까지 데리고 왔는데…….'

그녀의 마음은 천근만근이었다.

진주는 곁에 있는 민석을 차마 바라볼 수가 없었다. 대한민국에 와서 민석을 찾는 것을 단념하고 몸으로 돈을 벌려고 한 것이 너무 부끄러웠다. 그러나 사실대로 고백하는 것이 도리였다. 용서를 받고 싶어서가 아니고 더러웠던 과거를 다 토해내고 멀리 훌쩍 사라지고 싶은 것이었다.

"민석 씨, 난 배신자예요."

"아냐 진주는 배신자가 아냐, 김일성 부자가 우릴 그렇게 만들었지."

"아니, 난 민석 씨를 배신했어."

"진주는 날 배신하지 않았어. 아무튼 내가 받아준다고 하잖아, 모든 것을…… 이젠 더 이상 그 말은 하지 말자. 나 진주 씨를 사랑해."

민석은 측은한 눈으로 진주를 바라보았다.

"고마워요…… 민석 씨"

그녀는 울음 대신 수치스러웠던 과거를 사실대로 고백했다.

국정원에서 3개월간 머물면서 취조를 받았다. 혹시, 간첩에 연

류된 것이 아닌지 확실한 신분을 밝히기 위해서였다. 처음에는
겁도 나고 무서웠으나 점차 대한민국은 자유의 나라요 정말 목숨
을 걸고 찾아올 만했다라는 자부심이 생겼다.

하나원에서의 3개월은 정말 인간다운 대접을 받았다. 모르는
것을 가르쳐 주어 대한민국에 적응하게 교육을 시켜주었다.

"대한민국은 자유의 나라입니다. 그러나 자유를 누리기 위해
서는 책임이 따릅니다. 책임이 없는 자유는 방종입니다. 그리고
대한민국은 자본주의 체제의 민주주의입니다. 그러기에 열심히
경쟁하는 자에게는 더 많은 기회가 옵니다. 더 많은 것을 누릴 수
가 있습니다. 게으르면 못 삽니다. 아시겠죠?"

하나원에 온 목사님들은 한결같이 탈북자들을 선도하며 마지
막에는 꼭, "예수를 믿으세요"라고 강조했다. 하나원에 있는 동
안 꽤 많은 탈북자가 예수를 믿게 됐음은 열성적인 봉사자, 목사
신부님들을 보고서였다.

하나원에서 나온 진주는 정식으로 대한민국 영주권자가 되었
다. 그러나 그녀의 공식적인 이름은 마진선(馬珍仙)이었다. 정부
에서 제공해준 2000만원 정착금과 매달 60만원의 생활비 그리
고 저렴한 아파트는 아주 귀한 선물이었다.

서울에서 조금 떨어진 경기도 용인에 아파트를 마련해주었다.
말이 변두리지 용인은 마치 평양보다 더 개발된 신도시였다.

탈북자로서 영주권자의 생활이 시작되었다. 대한민국 사람들
은 탈북자들에게 두 가지 다른 반응을 보였다. 교회나 목사님들
처럼 친절을 베푸는 이가 있는가 하면 더러는 탈북자를 마치 북

에서 도망나온 범법자처럼 대했다.

학교에 입학한 아들 마기혁은 더 힘들었다. 한국말은 서툴고 중국말을 하니 더 더욱 적응하기가 힘들어 점점 삐뚤어지고 있었다. 10살이 된 기혁은 번번이 싸우며 학교에서 요주의 학생이 되었다.

"마진선 씨, 탈북자로 힘든 것은 알지만 아들 교육은 그래도 제대로 하세요. 공부도 열심히 시키고요."

진선은 학교에 불려가 선생과 면담을 할 때마다 마음의 상처를 받았다.

"왜 탈북하셨나요? 혹시 범죄라도, 아니면⋯⋯."

"자유가 그리워서 왔어요."

"자유? 이북은 수령님이 잘 먹여주는 지상낙원이라고 하던데⋯⋯."

"북조선은 자유가 없는 지옥입니다. 여기가 낙원이지요."

"여기가 낙원이라? 어림없는 소리⋯⋯."

진주는 소스라쳤다. 아니 이토록 자유롭고 무엇이든지 할 수 있는 나라인데 무슨 불만이 있을까? 게다가 북한을 좋아하는 소위 종북, 좌파 세력이 설치는 것이 너무나 의아했다.

'이러구도 북조선을 이길 수 있을까? 내가 여길 잘못 온 거 아닌가? 차라리 중국에 그냥 사는 것이 낫지 않았을까?'

진주는 많은 회의가 왔다. 그런데 아들은 다행히 학교에 점점 적응하기 시작했다. 그런 만큼 교육에 드는 비용이 많았다. 영어, 음악, 체육 등 사교육에 드는 돈을 도저히 감당하기가 어려웠다.

그때 진선에게 몹쓸 귀신의 손이 뻗쳤다.

"진선 씨를 보면 역시 남남북녀라는 말이 맞아. 정말 조금만 가꾸면 진선 씨는 미인 중의 미인이 되겠어. 물론 지금도 예쁘지만······."

"이북에서도 예쁘다는 소리 많이 들었어요."

"그래서 하는 말인데 가끔, 아르바이트 좀 해보겠소?"

"아르바이트가 뭐지?"

"일종의 임시 직업이지."

그동안 친했던 고참 탈북녀와 한국 여성이 진선의 경제적인 어려운 애기를 듣고 은근히 권하는 말이었다.

남한 남성들 중에 돈이 많아 주체를 못하는 사나이들은 북한에서 온 여성들에게 많은 흥미를 갖고 데이트를 한다고 했다. 그리고 잠시 술시중을 들고 북한 노래를 불러주면 꽤 많은 돈을 준다고 같이 가자는 것이었다.

"그렇게나 많은 돈을?"

그녀는 너무나 놀랐다. 매달 받는 60만원은 아무것도 아니었다. 몇 번만 만나서 아르바이트를 하면 아들 사교육도 거뜬히 해결할 것 같았다.

"탈북자 여러분, 공돈은 없습니다. 노력해서 번 돈이 정말 돈입니다. 아시겠죠!"

하나원에서 수차례 들은 강의가 귀에서 사라졌다.

'아니지. 술시중은 무슨?'

그러면서도 진선은 자신에게 속삭였다.

'중국에서도 살아남기 위해 한족과 살았는데, 같은 동포인데…… 술시중 쯤이야, 그리고 노래 한 곡 쯤이야……'

그녀의 마음은 흔들리고 있었다.

"마진선 씨? 종로에 있는 북한식, 능라밥상이란 식당에 가 보셨나요?"

하나원에서 만났던 여자친구를 따라 능라밥상에 갔다. 능라밥상은 평양의 능라도를 연상하듯이 고향이 북한인 실향민들이 자주 찾아와 식사를 하는 곳으로만 유명한 것이 아니고 식당 주인이 아주 특이했다.

"이집 주인은 우리와 같은 탈북 여성입니다. 압록강을 건너 왔지요. 근데 여기 와서 주인 여자는 공부를 하겠다고 이화대학원 (梨花大學院)에 원서를 냈지요. 이화대학원에서는 깜짝 놀랐습니다. 탈북자가 무슨? 그런데 이 분은 지체가 높아 평양에서 김일성대학을 졸업했다고 합니다. 그러니 우리 같은 함경도 또라이하고는 근본부터가 다르긴 하지요. 이화대학에서 아주 까다롭게 했다는군요. 김일성대학을 졸업한 졸업자나 성적증명서를 가져 오라고 하니 말이나 됩니까? 도망쳐 나온 자가 무슨 졸업장이며 성적증명서를 가져올 수 있겠어요.그래서 일단 입학시키고 그녀가 공부하는 것을 봐 결정하라고 했답니다. 결국 대학에서 받아 줬지요. 내친 김에 박사학위를 땄지요. 탈북 여성 제 일호 박사란 말이요. 그리고 여기에 북한 식당을 내, 성공적으로 돈도 벌고 탈북자를 돕고 있지요."

더욱이 놀라운 것은 능라밥상 주인인 이 박사의 말이었다.

"대한민국에 감사합니다. 이렇게 기회를 줘서."

진선은 신선한 충격을 받았다. 희망과 용기가 생겼다.

'나도 중국말을 꽤 하니 직장을 찾아볼까.'

그녀는 직장을 구했다. 중국 식당에서 일하게 됐으나 중국말을 쓸 기회가 많지 않고 허드레 일을 하다 보니 힘만 들었다.

그러던 어느날 밤이었다. 갑자기 탈북 여성 친구에게서 전화가 걸려 왔다. 서현에 있는 나이트 클럽으로 와서 잠시 술이나 한 잔 하자고 했다.

"아니, 이 밤중에?"

"진선 씨, 술 맛은 밤이 깊어질수록 좋은 거요. 지금 나와 보소. 그 맛이 어쩐지……."

망설이다가 그녀는 서현으로 갔다. 네온사인이 휘황한 나이트 클럽으로 들어가니 친구가 반갑게 맞았다.

"진선 씨, 여기, 여기!"

친구는 폭신한 소파가 있는 최고급의 가라오케가 설치된 방으로 들어갔다. 다른 사람은 없었고 과일과 육포로 된 안주가 놓인 탁자에 와인과 맥주 그리고 고급 양주가 한 병 놓여 있었다.

"자, 한잔 하실까? 마진선 씨?"

친구는 고급 와인을 따뤄 진선에게 권하며 "위하여!"라고 외쳤다. 술잔이 땡하고 부딪쳤다.

와인은 달콤하며 감미로웠다.

"쭉 한잔 하소. 우울증도 없어지고 모든 게 즐거워져요."

친구는 넉살을 부리며 또 한 잔을 따라 권했다. 두 잔째 술기운이 몸에 스몄다. 기분이 몽롱해졌다. 중국에서 억지로 마셨던 배갈과는 다른 부드러운 술이었다. 그날 저녁, 북조선 여자를 무조건 좋아한다는 k사장과 합석해 즐거운 밤을 보냈다. 그리고 그녀는 다음날 아침에 인근 호텔에서 깨어났다.

"아니, 내가?"

그녀는 당황했다. 술에 취한 그녀는 어떻게 호텔로 왔는지 전혀 생각이 나지 않았다. 그저 기분이 좋아 술을 많이 마신 것은 생각이 났다. 비로소 간밤의 어렴풋한 정황이 머릿속을 스쳐지나갔다. 침대 옆 테이블에 흰 봉투가 하나 놓여 있었다. 그녀는 그 안에 든 100만원권 수표를 꺼내들며 "아!" 탄성을 지르며 엷은 미소를 흘렸다. 마치 간교한 뱀이 가슴속에서 머리를 풀고 나오는 느낌을 받으며 그녀는 호텔을 빠져 나왔다.

한 번의 즐거움과 오묘한 맛은 거듭되었다. 서서히 타성이 생기며 마음도 편했다. 큰 수표가 생기는 맛은 마음을 담대하게 만들었다. K사장뿐만 아니라 이젠 L전무, B사장 등 몇몇 고객이 생기다보니 수입이 늘어났다. 그녀의 돈에 대한 욕망은 자연스레 마리화나 담배 그리고 마약에도 손이 갔다. 그녀의 옷도 점차 화려해지고 보석도 손과 귀에 부착되기 시작했다.

그러나 술(알코올)로 인해 간에 손상이 생기고 있음을 그녀는 알지 못했다. 게다가 아들의 학교 성적은 떨어지고 문제의 아동이 되어 있음도 몰랐다. 마침내 학교 선생의 호출도 자주 생겼다. 그리고 그녀를 향해 사람들은 수군거리기 시작했다.

"탈북녀, 마진선은 꽃뱀이요, 몸을 파는 창녀다. 갈 데까지 간 여자."

그녀의 귀엔 아무런 소리도 들리지 않았다. 양심이 점점 마비되어 가고 있었다. 죄의 결과는 사망이라고 했듯이 그녀의 마음엔 온통 허황과 좌절 뿐, 아무런 희망도 없이 돈만 눈에 보였다.

어느 수요일 아침 그녀는 카페에 앉아 커피를 마시며 곁에 놓인 신문을 무심코 펴 보았다.

순간 눈에 띄는 기사가 있었다.

'탈북자, 이민석 씨, 드디어 목사가 되다.'

타이틀 밑에 활짝 웃고 있는 얼굴이 그녀의 눈에 확 들어왔다.

'누구? 이민석?'

그녀는 떨리는 마음과 흥분으로 기사를 읽기 시작했다.

어릴 때 사고로 팔을 못 쓰는 이민석 씨, 20세 나이에 두만강을 넘어 탈북. 만주 땅에서 보낸 8년은 노예였다. 2003년 대한민국으로 입국했다. 그의 이름은 가명, 이석우였다. 그 후 신학교에 입학해 드디어 목사가 됐다.

함경북도 회령 출신인 그는 탈북자로 대한민국 정부로부터 받은 은혜를 갚고자 탈북자들을 돕는 목사가 되는 것이 그의 꿈이었다. 이제 목사가 돼 떳떳하게 그는 그의 이름을 밝혔다. 이젠 탈북자 이석우가 아니고 대한민국 시민 이민석, 그리고 이민석 목사로 불리기를 원한다.

그의 얼굴은 웃고 있으나 그 눈에는 무엇인가를 찾고 있었다.

두고 온 고향의 부모, 두만강에서 헤어진 여동생 그리고 애인 김진주를 한 시도 못 잊고 그리워한다고 했다.

'아, 민석 씨! 살아 있었군요. 여기 분당에…… 어쩜 우린 곁에 있으면서도 몰랐군요.'

그녀의 가슴은 둥둥 뛰었다. 그리고 마음이 짠하고 아쉬었다. 그녀는 신문사에 전화를 걸어 그와 접촉할 전화 번호 그리고 집 주소 등을 알아두었다. 마음 같아서는 당장 전화를 걸어 통화하고 싶고 달려가 만나고 싶었다. 그러나 그녀는 감히 전화기를 들 수가 없었다.

'아, 나는 뭐야! 남의 돈이나 등쳐먹는 꽃뱀. 그리고 몸을 파는 창녀.'

그녀는 도저히 그를 찾을 용기가 나지 않았다. 그래도 그가 살고 있는 아파트를 수소문해 알게 됐으며, 그동안 일하고 있는 판교 IT회사를 찾아가 보았다. 놀랍게도 그는 장애를 극복하고 컴퓨터 전문가로 당당하게 일하고 있었다.

"이석우 아니 이민석 부장님은 아주 이론도 밝고 손재주도 많아 앞으로 큰일을 할 겁니다. 그런데 물어보시는 댁은 뉘슈?"

"아, 저도 탈북자입니다. 궁굼해서…….."

"탈북자라고 하셨나요? 그는 같은 탈북자라도 우리 대한민국을 위해 크게 공헌하는 탈북자라고 볼 수 있죠."

"그럼 다른 탈북자들은?"

"아, 대부분 탈북자들이야 기생충이나 마찬가지지요. 뜯어 먹고 얻어 먹으려는…… 공산주의, 배급제도에 익숙한 탈북자들은 거저 주는 거나 받으려고 하지, 에이!"

"……."

그녀는 대답을 못하고 말았다. 그게 사실이기 때문이었다. 그는 아주 자랑스러운 대한민국의 시민이 됐지만 그녀는 대한민국을 좀먹는 기생충이 아닌가? 그녀는 민석이 갑자기 더 위대하게 보였다.

'그럼 나는?'

그녀는 자신이 하고 있는 일에 회의를 느꼈으나 어쩔 수가 없었다.

불과 몇 개월 후 본명을 밝힌 이민석 목사가 망향등대교회를 창립한다는 소식을 듣고 그녀는 무엇인가 그를 위해 하고 싶은 일을 생각해 보았다. 망향등대교회에 매달 헌금을 보내는 일이었다. 그러자 누군가 말했다.

"당신과 같이 몸을 팔아 벌은 부정한 돈은 하나님이 받지 않으신다."

그러나 그녀는 속으로 대답했다.

'내가 보내는 헌금은 부정한 돈이 아니고 내 살과 마음을 깎아 만든 돈이다.'

진주의 고백이 끝나자 민석이 그녀의 손을 잡았다.

"진주 씨 자신을 더 이상 자학하지 말아요. 진주 씨는 죄가 없습니다. 김일성 부자에 의해 우리가 농락당한 것일 뿐이지요. 이젠 우리 서로 의지하며 살아요. 진주, 나 당신을 사랑해."

두만강 다리
271

"안 돼요! 민석 씨, 저를 잊어 줘. 모르는 사람으로……."

"진주 씨, 어제가 바로 크리스마스였어요. 죄 많은 인간들의 죄를 대신해 죽으시러 오신 예수가 나신 날입니다. 예수님이 죽음으로 인간은 죄 사함을 받았지요. 이것이 참 크리스마스의 의미입니다. 진주 씨 크리스마스는 우리를 위해 있는 날이었습니다. 그러기에 우리의 더러웠던 과거는 아주 깨끗이 씻어 졌어요. 진주 씨! 우린 크리스마스로 인해 이제 죄 사함을 받고 자유로운 사람이 됐어요."

진주의 그늘진 얼굴이 맑아졌다.

"제가 크리스마스로 깨끗해졌다고 하는 말 무슨 뜻인지 모르겠어요."

"언젠가 알게 되겠지요."

"아무튼 마음이 편안해지는 느낌이에요."

"그러니 우린 이제 같이 있어야 해요. 헤어지면 안 돼요."

민석은 진주를 크게 허깅했다. 서로의 몸이 따스했다. 진주는 민석의 가슴에서 뿜어 나오는 사랑을 느끼고 있었다. 비로소 진주는 민석을 똑바로 볼 수가 있었다.

"고마워요. 저도 민석 씨를 사랑해요."

다음 다음날, 민석은 진주와 그의 아들을 데리고 자신이 거처하는 작은 아파트로 왔다. 그리고 민석이 제일 먼저 한 일은 진주의 중독을 치료하는 것과 아들을 다독거려주는 일이었다. 모든 것이 순조로워 아들은 학교에 다니기 시작했으며 진주도 마약과 성적 중독으로부터 자유로워졌다.

마침내 그들은 한 가족이 됐으나 다른 사람들의 눈에는 그렇게 보이지 않았는지 여기저기서 수군거리기는 마찬가지였다.

"탈북 목사가 탈북 여성과 결혼도 않고 바람이 나 동거한다네. 조선족 꽃뱀 여성하고 목사가."

"아니래. 옛 고향에서부터 연인이었대. 그런데 중국에서 떼놈한테 겁탈당해 애까지 있다나봐. 안 됐지. 민족의 비극이여."

"그런데도 목사라 달라. 용서하고 지금까지 기다렸으니."

"와! 눈물나네 그려."

그랬다. 그들의 수군대는 소리는 민석의 용서와 사랑 앞에 모두 스러질 뿐이었다.

8
두만강을 건너, 목사가 되기까지

목사가 할 일은 좋은 설교로 신도들을 감동시켜 진정한 크리스천이 되게 하는 것이 무엇보다도 우선이다. 그러기에 이민석 목사는 설교에 최선을 다했다. 탈북자들을 위한 설교와 탈북자를 바라보는 대한민국의 국민들에게 보내는 설교는 균형을 이루고 있었다.

"우리 탈북자들은 하나님의 은혜뿐만 아니라 대한민국이 우리, 탈북자들에게 베풀어주는 혜택도 공짜로 받았습니다. 우리는 참으로 많은 것을 받았습니다. 그러기에 우리도 할 일이 많습니다. 남북통일이 되는 날을 위해 우리도 준비해야 합니다. 우리는 북한에서 살았고 그곳을 누구보다도 더 잘 압니다. 그러기에 남북이 통일되는 그날, 우리는 북으로 가 망향의 등대에 불을 밝히는 것입니다. 이런 일을 할 사람은 바로 우리 탈북자들입니다."

망향등대교회는 크게 성장해 근처에 있는 큰 건물 한 층을 얻어 예배당과 학생 교육관으로 구분했다. 설교도 어른뿐만 아니라 젊은 층, 학생과 청년들을 위해 예배실과 교역자, 선생을 구했다.

어정쩡했던 김진주도 참 회개를 통해 진실한 기독교 신자가 됐다. 김일성 주체사상은 모두 잊어버리고 십계명을 외우게 됐다.

"김일성 부자의 주체사상이란 다 거짓말인 것을 세상에 알리고 고통에 멍든 북한 사람들을 구하는 것이 정말 중요해."

"그래, 그러기에 우리는 이 일에 사명을 걸고 같이 일하자. 날 도와줘. 도와주는 거지?"

"물론이지. 물론."

진주도 큰 소리로 대답했다. 이젠 존대말보다 옛날 회령에서 어린시절에 썼던 그 용어를 쓰기 시작했다. 오히려 더 친근했다.

이젠 모든 것이 해결되어 평탄하고 아무런 문제가 없었다. 그러나 진주에게 한 가지 꼭 알고 싶은 궁금증이 있었다. 왼편 팔과 손을 못 쓰는 불구자요 학교도 제대로 가지 못해 직장도 없었던 이민석이 어떻게 두만강을 넘어 중국을 거쳐 대한민국에 입국했는지…… 그리고 생각도 못했던 목사가 돼 탈북자들을 위해 모든 것을 희생하게 됐는지 너무나 알고 싶었다. 대부분 교인들도 궁금하기는 마찬가지였다. 그러던 어느 날, 이민석 목사의 설교 중 자기 고백을 통해서 자연히 알게 됐다.

"여러분 오늘 설교는 제가 사랑하는 진주 씨가 나에 대해서 궁금해하는 고백도 곁들이겠습니다."

설교 끝에 이민석 목사의 탈북 고백이 시작되었다.

1995년 10월 3일, 부슬비 오는 캄캄한 밤, 그는 회령집을 떠나 두만강을 건너게 됐다. 여동생의 손을 꼭 잡고 강을 건너다가 경비병이 쏜 총에 동생을 잃고 혼자 강을 건넜다. 중국 쪽으로 도망을 간 그를 기다리는 것은 중국 공안과 북한 보위부 경비병들이었다. 그러기에 산속에서 그리고 굴속에서 동물처럼 풀을 뜯어 먹으며 살았다.

그러다 기회를 봐 연길로 갔다. 그곳에서 동포들의 도움을 받아 노동을 하여 돈을 모았다. 다행히 연길에는 조선족들이 많아 언어가 통하여 학교에 가게 됐다. 그곳에서 6년간 공안과 보위부의 눈길을 피해 사는 것이 아주 힘들었다.

참으로 감사한 것은 미국에서 온 교포 출신의 교장 선생이 그를 도와주었다. 그는 미국으로 이민 가 거기서 많은 돈을 벌어 연길에 와 조선족과 탈북자를 돕고 있었다. 민석은 그의 도움으로 연길에 있는 P대학을 마칠 수 있었다.

어느 날부터 중국 공안들이 학교에 와 그를 찾기 시작했다. 낌새를 알아차린 교장 선생은 그를 불렀다.

"이민석 선생, 중국 공안과 북조선 보위부 사람들이 잡으러 왔으니 속히 짐을 싸 센양으로 가 내 친구 주(周) 목사를 찾아 피하시게."

"센양이요?"

"그래, 그는 한족 목사여. 그러니 조금 더 안전하다고 생각하니, 그곳을 통해 중국 거주증을 받도록 노력하게. 오늘 당장 떠나게. 아니면 잡혀 북으로 송환될 수도 있어."

"예."

"아! 그리고 이 선생, 오늘부터 이름을 이석우라고 바꾸시도록…… 이석우(李石友)로!"

"이석우?"

"그래 돌같이 의리 있는 친구로…… 그게 안전하다네."

교장 선생은 자신의 위험을 무릅쓰고 피신을 시켰다.

민석이 연길을 떠난 다음날 북한 보위부원과 중국 공안이 P대학을 찾아왔다. 이민석을 내 놓으라고 설쳤다.

"이민석 씨는 얼마 전에 몽골로 간다고 이곳을 떠났습니다."

"몽골로? 거짓말 마라!"

공안과 보위부원은 경고성 협박을 했다.

"이것 봐 교장 선생! 순순히 이민석을 내 놓으시지. 분명 그는 여기에 있어."

"맞습니다. 그러나 그는 몽골로 갔습니다."

"거짓말 마!"

공안은 의외로 강력했다.

"난, 거짓말 안 합니다."

의로운 교장 선생도 강하게 나왔다.

"교장 선생! 난 당신을 여기서 추방할 수가 있어. 내가 어떻게 말하는 가에 따라서. 당신이 온 것은 교육이지 예수 선교가 아닌 것, 아시지?"

"예수 선교는 개인적인 문제이고 난 여기서 교육을 하고 있습니다."

"잔소리 말고 내놓으라고! 추방당하지 않으려면⋯⋯."

"난 거짓 말 안 합니다. 아시겠죠!"

할 수 없이 공안은 사라졌다. 아무리 뒤져도 그는 이미 연길을 떠나 센양으로 가는 기차에 있었으니까. 하루만 늦었어도 민석은 잡혀 북으로 끌려가 총살을 당했을 것이었다.

연길에서 센양으로 오는 길도 험했다. 센양에서 한족 주 목사를 만난 것은 민석의 인생에서 아주 행운이었으며 앞길을 밝혀준 등대였다.

주 목사가 섬기는 센양 한족 교회는 정부에서 허가한 삼자교회 이기에 숨어 지내기에 아주 안전했다. 그러나 무한은 아니었다.

주 목사는 작은 키에 단단한 체구를 가졌듯이 마음도 그러했다.

친구가 추천해 보낸 민석을 그는 정중히 받아드려 교회에서 어린아이들을 가르치는 선생으로 임명했다.

이석우(민석), 그는 아주 성실히 학생을 위해 가르치며 헌신했다. 비록 북한에서 탈출한 범법자 신분인 이석우의 사람됨을 안 주 목사는 그를 진정한 기독교 신자로 그리고 아들처럼 믿으며 신뢰했다.

이곳에서 2년 반을 체류하며, 중국인민증을 받으려고 노력했으나 얻지 못하고 오히려 그는 여러 차례 공안의 의심을 받았으나 용케 위기를 넘겼다.

주 목사는 그를 보호하기 위해 목사의 사무실 뒤편 벽을 통해 숨는 비밀 장소를 만들었다. 그곳에 들어가면 찾기가 힘들었다. 그러나 이 벽을 비밀리에 유지하기 위해 주 목사는 자신의 모든 것, 생명까지 걸어야 했다. 주 목사와 그를 신뢰하는 이석우는 끈끈한 기독교 형제였기에 가능했다.

주 목사는 석우가 목사가 돼 탈북자를 돕기를 은근히 바랬다. 그러나 석우에게는 아직도 먼 길이었다.

주 목사는 가르쳤다.

기독교는 사랑이요 희생이라고. 마치 소설, 레미제라블에 나오는 잔발잔의 사랑이라고 했다. 비록 쫓겨다니는 신분이지만 잔발잔은 직공의 딸을 찾아가 도와주었다. 죽으면서 딸을 부탁한 직공을 그는 목숨을 걸고 도왔다. 추운 겨울 물을 깃는 어린 고제트의 무거운 물동이를 들어주고 딸로 키운 것은 죽은 직공에 대한 의리의 약속이었다.

석우에게 센양도 안전한 곳은 아니었다. 중국 공안은 그렇다치고 이젠 북한의 보위부원들이 냄새를 맡고 교회를 찾아다녔다. 이젠 한계에 도달했다고 생각될 지음이었다. 체포돼 북조선으로 강제 송환될 가능성이 눈앞에 가까이 다가오고 있었다. 공안에 잡혀 북조선으로 송환된다면 마지막이었다. 죽음 아니면 아오지, 요덕 수용소로 가 쥐도 새도 모르게 죽어야 했다.

그날도 석우는 한족 주 목사의 교회에서 어린 애들을 가르치고 있었다. 주 목사의 교회는 그래도 골조가 단단한 이층 건물로 예배당과 부속실이 있어 여기저기서 배우고 가르치고 있었다.

갑자기 교인 하나가 급히 주 목사의 방으로 달려갔다.

"목사님! 중국 공안과 북조선 보위부원이 이석우 선생을 잡으려고 이곳으로 오고 있습니다. 급합니다. 어서!"

"누가 밀고를 했군! 자, 빨리 행동하자!"

석우는 급히 그 비밀 장소로 잠입해 들어가 숨었다. 순간적이었으며 그동안 여러 차례 이런 일이 있었기에 그 행동이 무척 빨랐다. 그런데 오늘은 예감이 조금 달랐다. 체포하기로 작정한 듯 무기를 들고 들리닥쳤다. 석우는 벽 속에 숨어 밖에서 들리는 소리를 들을 수 있기에 기침소리도 죽이고 일어날 상황을 기다리고 있었다. 그리고 모든 것을 주 목사의 입술에 맡겨야 했다. 그의 한마디로 그는 죽을 수도 살 수도 있기 때문이었다.

주 목사는 담대하게 그의 책상에 앉아 두 명의 중국 공안과 한 명의 보위부원을 맞았다. 장총과 단총 그리고 칼을 보이면서 탈북자 이석우을 내놓으라고 협박했다. 아니면 이번에는 주 목사를 죽이든지 감옥에 보내든지 하겠다고 으름장을 놓았는데 전과 같지 않았다.

"이석우 선생은 여기 없소. 그는 며칠 전 여길 떠났습니다."

"무슨 소릴! 조금 전까지도 본 사람이 있다는데, 그리고 그자는 탈북 범법자여. 이름도 이민석이고……."

"아닙니다. 그는 이석우라고 합니다."

주 목사는 덧붙쳤다.

"이봐. 그놈은 당신을 아주 감쪽같이 속였어…… 이름도 바꾸고……."

공안들은 주 목사를 데리고 사무실과 건물을 샅샅이 뒤지기 시작했다. 석우가 숨어 있는 벽을 총으로 두드려보다가 칼로 찔러보기도 했다. 아슬아슬한 순간이었으나 그는 숨을 죽이고 눈을 감고 기도했다.

탈북자가 발견되지 않으니 공안들은 신경질을 부리며 목사를 데리고 사무실로 들어왔다.

"주 목사! 당신 거짓말 하고 있어. 당장 탈북자를 데려오지 않으면 당신이 죽어!."

"그는 정말 여기 없소. 내 말을 믿으시오. 이미 여길 떠났소."

"어디로 갔어. 어디로……."

"그는 나 몰래 그냥 사라졌소. 연길로 갔는지 나는 모르오."

"연길로? 이봐 그 자는 연길에서 이리로 도망왔는데 거길?"

"예. 그곳에 가서 할 일이 있다고 하면서……."

"이거 봐 여기 숨어 있다는 정보가 들어왔어. 여기 교회에서 감싸주는 모양인데, 안 돼!"

"얼마 전, 그는 신학 공부를 하고 싶다면서 정말로 짐을 쌌소이다."

"신학 공부? 목사가 되겠다고?"

"예."

"그걸 누가 믿나! 목사?"

"맞습니다. 목사……."

"이거! 아직도 거짓말이군, 목사란 것들 다 거짓말쟁이로군."

공안은 핏대를 올리며 30분이 넘게 협박 공갈을 했다. 벽 속에서 듣고 있는 석우는 입을 꽉 다물었으나 마음이 아팠다. 그로 인해 주 목사가 혹시라도 다칠 수도 있고 죽을 수도 있다고 생각하니 벽에서 나와 자수라도 하고 싶었다. 차라리 자기가 죽고 목사가 살아야 한다고 생각했기 때문이었다. 그러나 주 목사의 목소리는 변함없이 한결같았다. 주 목사의 목소리는 떨리고 있었으나 굳건했다. 그리고 흔들리지 않았다.

'목사님. 내가 목사님을 죽이고 있습니다.'

그는 튀어 나가 자수하고 싶었다.

공안과 보위부원은 큰 소리로 협박을 하더니 마침내 칼을 들어 책상에 쾅하고 꽂았다.

"주 목사! 당신 이 칼로 죽어! 어디 있어!"

그들은 신경질을 부리며 소리쳤다.

"제 말을 믿으십시오. 저는 목사입니다."

"와! 자식! 목사? 수작 마, 아직도……."

우락부락한 공안이 참지 못하고 주먹으로 주 목사의 안면을 가격했다.

"악!"

주 목사는 뒤로 나뒹굴면서 의자를 넘어뜨렸다.

"다시 올 테니 그리 알라!"

소리치면서 그들은 밖으로 나갔다. 그들이 물러간 후 혹시나 하는 마음으로 석우는 한참을 더 벽 속에 숨어 있다가 목사의 신호로 밖으로 나왔다. 주 목사의 얼굴은 온통 땀으로 그리고 터진 코피가 얼굴을 온통 페인트칠을 한 듯했다. 무엇보다도 뒷 잔등과 머리에도 온통 땀으로 범벅이 돼 있었으며 옷이 다 젖어 있었다.

"목사님,!"

석우는 주 목사 앞에 무릎을 꿇었다.

"목사님!"

주 목사의 발을 잡고 석우는 눈물을 흘렸다.

'나도 주 목사님처럼 살아야지. 남을 위해…….'

석우는 문득 자신의 목숨이 이젠 자기의 것이 아니라고 느껴졌다. 이미 한 번 죽었다가 다시 산 느낌이었다.

"이 선생, 일어나시지…… 공안은 여기 없어."

"예."

석우는 일어나 주 목사 앞에 가까이 섰다.

"아무래도 여긴 위험해, 여길 떠나 광조우로 해서 대한민국으로 가는 게 좋을 것 같아. 내게 좋은 친구가 있으니 도와줄 거요."

"남조선, 아니 대한민국으로요, 목사님?"

"그래, 그게 좋겠어. 그리고 그곳에 가면 사람을 살리는 좋은 사람이 돼. 목사가 된다면 더 좋겠지만……."

"목사요? 저더러!"

"그래, 이 선생더러……."

그리고 주 목사는 석우의 못 쓰는 왼팔을 꼭 잡았다.

"목사님!"

석우는 눈물을 흘릴 뿐이었다.

얼마 후 주 목사는 석우에게 꽤 많은 중국 화폐를 주고 광조우와 심천에 있는 친구의 주소와 전화 번호를 넘겨주었다.

"반드시 도와줄 거요. 자, 어서 가요. 우물주물하다가 잡혀요."

석우는 간단한 짐을 싸 들고 교회를 나왔다.

중국 남쪽 광조우(廣州)로 가는 길도 험난했다. 공안의 눈을 피하기 위해 북경으로 가 며칠 머문 후 다시 중경을 거쳐 광조우로 가게 됐다.

먼 중국의 역사를 한눈에 보는 듯했다.

청나라 때 병자호란을 이르켜 조선 남녀 50만을 노에로 잡아가 채찍으로 때려 만든 심양의 궁전과 연못에서 한국인의 비극을 보는 듯했다. 삼전도의 치욕으로 인해 줄줄이 잡혀온 조선 사람들과 만주에서 잡힌 탈북자들이 북송돼 가는 모습이 어쩌면 그렇게도 비슷한가. 우리 한민족은 이렇게 살아 온 비극을 아직도 계속해야 하는가.

화냥년(還鄕女)이요, 호로자식(胡虜子息)이 바로 여기에 있었는데, 석우는 스스로 호로자식이라고 생각했다.

셴양을 떠나 북경으로 가는 기차에서 이석우는 셴양에서 만난 은인 주 목사를 곰곰 생각하며 마음의 큰절을 올렸다. 북경에서 하루를 보냈다. 혹시 뒤를 쫓고 있는 공안들을 떼 놓기 위해서였다.

기차는 다시 황하를 건너 중경으로 간다. 아편전쟁으로 몰락한 청나라에 도적떼들이 약탈을 하는 모습이 떠오른다. 순간 펄 벅이란 작가가 쓴 소설 『대지(大地)』를 읽고 있는 듯했다.

배운 것 없고 부잣집에서 식모살이 하던 왕룽의 아내는 마님의 안방 벽을 뚫으면 거기에 진주, 금, 보석들이 숨겨 있다는 것을 보았 듯이 이석우는 대한민국에 가면 자유가 있다는 것과 '목사가 된다'라고 격려하던 주 목사의 의연한 모습이 떠올랐다. 그리고 그가 한 말이 귀에서 쟁쟁 울리고 있었다. 그러나 광활한 중국을 종단해 남으로 남으로 달려가고 있는 기차의 소음에 묻혀버렸다. 혹시라도 공안이 따르지 않나 하는 걱정으로 또다시 중경(重京)에서 하루를 묵고 광조우로 가는 기차를 탔다.

몇 차례 검문을 당했으나 그동안 배운 중국어가 유효해 잘 통과됐다. 다행이 주 목사가 준 돈이 꽤 많았기에 별 어려움은 없었다.

"목사가 되거라. 하나님의 아들, 예수가 우리 인류의 죄를 대신해 십자가에서 처형당했기 때문에 죄에서 자유로워졌다. 이것이 복음이다."

상황이 바뀔 때마다 주 목사의 말씀이 되살아났다.

광조우에서 만난 목사도 역시 한족이었다. 아무 말 없이 며칠간 그의 집에서 머물게 한 후 심천으로 가는 기차를 타자고 했다. 심천, 산악으로 둘러싸인 곳이다. 예날 삼국지에 나오던 촉의 선비 제갈량을 만나는 기분이었다. 남만을 정복했던 제갈량의 숨결이 느껴졌다. 심천에서 석우는 조선족 안내인을 만나 앞으로 해야 할 작전회의를 했다. 석우는 갖고 온 모든 중국 화폐를 안내인에게 주었더니 고개를 끄덕이면서 말했다.

"우린 라오스 국경을 넘어 태국으로 갑니다. 태국 국경에서 혹시 경비병을 만날지 모르니 꼭 나를 따르소. 라오스보다는 더 안전하고 확실합니다. 날 믿고 따르시오."

안내인은 별로 말이 없었으며 얼굴이 몹시 날카로워보였다. 전문 안내인으로서 자신감이 넘쳐흐르고 있었다.

중국, 라오스 그리고 태국의 국경지대는 험한 산악이었다. 라오스로 가는 것보다 태국이 쉽기 때문에 돈을 많이 낸 탈북자들은 태국 쪽으로 안내한다고 했다.

며칠을 산속에서 안내인과 같이 살며 혹시 이 자가 나를 팔아먹지나 않을까 걱정도 했으나 그때마다 주 목사를 생각했다.

"안내인들을 믿고 하자는 대로 하거라. 그들은 나의 형제니라."

마침내 태국 국경에 도착했다고 하며 만일 국경수비대에게 잡히더라도 당황하지 말고 가만히 있으면 안내인이 스스로 해결할 것이라고 했다. 험준한 라오스 북쪽을 잠시 지나자 태국 국경과 초소가 보였다. 그곳을 통과하는데 안내인이 얼마의 돈을 지불하자 석우는 난민으로 취급돼 태국 난민수용소로 이송되었다. 중국을 탈출한 난민이 되었다.

"자, 여기까지가 우리가 할 일이요. 난민수용소에서 여러 가지 질문을 할 텐데 가능한 제 3국으로 보내 달라고 하소. 제 3국을 물으면 대한민국이라고 하소. 같은 민주국가이기에 어느 정도 수용소에 있다가 분명히 보내줄 것입니다."

안내인들이란 결국 국경수비대와 난민수용소와 연계하여 탈북자들을 보내고 있었다. 역시 꽤 큰 돈이 요구되었는데 고맙게도 주 목사가 이를 처리해 준 셈이었다.

"자! 대한민국에서 다시 만납시다."

안내인은 손을 털고 사라졌다.

2003년 여름, 그는 태국 정부와 한국 정부와의 합의로 당당하게 대한민국으로 입국했다. 한강을 건너 서울로 오면서 그는 두만강을 생각해 보았다. 어찌 이렇게 다를 수가 있는가?

한강은 완전히 예술가가 만들어 놓은 그림이었다. 휘황찬란한 전등이 북조선과 완전히 달랐다.

숲을 이룬 빌딩과 육중하며 예술적인 한강 다리가 많았다. 여기저기에 보이는 자동차와 전철을 보면서 '와!' 석우는 감탄했다. 이렇게 남과 북이 차이가 나다니…….

대한민국은 정말 자유의 나라요, 기회의 나라였다. 팔 병신인 이석우에게는 새로운 세계요 기회였다.

"탈북자, 이석우 28세. 고향 회령 2003년 7월 30일."

신고 했다.

국정원에서 3개월간 소양교육과 심사 취조를 받은 후 하나원으로 옮겨 그곳에서 대한민국을 공부하고 익히게 됐다. 많은 목사, 신부들이 와 좋은 가르침을 주었으며 불붙는 기독교 신앙심도 불어 넣어주었다.

혹시라도 두만강에서 손을 놓친 여동생이 살아 있지 않을까? 기적을 기대해 보았으나 소식을 얻지 못했다.

하나원을 나오면서 석우에게 정착금 2000만원과 매달 60만원의 생활비가 5년 지불된다고 했다. 그는 값싼 아파트를 성남시에 얻었다.

비록 장애자이지만 석우는 중소기업체에서 사무직의 직업을 얻었다. 낮에는 일하고 밤에는 컴퓨터를 배웠다.

2년 후 석우는 컴퓨터 기술직의 면허를 얻어 중소기업체에서 자리를 옮겨 큰 회사 기획팀 일을 하게 되었고 월급도 더 많아 저축도 하게 됐다. 그리고 석우는 성남 K교회에서 학생들을 가르치게 됐다.

시간이 날 때마다 석우는 혹시나 해서 동생 정순을 찾았다. 그리고 김진주가 와 있나 하고 찾았으나 아무런 소식이 없어 단념하고 말았다.

2005년 말, 두만강을 건넌 지 11년이 되는 겨울, 석우는 뜻밖의 제안을 받았다. K교회 목사가 그에게 한 말이었다.

"이석우 씨? 신학교에 등록해 목사가 되소. 탈북자들을 돕는……."

"제가? 목사가 되라고요?"

"물론이지요. 목사……."

그는 문득 중국 센양에서, 주 목사가 대한민국으로 가라고 하면서 한 말이 생각났다.

"가서 목사가 되거라. 좋은 일을 해야지. 내가 기도할 거야."

두고 온 고향을 위해 목사가 되자. 그리고 생각보다 너무나 크게 벌어진 남과 북의 사상과 생각을 하나로 묶어주는 일을 할 사람은 우리 탈북자가 적격이라고 생각했다. 자본주의를 이해하지 못하고 자유가 무엇인지 모르는 탈북자들을 위해, 탈북자들에게 편견을 갖고 무시하는 남한 사람들에게도 교육을 할 수 있는 좋은 촉매의 역할은 역시 목사가 제격이었다.

석우는 직장을 다니면서 신학교에 등록했다. 그리고 4년이면 되는 공부를 7년이나 걸려서 정식 목사가 됐다. 가슴이 벅찼으며 벙벙 뛰었다. 석우는 직장을 사임하고 망향등대교회를 설립해 창립예배를 보게 되기까지 그의 길은 천로역정(天路驛程)이었다.

비로소 그는 가명 이석우를 버리고, 본명 이민석을 떳떳하게 쓰게 되었다.

9

가정의 조건

인간의 욕망중 하나는 결혼하여 가정을 갖는 것이라고 한다. 결혼을 통해 사랑을 구현하며 성을 통해 인간을 번식하게 된다. 이렇게 이루어진 가정은 행복의 최소 단위가 된다.

이민석과 김진주는 회령에서 태어나 그곳에서 자라 서로를 사랑하였다. 그러나 고난의 행진 이후 생명의 위협을 느껴 각각 남조선, 즉 대한민국으로 탈북해 서로 만나게 됐다. 그러나 결혼에 필요한 사랑은 있으나 사회적 규제와 법 때문에 결혼을 하지 못했다.

결혼을 위한 순결을 지키지 못한 죄책감이 바로 그것이었다. 비록 본인의 의사는 아니나 강제에 의해 이미 진주는 한족과 결혼해 가정을 이루고 살아 왔으며 자녀를 두고 있기에 다시 결혼을 한다는 것은 엄연히 사회법과 윤리에 어긋나는 것이 하나 둘이 아니었다. 이런 상황에서 이민석과 김진주가 같이 한 집에서 살고 있다는 것은 비난의 대상이었다.

그들은 물리적으로는 이민석의 아파트에 같이 살고 있다. 비록 각각 다른 방을 사용하며 성적인 접촉은 없다 해도 밖에서 보는 눈은 그렇지 않았다.

"진주, 나 당신과 정식으로 결혼을 하려고 해. 받아줘."

"안 돼! 난, 더러운 사람이여. 당신의 아내가 될 수 없어."

민석의 청혼에도 불구하고 진주는 공식적인 결혼을 허락하지 않았다. 한 방을 같이 쓰거나 같은 이불을 덮고 자는 것도 아닌데 그들의 동거는 불륜한 상황으로 보였다.

"목사가 탈북 여성과 같이 동거를 하다니. 안 돼지."

"아냐, 그들은 사랑하는 사이여. 그게 무슨 문제여."

"아니 중국, 한족 남자와 결혼해 애도 낳았는데, 말이 안 돼지."

"그거야, 어쩔 수 없는 탈북 때문인데 안 될 것 없어."

"그래도 그렇지, 한족 남편이 시퍼렇게 살아 있는데……."

주위 사람들의 말과 의견은 각각 분분했다.

"진주? 대한민국으로 온 것 잘했지?"

"물론 이지. 여기가 에덴 동산인가 봐. 그보다도 민석, 당신과 같이 있는 그것 자체가 좋아."

그들은 젊은 남녀였다. 그리고 그들은 하나님과 모든 사람들에게 감사하며 사는 교회 목사요 그의 내연녀였다. 오늘도 이민석 목사는 정식으로 결혼식을 올리자고 요구했다.

"아무래도 우리 정식으로 면사포 쓰고 결혼합시다. 진주."

"……."

이번에는 대답이 없는 것으로 보아 결혼식을 올리고 싶은 의사가 있는 것으로 양보가 된 듯했다.

"아니면 결혼신고라도 먼저 하면……."

"그건 더 안 돼."

"우리 다음달, 정식으로 결혼예식을 합시다. 반지도 끼어주고."

민석은 아예 다음달에 결혼하겠다고 날짜까지 정했다. 진주는 대답을 하지 않았으나 마음 속으로는 기뻤다.

"허락한 것으로 알고 다음달 15일로 준비할 게."

민석은 일방적으로 결정을 했다.

그런데 언제부터인지, 진주는 유달리 피곤하며 입맛이 떨어지고 소화가 되지 않음을 느꼈으나 약혼자 이민석 목사에게 말하지 않았다. 바쁜 그에게 부담을 준다고 생각했기 때문이었다.

아침에 아들(엄밀히 치면 한족의 아들)이 학교에 가고 이 목사마저 교회로 달려가고 나면 진주는 설거지, 세탁 그리고 청소를 했다. 아침 일이 끝나면 그녀도 역시 교회에 가 교회 일을 돕는 것이 일과였다.

결혼식을 약속한 지 2주 후, 집에서 세탁을 하고 있던 진주는 오늘 따라 유달리 메스꺼움을 느꼈다. 갑작스레 그녀는 구토가 나며 배가 아프기 시작했다. 아침에 먹은 음식이 소화가 잘 되지 않았는지 검은 색과 붉은 색이 섞여 있었다.

'아니? 피가 나는구면……'

그녀는 피를 보자 갑자기 현기증을 느끼면서 부엌 바닥에 쓸어졌다. 정신을 차리고 일어나려고 애를 썼지만 점점 더 가물가물 어두워지더니 소리마저 들리지 않았다.

"도와 줘요!"

소리를 쳤으나 목소리가 나오지 않았다. 그녀는 그만 정신을 잃었다. 학교를 마치고 돌아온 아들이 이를 발견하고 119에 전화를 해 응급차를 타고 분당 서울대학병원으로 실려갔다. 얼마 전에도 실려왔었기에 그녀의 기록이 있어 즉시 치료를 받으면서 보호자인 이민석 목사에게 연락이 됐다. 이 목사가 연락을 받고 달려가 보니 그녀는 아직도 정신을 잃고 입원해 있었으며 혈액 수혈을 받고 있었다.

"이 목사님? 부인의 상태가 조금 심각합니다."

"심각하다니, 어디가?"

그는 부르르 떨었다. 너무 긴장이 돼서였다.

"보시다시피 빈혈이 심한 것은 물론이고 황달이 생겼군요. 혹시 이 근자에 어지럽거나 메스꺼워하는 증세를 못 보셨나요?"

"아, 예. 사실 목회 일이 바빠서 미처 신경을 쓰지 못했습니다."

"아무래도 간에 이상이 있는 것 같아 복부 단층(CT)촬영을 했습니다. 그런데……."

"그런데라니요?"

"간에 꽤 큰 혹이 몇 개가 있는 것으로 봐 발병된 지가 꽤 오랜 것 같습니다."

"그렇다면, 간암이라도?"

"아직 속단은 하지 마시고, 조직검사를 해봐야겠지만 그럴 가능성이 많구요. 전이도 된 것 같습니다."

청천벽력이었다. 어떻게 이런 일이 생기다니…… 한참 즐겁고 행복한 우리 가정에…… 생각해 보니 지난 1년, 그녀를 만나 같이 동거를 하면서 그녀는 아주 힘들어 보였으나 아프다고 말을 하지 않았음을 알게 됐다.

기가 막힐 노릇이었다. 정밀 진단 결과 간암 말기로 이미 임파선은 물론 다른 장기로도 전이가 된 상태였다.

"수술은 힘들고, 항암치료를 해도 되겠으나 큰 효과는 없을 것 같습니다."

암 전문의사가 일러 준 말이었다.

"그렇다면 아무 손도 못 쓰고 죽어야 한단 말이군요?"

"그렇게 봐야 겠지요."

"그런데 금년 겨우 39세의 젊은 나이에 간암이라니, 말이 됩니까?"

"아, 환자는 이미 간염 B형과 C형보균자였구요, 게다가 과음을 한 것이 간을 아주 급속하게 망쳐 놨군요."

"간염과 알콜이란 말이군요."

"그렇습니다. 술만 하지 않았어도……."

암 전문의사는 안타까운 듯이 말했다.

"그럼, 이젠 기도하고 하나님에게 매달리는 수밖에……."

이 목사는 두 손을 불끈 쥐었다.

"하나님! 왜 이토록 매정하신가요? 내가 비록 목사라고 해도…… 너무 하시군요. 북한을 겨우 겨우 탈출해 만주에서 노예처럼 그리고 한족에게 시달리고…… 라오스를 거쳐 여기 한강을 건너 대한민국으로 왔는데…… 겨우 사랑하는 사람을 만나 이제 슬픔을 달래고 위로 받으려는데…… 하나님, 나, 목사 안 할랍니다. 너무하십니다."

이 목사는 하나님을 원망도 해 보았다.

"민석 씨, 항암치료도 방사선 치료도 다 안 할 거예요. 내가 지은 죄의 대가를 치러야지. 그래도 나는 민석 씨를 만나 행복했어요. 나를 용서해주고 받아 준 것만도 고마워. 하나님이 오라고 부르셔. 조금 일찍 가는 것뿐, 행복했어요."

그녀는 담담히 받아드렸다.

탈북자들은 물론 많은 사람들이 그녀를 위해 기도하고 도와주었다. 그러나 차도는 없었다. 점점 더 수척해지고 먹지 못하고 숨쉬기도 힘들고…… 그녀는 죽어가고 있었다. 그녀는 생명이 꺼져 가면서도 민석과 같이 있는 것이 행복했다.

비록 인정받지 못한 가정이었으나 진주에게는 후회 없는 가정이었다. '가정이란 사랑의 고리가 단단해야 건강하다.' 그렇게 생각하면 그들의 가정은 건강한 가정이요, 행복한 가정임에 틀림이 없었다.

이민석 목사처럼 진주도 결혼을 간절히 원했으나 사회적으로 지탄의 대상이었기에 감히 말을 꺼낼 수가 없었다.

먹고 살기 위해 마지못해 한족과 결혼해 애를 낳은 것도 분명 결혼이요, 가정임에 틀림이 없다. 게다가 말도 없이 남편을 버리고 대한민국으로 온 것도 배신이요, 간음에 해당된다고 생각했다. 그러기에 아무리 사랑하는 민석이라고 해도 10계명을 어기는 것이었다.

진주는 교회와 사회에서 수군거리고 있다는 것도 알고 있었다. 그러나 그보다 더 큰 이유는 진주 자신으로 인해 사랑하는 민석 씨가 더 좋은 결혼을 하지 못한다고 생각하니 차라리 그에게 길을 열어주는 것이 도리라고 생각되었다.

'나 때문에 민석 씨가 좋은 결혼을 놓친다면 그것은 전적으로 나의 이기심 때문이다.'

그럼에도 불구하고 민석은 결혼식을 하겠다고 선언했지만 그녀의 병이 중하고 보니 결혼식을 거행하기는 불가능했다. 진주의 병세도 악화되고 있어 스스로 일어나기가 힘들었다.

며칠 후, 이민석 목사는 동료 목사를 데리고 집으로 왔다. 진주는 눈을 감고 누어 있다가 눈을 떴다. 예상은 했으나 약속한 대로 결혼식을 올리겠다고 동료 목사를 대동하고 집으로 온 것임을 알게 됐다.

"안 됩니다. 우리는 결혼할 수 없어요."

진주는 생각보다 완강했다.

"김 목사님, 우리는 회령에서 태어나 서로 사랑했습니다. 그리고 우리는 두만강을 건너 여기 한강이 평화롭게 흐르는 대한민국에서 다시 만났습니다. 우리는 서로 사랑합니다. 결혼하려고 합니다. 아니 결혼해야 합니다."

민석은 동료 목사에게 강하게 요구했다.

"이 목사님, 알겠습니다만 진주 씨에게 다시 물어 보렵니다."

"김진주 씨, 여기 이민석 목사는 당신과 꼭 결혼을 하겠다고 합니다. 여기 반지도 준비해 가지고 왔습니다. 진주 씨는 민석 씨를 사랑하십니까?"

"예. 사랑합니다."

"그럼 결혼하시렵니까?"

"아니요. 결혼은 안 됩니다. 못합니다."

"왜죠?"

"자격이 없어요. 저는 더러운 사람입니다."

"우리 인간은 누구나 다 더럽습니다. 진주 씨는 자격이 있습니다."

"그래도 저는……."

"하나님이 기뻐하신다면…… 결혼할 수 있습니까?"

"……."

"진주 씨, 이민석 씨와 결혼하시렵니까?"

"……."

그녀는 대답을 하지 않았다. 김 목사는 다시 한 번 진주의 손을 잡고 물었다.

"진주 씨, 이민석 씨는 당신을 아내로 원합니다."

"……."

역시 대답이 없었다.

"한번만 더, 마지막으로 묻습니다. 목사 이민석 씨는 당신을 용서했습니다. 결혼을 하시렵니까?"

진주의 음성이 떨렸다.

"예. 용서해 주신다면……."

"용서라니, 진주 씨? 난 당신을 회령에서부터 기다린다고 했는데."

이민석 목사의 음성도 감격으로 떨렸다.

"그렇습니다. 하나님은 우리 인간의 죄를 용서하시려고 자신의 귀한 아들을 십자가형이라는 아주 부끄러운 방법으로 처형하셨습니다. 그리고 우리 인간들의 더러운 죄를 깨끗이 용서하셨습니다. 이것이 십자가의 용서입니다. 진주 씨는 물론 민석 씨의 죄도 다 용서가 됐듯이 이제 후로는 죄에서 자유로워졌습니다. 믿으십니까? 진주 씨?"

"예. 믿습니다."

"그럼 됐습니다. 진주 씨는 이제 민석 씨를 사랑하고 서로 한 몸이 될 자격을 가졌습니다."

김 목사는 진주와 민석의 손을 같이 잡고 말했다.

"고마워요. 그리고 사랑해요."

그녀의 얼굴에서 눈물이 흘러내렸다. 행복하고 기뻐서였다. 지금까지 마음속에 먹구름처럼 끼어 있던 불륜이란 수치심이 한순간에 십자가의 사랑으로 자유로움을 느끼고 무한한 행복에 젖었다. 민석은 준비해 온 반지를 진주의 손가락에 끼워주었다.

"진주 씨, 당신은 나의 사랑이요, 아내입니다."

"고마워요."

그들 사이에는 잠시 침묵이 흐르고 있었음은 이 즐거움을 말로 하기보다 마음속으로 다짐하는 편이 더 즐거웠기 때문이었다.

'결혼과 가정이란 즐겁고 행복한 것이요 누구나 추구하는 욕망인데 이것이 오늘 실현되다니……'

길고 어려웠던 39년의 세월이었다.

"저-민석 씨, 이 반지 나 죽더라도 내 손에서 빼지 말아요. 영원히……."

"그래요."

민석은 큰 소리로 약속했다.

"그리고 민석 씨, 조국 통일이 되면 '두만강 다리'가 되셔요. 피눈물 흘리지 않고 넘나드는 다리 말입니다. 그리고 부디 회령으로 돌아가 이밥에 고깃국은 커녕 굶주려 죽게 된 친척들과 친구들에게 희망을 심어 주는 목사가 되셔요. 민족이 없는 가족이란 있을 수가 없지요. 민석 씨."

그녀는 더듬거리며 민석의 손을 꼭 잡았다. 그녀는 너무 행복했다. 그리고 민석이 자랑스러웠다.

"물론이지, 두만강 다리가 되리다. 그런데 왜 그런 부탁을 하지?"

"나. 그냥 행복해서. 행복해서……."

그녀는 반복해서 말했다.

"여기 두 분, 참으로 어렵게 만나 결혼을 하셨습니다. 사랑하기 때문에…… 하나님! 여기 두 사람, 부부가 된 것을 축복하소서. 아멘."

김 목사는 두 사람의 결혼을 축복해주었다. 행복을 느끼며 진주는 이내 잠이 들었다. 그리고 멀리 회령과 두만강을 오가는 꿈을 꾸고 있는지 미소를 짓기도 했다. 그 모습이 너무나 아름답고 귀엽고 사랑스러워 보였다.

한편 그녀의 지나온 세월이 안타까웠다. 이 순간을 그토록 기다리며 두만강을 건너고 메콩 강을 건너 마침내 한강을 지났는데, 이들 강물은 그녀의 기쁨을 알고 있는지…….

그리고 정확히 12일 후, 진주는 분당 서울대학병원으로 실려가 그곳 응급실에서 운명했다. 민석의 손을 꼭 잡고…… 죽기 전 진주는 남편 이민석 목사에게 한 가지 부탁을 했다.

"남북한이 통일되면 고향에 돌아가 부모님 산소가 있으면 내 대신 큰절을 올려주소서. 부모를 모시지 못한 딸을 용서해 달라고…… 대신 남조선, 아니 대한민국에 와 사랑과 겸손을 배웠노라고…… 그리고 밤낮으로 기도드렸노라고…… 하나님에게……."

두만강 다리

그리고 진주는 정확히 39살 하고 3개월, 젊은 나이에 숨을 거뒀다.

3개월 후, 성남시청에 기재된 호적초본을 조회해 보니 다음과 같았다.

> 탈북자 이석우(李石友), 본명 이민석(李民石)으로 고침. 호주. 2003년 입국.
> 탈북녀 마진선(馬珍仙), 본명 김진주(金眞珠)로 고침, 이민석의 처. 2008년 입국, 2014년 7월 14일 사망.
> 탈북자 마기혁(馬基赫), 이민석의 아들로 입적, 이기혁(李基赫)으로 고침. 2008년 입국. ✈

※주 : 탈북자 모임, 힐링 킹돔(Healing kingdom)에서 탈북자들의 눈물을 손으로 만져 볼 수 있었다.

신체와 마음을 초월한 사랑 방정식

이덕화 _ 문학평론가, 소설가, 평택대 명예교수

　이 작품집을 내는 연규호는 연세대 의대를 졸업하고 미국으로 이민 간 몇십 년의 삶을 통한 교포 사회의 문제점과 또 의사로서의 경험을 작품에 많이 반영하고 있다. 특히 이번 작품집의 의학소설 7편은 전문직 의사 소설가가 아니면 쓰기 힘든 '마음의 이론'에 의해 몸과 마음이 서로 영향을 받는 상호관계에 대해 의학적 이론을 적용, 작품을 서사화하고 있다. 요즈음 우리 학계에도 서사를 통해 마음의 신체화를 분석한 인지 서사학적 연구가 등장하고 있다. 그러나 정작 작품으로 마음의 신체화를 소설로 쓴 작품은 찾아보기 힘들다. 그럼 의미에서 이번 연규호의 작품집 『두만강의 다리』에 실린 7편의 의학소설은 의미가 있으며 인지 서사학적 연구에 도움이 될 것으로 믿는다. 이 작품집에 또 포함된 2편의 탈북소설은 탈북민의 삶을 주체화하는데 방해하는 요소가 무엇인지 서사를 통하여 분석해 보겠다.

신체화된 마음과 서사

인간의 마음은 세계와 분리된 정보처리가 아니라 몸을 근본 지평으로 하여 환경과 상호작용하는 '신체화(embodiment)'로써 가능한 활동이다. 근대 서구 철학이 주장하듯이 이성은 탈신체화된 인간 특유의 어떤 능력이 아니다. 이성은 몸에 의해, 두뇌의 신경 구조의 세부 내용에 의해, 세상에서 우리의 일상적 기능이 세부 사항에 의해 결정적으로 형성된다는 것이다. 인간의 마음은 신체적 경험, 특히 감각운동 경험에 의해 형성된다는 것이다. 또한 인지적 무의식(cognitive unconscious)이란 무의식이 억압되어 있다는 프로이트적 의미가 아니라 의식이 접근할 수 없으며, 너무 빨리 작용하기 때문에 집중할 수 없는 방식으로 인지적 층위 아래에서 작용한다는 것이다.

신체화된 마음 이론을 집대성한 마크 존슨은 「몸의 철학」(1999)에서 우리가 일상적으로 몸과 마음이 분리되어 있다고 느끼는 이유는 세계를 자동적으로 경험하는 무의식적 신체 과정이 은폐되기 때문이라는 것이다. 예를 들면 정서 경험은 복잡한 신경, 내분비 과정에 기초하고 있음에도 우리는 그 과정에 대한 체인식(felt awareness)을 가질 수 없다. 이러한 '자기 은폐적 몸의 성향'은 잠재적인 테카르트주의의 신체적 기초로, 비신체화된 사고에 대한 관념을 강화하는데 기여해왔다.

이런 이론들은 '마음'과 '몸'이 둘이 아니라 한 유기적 과정의 두 양상이기 때문에 우리의 모든 의미, 사고, 언어가 신체화된 활

동의 미적 차원에서 발생한다는 것이다. 자아는 신체화된 마음에 근거한 '이야기'로 구성되며, 자신을 안다는 것은 자신을 해석하는 일이고 자신을 해석한다는 것은 이야기 속에서 다른 기호와 상징들 속에서 특별한 매개를 발견하는 것이다. 이야기가 한 인물의 성격을 구축함과 동시에 인물의 정체성을 만들어가는 플롯만이 역동적인 정체성을 구성한다. 몸-마음의 질병-치유를 다루는 서사는 상대적으로 신체성이 적게 나타나는 다른 텍스트들보다 연구의 대상으로 훨씬 적합하다.

이번 연규호의 의학소설들은 실제 46년간 의사로서 근무했던 경험을 중심으로 '뇌과학'의 과학적 근거를 가지고 쓴 소설이기 때문에 질병을 다루는 다른 소설들보다 '마음의 이론'으로 분석하기에 더 적합하다. 서사의 신체성 나아가 신체화 양상을 탐사하기 위해서는 '신체화된 특수성'을 만들어내는 문학 작품이 매우 중요하다. 기존 연구들에서 '질병 서사(illness narrrative)'라는 문학주제학의 용어로 신체의 질병 혹은 정신병리를 주된 모티브로 채용하는 서사텍스트를 포괄적으로 지칭한다.

'마음의 이론'을 통한 인물의 마음 읽기

'마음의 이론'이란 마음이 어떻게 이루어져 있으며 이것이 행동에 어떠한 영향을 미치는지에 대한 이해를 일컫는다. 신체화 양상을 중시하는 마음의 이론을 적용한 작품에서는 플롯보다 체험성을 중시한다. 즉 가장 직접적으로 마음으로 존재하는 주인공의 실존과 그 사건에 대한 체험을 중시한다. 작품「마음의 행적」
「해마(海馬)」「해마 2」「오진(誤診)」「삼차신경통」에서는 플롯이나
서사성보다는 주인공의 실존과 그의 사건에 대한 체험이 중시되
는 작품이다.

「마음의 행적」은 치매에 걸린 어머니의 실존에 대한 의문을 제
기한 작품이다. 뉴질랜드로 이민 가서 살고 있는 아들인 화자는
치매로 양로 병원에 입원해 있는 어머니를 위해 귀국하지만 어머
니는 정작 화자인 석호를 알아보지 못한다. 이 작품에서는 치매
라는 병 자체, 어머니의 치매라는 신체성에 주목하여 자식들조차
알아보지 못하는 마음이 텅빈, 치매 어머니가 과연 자신의 어머
니라고 할 수 있는가라는 의문을 가지고 치매라는 병을 의학적으
로 탐구하는 작품이다. 치매의 여러 현상들을 어머니를 통해 보
여주며 마음이 텅빈 어머니라는 신체성을 극화시켜 보여준다. 이
작품은 치매에 걸린 마음이 텅빈 어머니라는 서사적 모티브와 주
제로서 치매라는 표면적 스토리 차원에서 인간에 대한 이해에 기
여하며 더욱 구체적으로 마음과 신체가 어떻게 상호 연관되는가
를 치매를 통하여 구체적으로 서술된다.

"(중략) 불교에서는 마음은 가슴에 있다고 하며 심장을 가르치지만
사실 마음은 뇌에 있답니다. 결국 뇌의 여러 기관들, 즉 시각, 청각,
후각 촉각 등이 대뇌와 연결되며, 대뇌변연계를 통해 대뇌에 저장된
정보를 유출해내는 과정이 마음입니다. 그런데 뇌가 중요하지만 몸 자
체와 주위 환경에 큰 영향을 받는 것으로 보아 마음은 뇌와 몸, 전부가

연관된 것이지요. 치매는 대뇌의 세포와 해마의 세포가 완연히 작아지고 숫자도 감소하는 데 이를 알츠하이머라고 부르지요. (중략)"(24p)

이 서술은 화자의 아내가 의사의 말을 인용하여 서술한 내용이다. 마음이라는 것이 '대뇌에 저장된 정보를 유출해 내는 과정'이며 주의 환경에 큰 영향을 받는 존재로서 인간의 실존을 잘 드러내는 말이다. 즉 신체화된 사회적 창조물로서 인간은 몸에 근거해 의미를 만들고 대화를 할 수 있다는 것을 보여준다. 그러나 뇌의 파괴나 부분 경색으로 오는 치매는 살아있지만 상대방과 상호 주체적 대화관계를 할 수 없는 텅빈 상태의 몸인 것이다.

아들이나 가족은 알아보지 못하지만 성경 시편 23편을 통째로 외우고 또 찬송가까지 부르는 기적을 어머니는 가끔 보인다. 이에 대해서도 의사의 의학적 논평이 따른다. 즉 의사는 해마를 통해 단기 기억은 대뇌로 이동 돼 장기 기억으로 변해 의식에서 무의식 속으로 저장된다. 그러다 어떤 눈에 띄는 자극에 의해서 숨어있던 기억을 실타래 풀어내듯이 하나하나 풀어낸다는 것이다. 그것이 바로 시편 23편을 외운다는 것이다. 그러나 화자는 인간이라는 존재에 대해 과학적 뇌과학의 이론을 넘어선 무언가 다른 존재라고 믿고 싶어한다. 뇌가 비록 파괴되었다해도 몸 전체에 스며들어있는 감각, 심장과 심장으로 연결되는 살아있음의 에너지를 믿고 싶은 것이다.

나는 어머니를 더 강하게 꼭 안아주었다. 두근두근, 펑펑 뛰는 것이 느껴졌다. 어머니의 심장이었다. 그리고 그 속에 내 마음이 들어가 있는 듯했다. 의식, 무의식, 기억 그리고 마음이란 뇌에 있다고 하지만 어머니의 마음은 분명 내 가슴에 있는 것이 확실했다. 어머니의 마음은 바로 내 가슴속에, 내 마음은 어머니의 가슴속에 들어 있었다. 나들이 나갔던 어머니의 마음과 멀리 뉴질랜드에서 찾아온 내 마음이 빈 집을 꽉 채웠다. 그리고 훈훈하고 밝은 새집이 됐다. (31p)

'마음의 이론'에서 인물의 신체화 측면을 강조, 서사화 과정을 해석하는 것은 신체화된 인물(embodied), 즉 이 작품에서처럼 어머니라는 존재가 서로 상호주체적 관계를 가지는 마음조차 없는 치매 상태의 어머니를 통해 마음과 몸에 대한 사회적 인지가 신체와 분리된 정신이 수행하는 내부 과정이 아니라 신체화된 행동의 형태라는 점을 강조하기 위한 것이다. 그러나 위의 인용문처럼 화자는 치매 상태의 어머니가 보여준 시편 23편을 외우는 기적을 통해 인간은 신체를 초월한 그 이상의 존재임을 확인하고 싶고 믿고 싶은 것이다. 치매 상태에서도 자신이 사랑받을 만한 존재이고 가치있는 존재임을 증명해 줄 수 있는 어떤 것을 드러내고 싶은 것이다. 그것이 바로 인용문처럼 가슴이 '두근두근' '펑펑 뛰는' 살아있음의 존재의 확인이다.

「해마」「해마 2」에서도 위의 작품과 마찬가지로 인물의 실존의 문제와 사건이 부각되는 작품이다. 「해마」에서는 뉴욕 퀸즈에 살고 있는 30대 여성이 갑작스런 성격 변화로 식칼로 어린 딸을 살해한 사건을 중심으로 이야기가 전개된다. 살인죄를 적용하려는 검찰과 정신병 환자의 병적인 판단 미숙이라는 변호인과의 갈등을 중심으로 이 여인의 의학적 검증 단계가 이 작품의 서사 과정이 된다. 살인 사건을 일으킨 이 여인은 결국 정신병도 아니고 고의적인 살인도 아닌 대뇌변연계 즉 해마의 앞 부분에 약 5센티 크기의 암덩어리로 인한 것이라는 것이 판명, 무죄 선고를 받는다. 그러나 이 여인은 1년 형을 살고 감옥에서 석방되었지만 딸을 죽인 죄책감으로 결국 자살로 마감한다.

이 작품은 인간의 마음이 몸에 예속되어 있음을 보여주는 극명한 예를 서사화한 작품이다. 병중의 인물은 몸-마음과 신체상의 변화를 통하여 자기 신체와 내면을 향하여 민감한 시선을 갖게 된다. 이 작품은 원래 성품과 전혀 다른 인격이 암덩어리로 인해 발생한다. 그로 인해 돌이킬 수 없는 삶의 굴곡, 자신의 아이를 살해하는 참혹한 비극이 일어난다. 그것은 병을 앓고 있던 중의 신체상의 변화로 일어난 인재였다. 그러기에 아이의 죽음을 체험하지 못한 가운데, 자신이 살해했다는 사실은 정상적인 아이에 대한 애도가 이루어질 수 없다. 엄마로서 자신이 기억 속에서 아기의 기억을 지우는 애도를 통해서 상실을 딛고 일어나야만 하는데, 아이의 상실 자체에 대한 체험이 빈 상태에서 정상적인 아이에 대한 애도가 일어나기 힘들다. 아이는 여전히 인물의 가슴속에서 살아 움직이고 스스로 자기화를 하는 데 실패, 우울증에 시달릴 수밖에 없다. 우울증은 아기의 유령과 떨어지지 않는 자기 집착 속에서 유령과 함께 사는 것이다. 산 자의 가슴속에 아이의 무덤을 만드는 것이다. 결국 자살할 수밖에 없다.

「해마 2」에서는 22세의 예일대학을 중퇴한 한국계 미국인 김정운이라는 젊은 청년이 전과 4범으로 성품이 잔인하고 원인 모를 간질병을 앓으며 정신 병동에 갇혀 있다 간호사를 갑작스럽게 공격, 목뼈가 부러져 응급실로 실려간 사건을 계기로 이 인물이 관심의 대상으로 부각, 이 인물에 대한 신체적인 행동을 주목하면서 서사가 전개된다. 아버지의 폭력으로 문제아로 자라다 아버지를 떠나 삼촌과 동거하면서 고등학교에서 여자친구를 만나면서 새롭게 변화, 예일대학까지 입학하게 된다. 그러나 아버지가 다시 나타나 김정운에 대한 관심을 가지면서 옛 성격으로 되돌아가 흉폭하게 변화, 연쇄적인 범죄를 저지른다. 이 인물의 변화된 신체성은 마음을 통하여 신체의 변화에도 영향을 미치지만 순환의 고리를 만들어낸다.

삼촌과 함께 살던 시절 고등학교 때 만났던 여자친구와의 사랑으로 뇌에서 나온 옥시토신 호르몬의 분비에 의해 순하고 착한 사람으로 예일대학까지 갔으나 그러나 아버지의 출현으로 아버지가 저지른 어릴 때의 폭력에 대한 기억이 되살아나며 신체성의 특정한 부위 뇌의 해마에 옥시토신이 공급되지 않는다. 그리고 다시 흉악범으로 변화하는 신체상의 변화가 악순환의 고리로 이어진다. 신경과 의사의 예리한 통찰력으로 사랑을 회복시켜 치유와 회복으로 이어지면서 몸-마음의 새로운 변화 국면을 맞게 된다.

"그래요! 그것을, 측두엽 간질(Temporal lobe seizure)이라고 하지. 그리고 간질에서 깨어난 후 그는 아주 다른 사람처럼 행동을 했겠지?"

"예. 바로 그거에요. 완전히 다른 사람, 아니 짐승처럼 보이더군요."

마리아는 과거를 회상했다.

"그랬던 그가, 언제부터인가 간질 증상이 없어지고 얼굴에 환한 평화가 왔겠지. 모르긴 해도 마리아, 당신의 웃음과 사랑 때문에 그의 뇌에서 옥시토신 호르몬이 더 분비가 됐을 거야. 그리고 둘은 사랑하게 됐겠지, 아니 사랑에 빠졌겠지. 마리아!"

"예. 그랬어요. 우린 서로 사랑했어요."

"그런데 '척'이 아버지를 만난 후부터 얼굴에 평화가 사라지고 성격이 나빠졌겠지. 그런데 마리아가 여기 온 후부터 '척'은 옛날처럼 점점 좋아지고 있어요. 물론 A-21이라는 약효과도 같이 작용을 하고 있지만."

닥터 강은 마리아의 마음을 꿰뚫는 듯이 설명을 했다.

환자는 마리아가 온 후부터 약을 잘 복용했으며, 누가 봐도 새로운 사람으로 변하고 있었다.

"닥터 강? 한 달을 달라고 했는데 과연 좋아지는군요. 정신병이 아니고 신경병이라고 했죠. 그럼 완치가 되는 거요?"

병원장이 물었다.

"예. 완치가 됩니다. 분명 측두엽과 해마 그리고 편도체가 정상으로 될 겁니다. 물론 CT(뇌 단층)촬영으로 증명할 수 있습니다." (73-74p)

위의 인용문처럼 유기체적 질병은 몸 이미지를 변형시키는 감각을 유발한다. 그러기 때문에 성격의 변화를 통하여 질병이 일

어나기 이전의 성격과 전혀 다른 사람으로 변화한다. 유기체나
영향을 받은 신체 부위는 따라서 감각의 증가나 변화, 왜곡 현상
에 의해서 자신을 강화시키거나 다시 인간 이전의 모습으로 변화
한다. 몸 이미지의 변화는 인물의 심리적 상태와 일반적 상대방
과의 관계에도 영향을 미친다. 작품의 초점인물 척이 여자친구를
죽인다는 협박에 여자친구가 두려움으로 서로 상호주체적인 관
계가 될 수 없음을 간파하고 떠난 이후 악순환은 반복된다. 신경
과 의사의 간곡한 부탁에 의해 여자친구의 사랑을 다시 회복함으
로 치유가 가능했다. 이 작품은 사랑하는 마음이 신체에 영향을
끼쳐 병이 쾌차함으로 마음과 신체가 어떻게 서로 교섭하는가를
몸의 이미지를 통하여 잘 보여주고 있다.

「삼차신경통」의 초점인물 미스 맥나이트는 3살 때 한국에서
미국으로 아일란드계 양부모에게 입양된 고아였다. 양부모의 넉
넉한 경제력으로 별 어려움을 겪지 않았지만, 피부색이 다르다는
이유로 혹은 다른 인종적 차별로 스트레스를 받으면서도 브라운
대학에 입학한 수재였다. 그러나 어릴 때부터 가끔 앓았던 편두
통이 본격적으로 그녀를 괴롭힌 것은 브라운대학에 입학한 해부
터였다. 편두통의 원인이 다양해 내과에서 치과까지 각종의 진단
을 다 받았지만 결국 삼차신경통이라는 진단을 최종적으로 받았
다. 유태인 코번 교수에 의하면 삼차신경통은 뇌의 뒤편, 즉 목의
상단 부위에 있는 뇌간(Brain Stem, pons)에서 나오는 5번째 신경
이 해골을 뚫고 얼굴로 나올 때 작은 구멍을 타고 나와 얼굴에서
3개의 가지로 나눠지기 때문에 삼차(三叉)신경이라고 부른다. 이

5(Ⅴ)번째 뇌신경은 얼굴을 지배하는 감각 신경인데 이 신경의 가지가 눌려서 오는 병이라는 것이다. 그러나 문제는 삼차신경통에 관한 약을 복용해도 두통을 쉽게 가라앉지 않았다.

그러다 우연히 소개받은 한국인 의사로부터 삼차신경통을 유발하는 뇌간 뒤에 있는 폰즈(pons)라는 부분이 지나친 원망과 증오로 시상하부에 호르몬 분비가 되지 않아 다른 사람에 비해 상대적으로 커져, 수술과 호르몬 치료를 병행해야 한다는 것이다. 호르몬 분비를 위해서 억지로라도 사랑을 주는 노력이 필요하다는 진단을 받는다. 초점인물은 자신을 버린 한국과 부모에 대한 원망과 증오로 한국에 관련된 모든 것을 부정하며 살아왔다.

한국인 의사 역시 아버지의 죽음으로 몰락, 어머니와 이민와 어머니마저 몇 달 전 중병으로 잃은 고아였다. 어머니는 아들 공부시키기 위해 힘든 생존과 미리 입양 보낸 딸로 인한 마음 고생 때문에 중병을 얻어 사망했다는 것이다. 초점인물이 느끼는 한국인 의사로부터 받은 동질감과 친근감은 자신의 두통 치료가 가능할 것 같은 희망을 주었고, 자신의 모든 감각이 그로 향해 열리는 것을 발견한다. 친밀함의 가까움은 신체적 거리의 가까움으로 즉 '친밀함은 가까움이다'라는 신체적 체험에 바탕을 둔 개념적 은유로 파악되고 표현된다. 한국 의사와는 초점인물이 일찍 입양되었기에 서로 헤어져 지낸 오누이 사이라는 것을 작가는 이름으로 암시하고 있다.

나는 넘쳐나는 흥분 속에서 어떻게 산 버나디노 집으로 돌아왔는지 몰랐다. 가슴이 쿵쿵 뛰는 것으로 보아 나는 오늘 만난 한국 의사 제프 킴에게 마음을 송두리째 빼앗겼다고 생각했다.

한.국.사.람. 제.프.킴— (138p)

인용문에서 보여주는 것처럼 초점인물의 생동감이 생생하게 전달되는 문장이다. 흥분, 가슴이 쿵쿵 뛰는, 마음을 송두리째 빼앗겼다 등의 표현으로 언어 이전의 신체적 느낌이 풍부한 의미 영역으로 독자에게 조차 두통의 완치를 예감하게 한다. 이 작품 역시 위의 작품들과 마찬가지로 마음이 신체에 영향을 끼쳐 평생 편두통으로 고생하다 동질감을 느끼는 한국인 의사를 만남으로써 감각이 열리고 치유의 가능성을 느끼게 된 것이다.

탈북민의 주체화

탈북민 소설은 역사소설의 거대담론에서 혹은 일반 소설의 미시담론에서 배제되었거나 누락된 존재들을 복원하는 작업에 주력한다. 해외에 체류하고 있는 탈북자들은 난민이나 망명과 처우를 받지 못한 채, 인권의 사각지대에 놓여있다. 탈북자들은 넘쳐나는 잉여로서 바우만의 표현에 의하면 자본주의의 주변에서 '쓰레기의 삶'의 전형이 되고 있다. 한편으로는 자본주의화에 의한 그 생존조건이 서비스 산업에 필요한 노동력과 섹슈얼리티로 구성되는 보충제로서의 역할로 전락한다. 이주의 동기인 적극적 주체로서의 삶이 보장되지 못하는 실정이다.

이 작품집에 실린 두 편의 탈북소설의 초점화자는 남자이지만, 실제 중심인물은 탈북 여성이다. 「평양면옥에서 만난 사람」의 초점화자는 해방 직후 북한에서 남한으로 와 20여 년 간 살다 다시 브라질 이민을 거쳐 미국에 정착한 교민이다. 북한에서 같은 마을에 살던 친구 역시 같은 길을 걸었다. 초점화자가 이민 생활 정착을 위해 각고의 노력 끝에 겨우 미국에서 뿌리를 내려 안정된 터전을 마련해 살고 있다. 그러나 친구는 북한에서 내려 온 사람들이 가지고 있는 레드 컴플렉스(Red complex)를 이용, 북한정권의 프락치처럼 주위 사람들에게 억압감을 조성 돈을 뜯어가며 살고 있다. 친구 이정현은 오랜만에 연락, 만나자던 평양면옥에서 역시 옛날과 똑같은 말만 반복, 또 돈을 좀 빌려달라는 것이다.

1947년 초겨울, 부모 따라 목숨 내걸고 월남해, 서울 후암동에서 이웃으로 살며 같은 중·고등학교를 다녔다. 그리고 미국으로 이민 온 것도 엇비슷한 1985년 경이었다. 따라서 당연히 비슷했어야 할 우리의 삶은 달라도 너무 달랐으며 사는 방식도 180도 달랐다.

'짜식 5월 7일이면 내일 모랜데, 하필이면 이름만 들어도 섬뜩한 평양면옥에서 만나자니, 아직도 이 녀석, 종북(從北)질이나 하고 있는 모양이군.'

녀석을 생각하면 불쌍한 생각이 들었다.

반대로, 녀석의 입장에서 나를 바라보면, 녀석은 나를 아주 더 불쌍한 놈으로 보겠지.

'때 묻은 옷이나 세탁해 제 새끼 밥 먹이고 공부시키고 제 여편네 졸졸 따라다니며 교회에 가 하늘 향해 헛소리나 지르다보니 어느새 70살이 돼, 은퇴랍시고 사회보장 은퇴 연금 3000여 달러와 따로 들어둔 연금 1000달러 도합 4천 달러로 가까스로 애들 신세 안 지고 살고 있다고 생각하겠지.' (166-167p)

위의 인용문처럼 초점화자와 친구 이정현은 같은 해 평양에서 45년 같은 해 두 달 차이로 태어나 47년 남한으로 같이 삼팔선을 넘어 와 남한에서도 같은 동네 후암동에 정착해 살다 85년에 다시 미국으로 와 정착하게 된 두 사람이다. 피는 나누지 않았지만 형제 같은 사이다. 그러나 미국에 정착하면서 인용문처럼 두 사람의 인생행로가 달라지면서 극명한 삶을 살고 있다. '평양면옥'에서 만난 경영 사장이라는 북한의 오페라 가수였던 탈북 여성 역시 그 친구로부터 협박을 받은 경험을 나누며 서로 공감하는 사이가 된다.

이 작품은 북한으로부터 탈출, 뿌리 없는 디아스포라의 삶을 살면서 고향에 대한 향수로 인해 몸은 미국에 있지만 고향 북한에 대한 미련 때문에 자신이 살고 있는 현재 이 땅에서 만족을 못하고 살고 있는 한 부류의 삶과 또 철저히 현재 살고 있는 땅에 뿌리를 내리며 자신의 삶을 가꾸어나가는 두 부류의 실향민의 삶을 제시하고 있다. 초점화자는 평양에서 후암동, 후암동에서 브라질 또 미국으로까지 험난한 디아스포라의 삶을 통하여 탈북민에 대한 폭넓은 이해로 탈북 여성에 대한 공감력이 확대된다. 반면 남한의 한 곳에서 정착민의 삶을 살고 있는 남한 사람들이 탈북민에 대해 배타적이고, 여전히 남아 있는 냉전 이데올로기에 의한 레드 콤플렉스는 탈북민의 삶을 더욱 어렵게 하는 요인이다.

나는 점점 미스테리한 생각이 들었다. 이층 건물로 된 평양면옥은 건물 구조와 장식이 조금은 특이했다. 푸른 기와지붕에 이북에서나 볼 수 있는 우중충한 벽돌이 눈에 거슬렸다. 게다가 인공기(북한깃발) 라도 걸어 놓는다면 영낙없이 공포분위기를 느낄 그런 음산한 음식 점이었다. (168p)

위의 인용문에서 보여주는 것처럼 '공포분위기'라는 초점화자가 느끼는 억압감이다. 이것이 바로 레드 콤플렉스이다. 친구 정현이나 두 사람 다 미국에서의 자신의 삶에 주체적인 뿌리를 내리지 못하는 것 역시 레드 콤플렉스 때문이다. 초점화자는 정현이 북한의 위정자 김일성나 김정일, 김정은 핑계 삼아 조국을 살린다는 명목으로 돈을 갈취함에도 뿌리치지 못하는 것 역시 조국에 대한 명목보다는 북한 정부의 폭력성에 대한 두려움이다. 정현 역시 조국을 핑계삼아 돈을 갈취하는 것은 조국에 거는 기대보다는 자신 속에 있는 레드 콤플렉스에 의한 두려움 때문이다. 이것은 대한민국 사람이면 누구나 북한이 존재하는 한 거기에 자유로울 수 없지만 북한 체제를 경험한 탈북민들은 더욱더 억압적임을 이 작품을 통해서 보여주고 있다.

이 경장편 「두만강 다리」는 탈북해 험난한 과정을 거쳐 목사로서 정착한 초점화자가 자신이 한때 사랑했던 여인 진주와의 만남을 서사화한 작품이다. 이민석 목사의 경우 탈북 과정이 주체적 삶의 계기로 작용, 탈북민을 위한 심리적 등대가 되기 위한 목사로 재탄생하지만, 진주의 경우 남성과는 달리 험난한 과정이 바로 여성적 젠더와 연결, 성적 컴플렉스로 작용, 타락의 길을 걷는다.

국경을 넘는 탈북 여성들은 근대적 시간의 발전 단계를 공간성 차원에서 경험한다. 그녀들은 '미결정적'이고 '불확정적'인 존재로서 호미바바가 이야기하는 '혼종적' 혹은 '제3의 공간'에 자리하고 있다. 즉 탈북 여성들은 어떤 단일한 정체성을 고유하는 특정 장소에 속해 있는 것이 아니다. 그들은 탈영역화되어 있거나 '제3의 공간'에서 다양한 문화적 정체성들을 접속시키거나 교섭시키고 있으며 또 단일한 민족국가의 본질적 토양이 아니라 이질성과 다양성의 자기화 과정을 수반한다는 것이다.

진주는 국가로부터 스스로 탈출했지만, 국가가 국민을 헐벗은 상태에서 돌봄을 포기한 상태이기 때문에 국가로부터 추방당한 자이다. 북한은 1990년 이후부터 '고난의 행군'이라는 명목하에 인민들에게 고통과 인내를 감수하기를 바랄 뿐, 10년 이상 대책 없는 헐벗은 방치 상태에 국민을 버려두고 있다. 아감벤은 '추방된 자의 삶은 짐승과 인간, 배제와 포함 사이의 비식별역자이자 이행의 경계선, 이 두 세계 어디에도 속하지 않으면서 그 두 세계 모두에 거주하는 늑대 인간의 인간도 아니고 짐승도 아닌 삶이 바로 추방된 자의 삶이라'고 했다. 진주는 탈출하고 내쫓기며 팔리고 되팔리는 과정에서 다국적이고 무국적인 자본의 속성을 문자 그대로 '몸소' 체험하는 '밀려서 방황하는 존재'라고 해야한다. 자신의 몸이 어떻게 상품적 교환과 폐기를 반복하는가를 보여주며 그런 과정 속에서 또 자본주의의 타락된 윤리를 자신 속에 체화하기도 한다. 다같은 탈북민 여성인 진주와 남성인 이민석과 차별화되는 삶이다.

그런데 참으로 생각지도 못했던 일이 일어났다. 신학교(神學校)에 입학해 7년이나 걸려 목사(牧師)가 됐다. 그리고 그는 목표를 세워 실천에 옮겼다. 어렵게 북한을 탈출해 중국과 대한민국에서 정처없이 떠돌아다니는 탈북자들을 돕기 위한 작은 교회를 설립했다. 개인보다 가족이 중요하며, 가족보다 민족이 중요하다고 생각했다. 두고 온 북한의 민족들을 돕고 싶었다. (194p)

인용문에서 보는 것처럼 목사의 이런 주체적인 시각은 진주의 탈북 과정에서의 성적 굴곡진 생활이나 남한에 자본주의의 타락적 윤리에 대해서도 관대하다. 이 목사의 진주에 대한 사랑이 오랜 동안의 일편단심으로 외길 사랑이기도 하지만, 진주의 굴곡진 삶은 진주의 잘못보다는 살기 위한 몸부림이었기 때문이다. 또 고향에서부터 사랑해 온 오누이 같은 혈연적 사랑이기 때문에 무조건적 어머니와 같은 사랑이다. 거기에는 모든 것을 뛰어 넘을 수 있는 초월적 사랑이 내재되어 있다.

신체와 마음을 초월한 사랑 방정식

『두만강 다리』에 실린 작품 중 의학소설은 신체와 마음의 불균형에서 고통받는 인물들의 의학적 치료 과정을 세심한 서사과정을 통해 스토리화하고 있다. 그 스토리 중에도 마음과 신체를 통합, 건강한 회복 상태에도 딸을 죽인 자신을 용서하지 못해 우울증으로 자살하는 여인(해마)도 있다. 신체와 마음을 통합, 건강한 상태에도 인생은 인간관계의 끊임없는 상호관계 속에서 사는 존재이기 때문에 신체와 마음을 초월한 사랑이 부재하다면 우리의 삶은 황무지와 같다. 또 두 편의 탈북민의 삶을 통하여 디아스포라적 삶 속에서 레드 콤플렉스에 의한 파행적 인간 관계 속에도 인물들은 끊임없이 타자와의 관계를 적극적으로 수행 자신의 삶의 의미를 인간과의 관계, 좀 더 적극적으로 타인과의 사랑을 통하여 찾고 있다.

「마음의 행적」에서 자식은커녕 아무 것도 기억하지 못하는 치매 걸린 어머니조차도 온 몸속에서 스며있는 하나님에 대한 사랑을 기억, 시편과 자신이 즐겨 부르던 찬송가를 부르는 기적을 보여준다. 「해마 2」에서는 여자친구의 사랑을 회복함으로써 병을 치유할 수 있었다. 「인공지능」에서는 알파고가 아무리 인간의 몇 십 배의 정보력을 가지고 있다고 해도 인간이 가지고 있는 꿈을 키우는 상상력을 능가할 수 없다. 「두만강 다리」에서는 영원한 하나님의 사랑을 가르치는 목사라 해도 우리의 몸과 마음에 충만한 에너지를 공급하고, 자아를 확장시키는 강력한 힘을 제공하는 인간과의 사랑을 그만 둘 수 없다. 「삼차신경통」에서는 입양아로 살아 온 여성의 자신을 버린 조국에 대한 원망과 분노는 마음과 신체의 균형을 깨뜨리고 어떤 의사의 치료나 진단도 불가능했다. 그러나 자신의 혈연을 만남으로 삶의 충만한 에너지를 회복할 수 있었던 것 역시 인간은 의미 있는 애정 대상의 회복은 결국 마음과 신체의 평정에 가장 큰 힘을 주는 것이라는 것을 서사를 통해 보여주고 있다.

프랑스의 철학자이며 문학이론가인 데리다는 인간이란 타인과의 관계를 통해 끊임없이 자신을 재구성해 나가는 열린 존재라고 한다. 인간의 주체성을 자기 완결적으로 보지 않고 타자와의 의미있는 상호관계를 통해 재구성 해가는 것으로 볼 때, 우리의 주체성은 타자의 삶이 우리에게 요구하는 것에 대한 반응, 그 중 가장 적극적인 반응이 사랑이다. 사랑하는 사람에게 자신이 가치있는 인간으로 기억되고자 하는 것은 삶을 가장 적극적으로 사는 방식이며 몸의 에너지를 평상시보다 몇 십배 더 방출하는 기적과 같은 것이다. 사랑은 나 안에 있는 낯선 타자를 적극적으로 받아들여 사랑하는 사람과의 대화를 이어가며 나의 의미를 찾아가는 작업이기도 하다. ✼

스마트북스 소설가
두만강 다리

1쇄 발행일 | 2017년 5월 25일

지은이 | 연규호
펴낸이 | 윤영수
펴낸곳 | 문학나무

편집·기획실 | 03085 서울 종로구 동숭4나길 28-1 예일하우스 301호
이메일 | mhnmoo@hanmail.net

출판등록 | 제312-2011-000064호 1991. 1. 5.
영업 마케팅부
전화 | 02-302-1250, 팩스 | 02-302-1251
ⓒ연규호, 2017

값 15,000원
잘못된 책은 바꾸어 드립니다
지은이와의 협의로 인지는 생략합니다
무단 전재 및 복제를 금합니다
ISBN 979-11-5629-049-0 03810

*한국출판문화산업진흥원의 출판콘텐츠 창작자금을 지원받아 제작되었습니다